Catalina

Das Bündnis

der Zerstörung

Impressum

Alle Rechte am Werk liegen beim Autor
J., Jaliah
Catalina 2
Das Bündnis der Zerstörung
Berlin, November 2018
Erstauflage
Lektorat: Günter Bast, Theresa Wahl, Caroline Kuttler
Cover/Bildgestaltung: Wolkenart – Marie - Katharina Wölk

© 2018
Herstellung und Verlag: BoD – Books on Demand, Norderstedt.
ISBN 978-3-7481-3035-2

www.jaliahj.de

Erlebt mit mir

die ungewöhnliche Geschichte

einer starken Frau

Kapitel 1

»Es gibt nichts, was mir etwas bedeutet, Rachel, wenn du nicht bei mir bist, nichts, verstehst du das? Du bist mein Leben!«

Catalina legt das Buch zur Seite, als sie diese Worte von Pablos Bruder an seine Auserwählte liest. Diese Buchreihe war immer das Allergrößte für sie. Jetzt, mit all diesem Chaos in ihrem Leben, fällt es ihr schwer, sich darauf zu konzentrieren.

Sie hört auf die Geräusche im Haus, seit ungefähr zwanzig Minuten ist sie wach und hat ihr Bett noch nicht einmal verlassen. Der Streit mit Santiago liegt ihr im Magen, das Gespräch mit ihrem Vater noch mehr und vor allem die Gewissheit, dass in nur fünf Tagen Natia erfährt, dass ihr das gleiche Schicksal droht.

Auch sie muss jemanden auf Wunsch ihres Vaters heiraten. Catalina hat ihm wirklich viel zugetraut, sie hat genug gesehen und gehört und weiß, dass ihr Vater zu so einigem fähig ist, dass er die Hochzeiten seiner Töchter aber für seine Zwecke ausnutzt, hätte sie niemals gedacht.

Sie hat gesehen, dass selbst seine größten Feinde gestern schockiert waren, als sie bei ihrem Videoanruf mitbekommen haben, dass nun auch Natia verheiratet wird, damit seine Nachfolge gesichert ist. Es hat zwar niemand mehr etwas dazu gesagt, sie haben sich ihren Plänen gewidmet, doch Catalina hat ihre Blicke auf sich gespürt.

Santiago wollte noch einmal mit ihr sprechen, für ihn war noch nicht alles gesagt, nachdem sie im Hotel aneinandergeraten sind, doch sie ist ihm aus dem Weg gegangen. Sie weiß nicht, was sie glauben soll, seine Worte sagen das eine, die Dinge, die passieren, etwas anderes. Es ist nicht einmal so, dass sie ihm nicht glauben würde, doch sie kennt ihn einfach zu wenig und darf die Grundlage nicht vergessen, auf der ihre Ehe aufgebaut ist:

Auf einer langen Feindschaft ihrer Familias. Nicht mehr und nicht weniger.

Dass sich zwischen ihnen Gefühle aufbauen, kann Catalina nicht leugnen, auch nicht, dass sie sich wohl bei Santiago fühlt und sie seine Nähe genießt, doch sie sind gerade mal einen Monat verheiratet und haben all das vielleicht doch ein wenig zu schnell vergessen.

Catalina ist in einer merkwürdigen Position hier: Santiagos Frau, die Tochter von Alvaro, von niemandem hier gemocht, doch irgendwie muss sie auch jeder respektieren. Sie ist mit dem festen Entschluss hergekommen, allen aus dem Weg zu gehen, Abstand zu halten und niemandem zu vertrauen. Und das nicht, weil es das Natürlichste ist, wenn man mit seinen Feinden zusammenleben muss, nein, einfach um sich selbst zu schützen, doch Santiago hat diese Schutzmauer viel zu schnell einstürzen lassen und das sollte sie nicht zulassen.

Sie ist sich sicher, dass in der Sache mit Flavia noch nicht das letzte Wort gesprochen ist. Sie hat Esperanza nicht retten können, sie ist das erste Opfer dieser Ehe, die aus einer Feindschaft entstanden ist, sie weiß nicht, ob es noch mehr Opfer geben wird, doch sie wird versuchen, es zu verhindern, und wenn sie dafür ihre Mauern wieder hochfahren muss, wird sie das tun, besonders da heute ihre Mutter anreist. Das ist das Einzige, was sie jetzt ausatmen und endlich aus dem Bett steigen lässt.

Sie sind sehr spät vom Flughafen hergekommen, doch Santiago und die Männer waren mit dem Planen ihres Treffens heute noch nicht fertig und haben sich noch eine Weile in ihren Garten gesetzt, was Catalina nur recht war. So ist sie der unangenehmen Situation nach ihrer Auseinandersetzung entkommen, hat sich auf ihr Zimmer zurückgezogen und ist dort schnell eingeschlafen.

Dieses Mal hat sie ihre Tür nicht mehr mit dem Schreibtisch verriegelt, so weit zurück geht sie nicht mehr. Sie hat sich aber doch gefragt, ob Santiago ihre Worte richtig verstanden hat, und das hat er offenbar, denn obwohl sie die Nacht davor zusammen in einem Bett verbracht haben und Santiago sie in seinen Armen gehalten hat und sie sich zweimal geküsst haben, ist er nicht zu ihr ins Zimmer gekommen, sondern hat sich nebenan in sein Bett gelegt.

Catalina geht duschen, sie zieht sich einen kurzen roten Jumpsuit an, bindet ihn sich mit dem dazugehörigen Schal und einer Schleife enger, fasst ihre dicken Haare in einen Pferdeschwanz zusammen und schminkt sich ein wenig. Catalina hat sich nie viel geschminkt, auf ihrer Finca so gut wie nie, wenn sie mal weiter weggefahren sind, ein wenig, doch hier hat sie mehr Zeit und Auswahl.

Sie betont ihre Augen, legt ein wenig Rouge auf, hebt ihre feinen Gesichtszüge hervor und steckt sich große Kreolen an. Sie hat bisher ihren Ehering nicht abgenommen, selbst beim Duschen hatte sie ihn am Finger und nun sieht sie darauf. Santiago hat beschlossen, ihrer Ehe eine wirkliche Chance zu geben, Catalina hat sich dem angeschlossen. Es ist nicht so, als würde sie das nun komplett aufgeben wollen, doch sie wird es langsamer angehen lassen und vorsichtiger sein.

Sie streicht über den Ring, denkt an das wunderschöne Gefühl, was sie in ihrem Herzen gespürt hat, als sie Santiago geküsst hat und lässt den Ring an ihrem Finger. Nur weil sie einige Schritte zurückgeht, bedeutet es nicht, dass sie nicht noch das gleiche Ziel im Auge haben kann. Sie kann es ja zumindest alleine für sich und sehr vorsichtig verfolgen.

Catalina sieht noch einmal in den Spiegel, bevor sie auf den Flur tritt und fast in die Haushälterin hineinläuft, die sie glücklich anstrahlt. »Guten Morgen, ich bereite gerade das Zimmer für Ihre Mutter vor.« Die Tür zum Gästezimmer neben Ihrem steht offen. »Danke, das ist lieb.« Sie sieht, dass die Tür zu Santiagos Schlafzimmer offen steht und das es schon fertig ist. »Ist … er nicht mehr da?«

Die Haushälterin schüttelt den Kopf. »Er war schon weg, als ich gekommen bin, hat aber vorne Bescheid gegeben, dass ich das Zimmer vorbereiten soll. Ich habe kolumbianisches Gebäck im Ofen. Freuen Sie sich, dass Ihre Mutter kommt?« Zumindest die Haushälterin scheint sie wirklich zu mögen. »Ja, ich freue mich. Ich habe sie jetzt einen Monat nicht gesehen, ich war davor nie richtig von ihr getrennt. Und bitte, sag du.«

Die Haushälterin ist einige Jahre älter als Catalina, es fühlt sich alles viel zu förmlich an, vielleicht ist sie die einzige Frau hier, die Catalina nichts Schlechtes will.

»Das ist schön, wo die Mutter ist, ist auch immer ein Stück Zuhause.« Catalina lächelt und fragt, ob sie ihr irgendwie helfen kann, doch die Haushälterin bittet sie nach unten, wo der Frühstückstisch schon gedeckt ist.

Während Catalina nach unten geht, fällt ihr Blick automatisch in Santiagos Schlafzimmer. Ob er überhaupt geschlafen hat? Er arbeitet sehr viel und für ihn ist es viel komplizierter geworden seit sie verheiratet sind, natürlich bringt es ihm die Vorteile, die sie dadurch haben wollten, doch alle haben ihren Zusammenschluss auch unterschätzt und besonders die Reaktionen der anderen Familias nicht bedacht.

Um all das ein wenig von sich schieben zu können, ruft sie ihre Schwester an, die ihr berichtet, dass der Flug ihrer Mutter doch schon früher als gedacht war ging und sie schon weg ist. Natia ist traurig, sie wäre gerne mitgekommen und ist richtig enttäuscht. Catalina versucht, ihren kleinen Liebling wieder aufzumuntern.

Natia ist ein so lebensfroher, positiver Mensch, es wird ihr das Herz brechen, wenn sie erfährt, was ihr Vater vorhat. Catalina war mit Milo zusammen und Natia weiß, wie verrückt er immer nach ihr war. Wie soll sie ihn jetzt heiraten? Abgesehen davon, dass sie sich ihren Ehemann allein aussuchen sollte, doch das macht das Ganze noch bitterer. Catalina weiß nicht, was grausamer ist, den größten Feind heiraten zu müssen oder den Mann, der eigentlich mit der Schwester zusammen sein möchte.

Einen winzigen Moment denkt sie darüber nach, es Natia zu sagen. Ihre Mutter ist unterwegs zu Catalina, wenn Natia jetzt flüchten würde, könnte sich ihr Vater an niemandem rächen, die Idee gefällt ihr immer mehr, doch sie beschließt, es erst einmal mit ihrer Mutter abzusprechen und zu hören, was sie davon hält. Wenn es eine Chance gibt, Natia vor diesem Schicksal zu bewahren, müssen sie das tun.

Noch während sie mit ihrer Schwester spricht, kommt Marco in den Garten und setzt sich zu ihr an den Tisch. Der Mann mit der Glatze und dem großen tätowierten R darauf und dem ansteckenden Lächeln setzt sich Catalina gegenüber und isst noch einige Pancakes, während Catalina das Gespräch beendet.

»Guten Morgen, bist du nicht bei Santiago?« Sie mag Marco mittlerweile von allen Männern neben Zayn und Santiago am meisten. »Ich war da, aber Santiago vertraut nicht jedem seine wunderschöne Frau an und da ich der Beste bin, habe ich das Vergnügen, mich um dich und deine Mutter zu kümmern.«

Automatisch senkt Catalina ihren Blick ein wenig, Marco hat den Streit zwischen Santiago und ihr mitbekommen. Er räuspert sich, als würde er überlegen, ob er seine nächsten Worte sagen soll, doch Marco gehört eher nicht zu der Kategorie Menschen, die sich bei ihren Bemerkungen zurückhalten. »Du weißt schon, dass Santiago dich mag? Also ich meine, nicht nur so als Teil des Vertrages, ich denke, dass er versucht, dich wirklich glücklich zu machen. Flavia und er waren nie zusammen.« Catalina nickt nur leicht. »Ja, aber ich denke, du weißt auch, dass es unter unseren Voraussetzungen nicht so einfach ist, eine normale Ehe zu führen, all das ist nicht … normal.«

Catalina schiebt den Teller von sich. Einen Moment sieht Marco ihr in die Augen, als wolle er ihr noch mehr sagen, doch dann lächelt er schnell. »Nein, ist es nicht, doch ich denke, die Zeit wird hier einiges normalisieren. Wir fangen mal damit an, deine Mutter abzuholen.« Er steht auf und Catalina folgt ihm. »Das hört sich doch nach einem guten Plan an.«

Dass sie ihre Mutter vermisst hat, war ihr immer klar, wie sehr, wird ihr erst richtig bewusst, als sie zwei Stunden später mit vielen anderen Fluggästen aus der Sicherheitszone tritt und Catalina gleich in ihren Armen liegt. Ihr fallen so viele Brocken vom Herzen, von denen sie nicht einmal etwas geahnt hat.

Marco hält sich bei der Begrüßung respektvoll zurück, er lässt beiden ihre Zeit, erst danach stellt er sich Catalinas Mutter vor und nimmt ihr ihren kleinen Koffer ab. Ihre Mutter bleibt leider nur vier Tage und deswegen hat sie auch nicht viel Gepäck dabei, doch Catalina versucht, das erst einmal von sich zu schieben, sie ist jetzt da und das werden sie genießen.

Während sie zum Auto gehen, sieht sich ihre Mutter unsicher um. Catalina versteht sie vollkommen, sie hat sich auch noch nicht richtig daran gewöhnt, hier zu sein, für ihre Mutter muss das alles auch sehr merkwürdig sein und Catalina versteht, wieso Santiago Marco damit beauftragt hat, bei ihnen zu bleiben. Seine lustige und liebevolle Art lässt auch ihre Mutter schon nach einigen Minuten Fahrt schmunzeln. Mit ihm hat man keine Sekunde das Gefühl, dass hier Personen zweier verfeindeter Familias in einem Auto zusammensitzen. Er erklärt ihnen, dass er am Hafen etwas erledigen muss und sie in der Zeit einen Termin haben, den Santiago für sie gebucht hat.

Eigentlich möchte Catalina einfach nur in Ruhe mit ihrer Mutter sprechen können. Sie dachte, sie würden zurück in ihr Haus fahren, doch offenbar hat Santiago sich etwas für ihre Mutter und sie einfallen lassen. Sie betrachten beide den riesigen Hafen, auf den sie zufahren, auch Catalina war noch nie hier, sie hat generell noch nicht viel von Puerto Rico gesehen.

Als sie nach der Hand ihrer Mutter greift und diese drückt, beginnt sie zu begreifen, dass das hier viel mehr ist, als einfach nur ein Besuch einer Mutter.

Der letzte Monat ist quasi an ihr vorbeigerast, auch wenn sie die ersten Tage nur in dem Zimmer vor sich hin gelebt hat und die Minuten zu Stunden wurden, ist jetzt rückblickend so viel passiert und all das so schnell, dass Catalina nicht einmal die Zeit hatte, sich über die vielen Veränderungen in ihrem Leben Gedanken zu machen.

Es ist nun alles anders, selbst wenn man die größten Veränderungen weglässt, dass sie nun verheiratet ist und das nicht mit irgendjemandem, sondern dem mächtigsten Mann Lateinamerikas und schlimmstem Feind ihres Vaters, dass sie nun in einer luxuriösen Villa in Puerto Rico lebt, all das hat sie versucht zu verarbeiten und sehr gut ist ihr das noch nicht gelungen, selbst dann gibt es noch einiges mehr, was sich verändert hat.

Ihr Leben in Kolumbien war immer sehr eintönig, sie waren auf der Finca, manchmal in der Stadt, so gut wie nie in einem anderen Land und es ist auch so nicht sehr viel Aufregendes passiert. Catalina vermisst ihr Leben in Kolumbien jeden Tag, das wird ihr mit dem Besuch ihrer Mutter wieder bewusst, trotzdem kommen auch andere Gedanken in ihr hoch.

Sie erinnert sich daran, dass ihre Mutter ihr kurz vor der Hochzeit und dem Flug nach Kuba gesagt hat, dass sie, als sie kleiner waren, das letzte Mal geflogen sind. Damals, als es ihre Stiefmutter und die Stiefschwestern noch nicht gab, hat ihr Vater sie auf Hochzeiten oder zu sonstigen Anlässen mitgenommen, heute fliegt er alleine oder nimmt Sarita und seine anderen Töchter mit, weil er befürchtet, ihre Mutter, Catalina oder Natia könnten Ärger machen.

Deswegen muss der Flug heute und auch, dass ihre Mutter jetzt bei ihr ist, nicht nur etwas Besonderes sein, weil sie somit bei den Feinden ihrer Familia ist, nein, vor allem ist es deswegen so anders, weil ihre Mutter das erste Mal seit langer Zeit in ihrem Leben allein unterwegs ist.

Sie hat früh geheiratet und war seitdem immer bei ihrem Mann, ob sie wollte oder nicht, nun ist sie das erste Mal außerhalb von Kolumbien ohne ihn und Catalina sieht ihr an, dass es sie ängstigt, aber sie gleichzeitig auch aufgeregt und neugierig ist. Sie möchte sich ansehen, wie ihre Tochter lebt, will wieder richtig schlafen können und somit vielleicht eine Sorge weniger haben. Catalina weiß noch nicht, wie das am Ende ausgehen wird, sie weiß selbst noch nicht, was sie von diesem neuen Leben halten soll.

Sie parken vor einem großen beigefarbenen Haus, Marco steigt mit ihnen zusammen aus und sagt ihrer Mutter, dass sie ihren Koffer im Auto lassen kann, was sie zwar befolgt, aber man erkennt ihr Zögern. Ihnen allen wurde immer wieder eingetrichtert, dass das hier ihre schlimmsten Feinde sind und nun sollen sie ihnen vertrauen? Catalina weiß, wie schwer einem das fällt, deswegen nickt sie ihrer Mutter zu und lächelt, um ihr zu zeigen, dass es okay ist.

Sie gehen in das Haus, ein angenehmer Geruch von Vanille und Beeren strömt ihnen entgegen und Catalina atmet tief ein. Es ist ein Empfang eines Wellnessbereiches. Eine Frau kommt auch sofort zu ihnen und begrüßt Catalina und ihre Mutter mit

Sekt und Orangensaft. Sie bietet auch Marco etwas an, doch der hebt die Hand und lächelt. »Ich bin weg, kümmern Sie sich sehr gut um die beiden Damen.«

Die Frau scheint genaue Anweisungen zu haben. »Natürlich, das werde ich. Kommen Sie bitte.« Sie begleitet sie zu einer Kabine und bittet sie sich auszuziehen, die bereitgelegten Bikinis und Handtücher anzuziehen und umzubinden und dann wieder herauszukommen. Als sie die Kabine verlässt, sieht Catalina ihre Mutter entschuldigend an. »Ich wusste nicht, dass er etwas geplant hat, ich wollte eigentlich nach Hause und ...«

Ihre Mutter zieht die Augenbrauen hoch, beginnt aber sich auszuziehen. »Es ist einfach nur ungewöhnlich, dass dein Mann sich überhaupt wegen dir und mir Gedanken macht, ich hoffe nur, dass man uns hier kein Messer in den Rücken rammt.«

Catalina muss lachen und zieht sich auch aus. »Nein, so weit vertraue ich Santiago schon ...« Sie stockt. Wie soll ihre Mutter das verstehen? »Also ich meine, ich denke nicht, dass er uns etwas tun würde.«

Catalina hat ihre Mutter schon oft nackt gesehen, doch das erste Mal bemerkt sie, wie gut sie aussieht. Ihre Mutter hat eine schöne, straffe Haut, kaum Falten. Sie war sehr jung, als sie Catalina und Natia geboren hat. Die zwei Schwangerschaften haben ihrer Figur nicht geschadet, sie ist noch immer sehr attraktiv. Sie könnte auch jetzt noch ohne Probleme jeden Mann bekommen. Jemanden, den sie will, jemanden, der sie glücklich machen kann, doch sie ist an ihren Vater gebunden, wer weiß, wie ihr Leben sonst aussehen würde.

Ihre Mutter sieht sie verwundert an. »Du magst ihn?« Sofort fühlt sich Catalina, als hätte man sie bei etwas Bösem erwischt. »Mögen? Ich meine, wir sind verheiratet, natürlich lernen wir uns kennen. Von allen Leuten hier macht er mir am wenigsten Angst, eigentlich gar keine mehr.« Ihre Mutter bindet sich das

Handtuch um und sieht Catalina in die Augen. »Seid ihr euch schon näher gekommen? Dein Vater hat mir auf dem Weg zum Flughafen extra noch einmal gesagt, dass du nicht auf die Idee kommen sollst, Santiago zu nah zu kommen. Ich soll dich daran erinnern. Sei nett zu ihm, aber belasse es dabei. Zumindest ist es das, was er sich wünscht.«

Ein belustigtes Schnaufen kann Catalina sich nicht verkneifen, doch sie will auch vorsichtig sein. In den letzten Tagen ist ihre Mutter aus Sorge wieder in schwere Depressionen verfallen und sie ist froh, dass sie hier so klar und wach bei ihr ist und sich nicht sofort wieder hinlegen möchte. »Er hat uns verheiratet, vielleicht hätte er sich das vorher überlegen sollen. Und was erwartet er, was mit Natia und Milo passiert? Hat er dafür auch genaue Anweisungen?«

Sofort bilden sich Tränen in den hellen Augen ihrer Mutter. Catalinas Haare und Augen haben diesen karamellartigen Ton, die ihrer Mutter sind noch heller. Sie hilft ihrer Mutter, sich einen Zopf zu binden. »Er hat mir kaum etwas dazu gesagt, nachdem ich die Einzelheiten erfahren habe, ausgerastet bin und ihn angeschrien habe, er soll meine Töchter endlich verschonen. Doch du kennst ihn ja, alles was er dazu sagt ist, dass ich keine Ahnung habe und nicht verstehe, was alles auf dem Spiel steht. Ich habe nicht mehr mit ihm gesprochen, auch nicht, als er mich heute zum Flughafen gefahren hat.«

Das überrascht Catalina nun doch. »Er hat dich gefahren?« Sie nickt. »Ja, er hat darauf bestanden, nur um mir während der Fahrt zu erklären, dass er sich wünscht, dass es zwischen uns endlich wieder wie früher wird und er sich einfach seine alte Frau zurückwünscht. Ich habe ihm dazu nichts gesagt, er wird nie verstehen, dass ich ihm nicht verzeihen kann, was er alles getan hat.«

Sie sind fertig und treten aus der Kabine. »Mama, wir müssen um jeden Preis verhindern, dass Natia auch in ihr Unglück getrieben wird, du weißt doch, wie empfindlich sie ist und ...«
Ihre Mutter lächelt müde und nimmt Catalinas Hand in ihre. »Ich habe mir schon alles überlegt, ich habe selbst mit Pablo gesprochen, auch er weiß keine Lösung. Die einzige Möglichkeit für uns ist es, ihr alles zu sagen und ihr zur Flucht zur verhelfen, doch dein Vater hat mir, bevor ich ausgestiegen bin, extra noch einmal gesagt, dass er Natia die Tage bis zur Hochzeit unter besondere Kontrolle stellt.

Zwei Männer sind angewiesen, sie Tag und Nacht im Auge zu haben und sollte sie auf dumme Gedanken kommen, haben sie den Befehl zu schießen. Er hat auch gesagt, dass ihr das gleiche Schicksal blüht, sollte ich hier in Puerto Rico auf dumme Gedanken kommen. Dein Vater sagt, er lässt sich nicht vor den Augen aller von seinen Frauen auf der Nase herumtanzen. Du kennst ihn, du weißt, dass er dazu in der Lage ist. Es gibt nichts, was wir für Natia tun können, außer für sie da zu sein.«

Am liebsten würde Catalina laut auffluchen, alle Pläne, die sie heimlich schon geschmiedet hat, sind damit unterbunden. Tränen steigen in ihre Augen, beim Gedanken an Natia und wie sie sich fühlen wird, wenn sie erfährt, was ihr Vater vorhat.

»Jetzt komm erst einmal. Lassen wir uns überraschen von dem, was dein Mann für uns geplant hat, ich möchte sehen, wie dein Leben hier aussieht.«

Kapitel 2

Santiago hat ihnen einen Massagetermin gebucht. Sie legen sich auf weiche Liegen und zwei asiatische Frauen massieren sie so gut, dass Catalina die Augen schließt und sich leise mit ihrer Mutter unterhält. Der Raum ist abgedunkelt und überall brennen nach Vanille duftende Kerzen. Sie benutzen warmes Öl und mehr als einmal seufzt Catalina entspannt auf, sie hat noch niemals solch eine gute Massage bekommen, auch ihre Mutter hat die Augen geschlossen und genießt die erfahrenen Hände auf ihrem Rücken.

Die Frauen verstehen kaum spanisch, deswegen reden sie ganz offen. Endlich haben sie Zeit, sich richtig auszutauschen und Catalina erzählt ihrer Mutter alles, was seit ihrer Hochzeit passiert ist, wirklich alles, über die Auseinandersetzungen mit Flavia, die Sache mit Esperanza, die Haushälterinnen, dass niemand hier etwas mit ihr zu tun haben möchte und Santiagos Mutter noch nicht einmal ein Wort an sie gerichtet hat, sie redet sich alles von der Seele.

Natürlich sagt sie auch, dass Santiago ganz anders ist, als sie es erwartet hat und dass sie sich etwas nähergekommen sind. Dass er vorhat, dieser Ehe eine richtige Chance zu geben und wie sie doch aneinandergeraten sind. Ihre Mutter sagt, dass sie sich das alles schlimmer vorgestellt hat. Auch Catalina muss zugeben, dass nicht das Schlimmste eingetreten ist, was hätte passieren können. Es wird sicherlich niemals perfekt und der größte Teil dieser Familia wird sie hassen, doch es hätte auch noch um einiges schlimmer werden können.

Ihre Mutter möchte sich ein eigenes Bild von Catalinas Leben hier machen, besonders von Santiago, wobei sich Catalina gut vorstellen kann, dass er ihnen während der vier Tage aus dem

Weg gehen wird. Er hat erlaubt, dass ihre Mutter kommt, was nicht bedeutet, dass er unbedingt viel damit zu tun haben möchte.

Noch einmal überlegen sie, was sie für Natia tun können, doch auf die Schnelle fällt ihnen nichts ein und besonders bis zur Verlobung können sie nichts machen, da nur ihre Mutter da sein wird. Sie beschließen, sich ruhig zu verhalten, sodass ihr Vater zufrieden ist und Catalina zur Hochzeit kommen darf. Dann, wenn sie alle in Kolumbien sind, könnten sie etwas tun, nur was, weiß Catalina noch nicht, doch sie wird sich etwas einfallen lassen, um Natia vor diesem Schicksal zu bewahren.

Sobald sie aber zu lange darüber sprechen, beginnt ihre Mutter, wieder unruhiger und verzweifelter zu werden, deswegen lenkt Catalina sie damit ab, was alles auf der Hochzeit passiert ist, von der sie gerade erst gekommen ist und kurz danach ist die Massage auch vorbei. Sie bleiben noch eine Weile in dem gemütlichen Raum sitzen, bekommen Getränke und lehnen sich entspannt auf den Massageliegen zurück.

Erst als sie sich wieder umziehen, merken sie, dass zwei Stunden quasi an ihnen vorbeigeflogen sind. Catalina fühlt sich viel entspannter, als Marco sie abholt und nach Hause fährt. Das erste Mal wird ihr dabei bewusst, dass sie nun auch von ihrem Zuhause spricht, auch wenn es sich noch gar nicht so anfühlt.

Genau wie sie am ersten Tag, sieht auch ihre Mutter sich alles genau an, als sie in das Gebiet der Rojos einfahren. »Es ist, als würdest du als Reh in einem riesigen Käfig voller Löwen leben.« Auch wenn all das hier beeindruckend ist, da sie solch ein Luxusleben nicht kennen, weiß ihre Mutter doch, was das Leben hier für Catalina bedeutet.

Sie sind beide froh, als sie mit dem Koffer ihrer Mutter in das leere Haus gehen, Santiago ist nicht da und die Haushälterin schon lange weg. Sie bedanken sich bei Marco, der sagt, dass sie anrufen sollen, wenn sie etwas brauchen.

Catalina zeigt ihrer Mutter das Haus und das Grundstück, sie erklärt ihr, wie lange sie gebraucht hat, um sich überhaupt mal in den Garten zu trauen und zeigt ihr danach ihr Zimmer. Während sie ihren Koffer auspackt, wärmt Catalina das Essen auf und deckt im Garten den Tisch.

Sie bereitet Salat zum Auflauf zu und legt das frisch gebackene Brot und kalte Getränke dazu. Als sie ihre Mutter holen will, findet sie sie im Wohnzimmer, vor dem Hochzeitsbild von Santiago und ihr, was er aufgehängt hat. »Ihr seht wie ein wunderschönes Hochzeitspaar aus, niemand würde erahnen, was für eine Geschichte dahintersteckt.« Catalina sieht auch auf das Bild.

Ihre Mutter nimmt ihre Hand in ihre und deutet auf ihren Ehering. »Ich sage gar nicht, dass es nicht gut wäre, zumindest zu versuchen, dieser Ehe einen Chance zu geben, doch das geht nicht, indem ihr einfach so tut, als wäre die Geschichte hinter diesem Bild nicht passiert. Um etwas Gutes aus dieser Ehe zu machen, dürft ihr das nicht verdrängen, wobei ich allerdings bezweifle, dass es euch hier wirklich gelingen wird, die Tatsache, wer du bist, zu verdrängen.«

Natürlich weiß Catalina, dass ihre Mutter recht hat, sie selbst hat ja gesehen was passiert, wenn sie alles überstürzen und so tun, als gäbe es ihre Vorgeschichte nicht. Doch sie spürt auch, dass sich ihre Mutter mit jeder Minute hier wohler fühlt. Sie essen zusammen und ihre Mutter lacht dabei sogar hin und wieder. Es ist das Natürlichste der Welt, doch ist es bei ihrer Mutter so selten geworden, dass es Catalina sofort das Herz erhellt.

Nach dem Essen rufen sie per Videoanruf Natia an, die mit Elias gerade auf der Veranda ist. Catalina weiß, dass Elias garantiert die Pläne ihres Vaters kennt und ist froh, dass er da ist und sich um Natia kümmert. Als sie das Gespräch beenden, ruft ihr

Vater auch tatsächlich kurze Zeit später ihre Mutter an, um zu fragen, ob alles gut ist und sie sicher angekommen ist.

Die Tatsache, dass ihre Mutter weg ist, scheint auch ihm das erste Mal vor Augen zu führen, dass, selbst wenn sie schon eine ganze Weile getrennte Leben führen, ihre Mutter immer da war, unter seiner Kontrolle. Es ist so schwer vorstellbar, dass zwischen diesen beiden Menschen mal solch eine starke Liebe gewesen ist. Ihre Mutter ist sehr kalt zu ihm, beantwortet nur das Nötigste und legt dann auf, bevor Catalina und sie an den Strand gehen und einen langen Spaziergang machen.

Es ist schön, endlich mal diese Zeit mit ihrer Mutter zu haben. Irgendwie bizarr, auch wenn sie sonst immer zusammen waren, haben sie doch nie so viel intensive Zeit zusammen verbracht und Gespräche wie jetzt geführt. Als sie zurück zum Haus gehen, dämmert es bereits und sie setzen sich wieder in den Garten.

Catalina schaltet die Lampen und Lichterketten an, die hier aufgespannt sind und taucht alles in gemütliches Licht. Sie holt Getränke und als sie sich gerade wieder zu ihrer Mutter setzt, hören sie die Haustür ins Schloss fallen. Keine Minute später stehen Santiago, Zayn und Marco mit einem Karton in der Hand in der Tür und kommen zu ihnen in den Garten.

Sobald sie Santiago wieder ansieht, spielen Catalinas Gefühle erneut verrückt. Sie hat nicht damit gerechnet, dass er kommen wird und schon gar nicht, dass er noch jemanden mitbringt. Sie hat ihn, seitdem sie gestern von der Hochzeit nach Hause gekommen sind, nicht mehr gesehen. Er hat ihr einmal geschrieben und gefragt, ob ihre Mutter gut angekommen ist und ob alles in Ordnung ist und Catalina hat alles bejaht und sich für die Massage bedankt.

Sie weiß, dass sie wieder einen gewissen Abstand aufgebaut hat und er das spüren wird, doch es geht nicht anders. Wenn sie sich nicht komplett in diesen Mann verlieben will und sich damit so verletzbar macht, muss sie vorsichtiger sein.

Sie wünschte, sie könnte es sich leisten, so unvorsichtig zu sein, auf ihr Herz zu hören, das Kribbeln in ihrem Bauch und das Rasen ihres Herzens einfach nur zu genießen und sich ganz dem hinzugeben, was da zwischen ihnen langsam beginnt, doch ihre Situation lässt das nicht zu.

Sie kann es nicht riskieren, Santiago zu sehr zu vertrauen, nicht ihm, nicht nach dem, was ihr ein Leben lang eingetrichtert wurde, nicht nach den wenigen Wochen, die sie ihn kennt, sie kann es einfach nicht riskieren, sich verletzbar zu machen.

Catalina versucht, ihre Gefühle weit von sich zu schieben, als er zu ihnen kommt. Er hat eine graue Shorts und ein weißes Shirt an, seine dunklen Augen streifen ihre, sie sieht auf das R an seinem Hals, die Narbe an seiner Augenbraue und sie weiß, dass ihre Mutter all das nun auch ganz genau betrachten wird.

Zwar ist sie ihm schon begegnet, doch das war auf der Hochzeit und da hatten sie alle genug damit zu tun, die Fassung nicht völlig zu verlieren, sodass sie auf die vielen Kleinigkeiten gar nicht achten konnten.

Santiago trägt ein echtes Lächeln auf den Lippen, als er sich ihrer Mutter vorstellt und sie begrüßt, wie jeder Schwiegersohn seine Schwiegermutter begrüßen würde, als wäre all das um sie herum nicht existent, als würde es die Feindschaft ihrer Familias nicht geben und als wäre sie nicht die Frau seines größten Feindes. Vielleicht hilft aber auch die Tatsache ein wenig, dass er weiß, wie ihre Mutter zu ihrem Vater steht.

Er stellt Zayn und Marco vor und gibt genau wie Zayn Catalina einen Kuss auf die Wange, bevor er sich neben Catalina und ihrer Mutter gegenüber hinsetzt. In dem Karton ist leckerer Früchtekuchen, Marco holt Wein und andere Getränke und das Gebäck, was die Haushälterin zubereitet hat.

Einen Moment herrscht Schweigen und Catalina atmet tief ein, das kann doch gar nichts werden, doch dann bemerkt sie fasziniert, wie schnell diese Männer es schaffen, die schwersten Barrieren zu umgehen und alle sich so wohlfühlen zu lassen, als würden sie sich ewig kennen. Sie vermeiden bewusst schwere Themen, fragen ihre Mutter, wie der Flug war und wie sie Puerto Rico findet.

Sie antwortet, dass sie ja noch nicht viel gesehen hat und sie kommen von einem Thema zum anderen. Ihre Mutter erzählt, dass sie alle noch nicht viel herumgekommen sind und dass sie manchmal bei Franco in Guatemala waren und sie das Land liebt, doch viel mehr hat sie von der Welt noch nicht gesehen.

So haben sie ein Thema, sie sprechen von Guatemala, von Franco, von den schönsten Flecken Lateinamerikas. Man kann spüren, wie unsicher ihre Mutter am Anfang auf die Freundlichkeit der Männer reagiert und Catalina weiß, dass es bei ihr genauso war. Auch sie ist allen netten Gesten, die ihr in Puerto Rico geschenkt wurden, skeptisch entgegengetreten. Sie hatte auch nur das Schlimmste erwartet.

Doch genau wie auch sie lässt ihre Mutter die Skepsis nach und nach fallen, weil sie auch spürt, dass diese Männer ihr nichts vorspielen. Sie sind nett zu ihr, weil sie es ehrlich meinen, sie haben es gar nicht nötig, ihr etwas vorzumachen. Niemand hätte es verwundert, wenn Santiago heute mitten in der Nacht nach Hause gekommen und schlafen gegangen wäre oder woanders geschlafen hätte, aber er hat es nicht gemacht, er hat sich bewusst dafür entschieden, ihre Mutter kennenzulernen und das begreifen ihre Mutter und sie mit jedem Moment mehr.

Es wird später und später, Catalina hört ihre Mutter wieder lachen und beginnt sich entspannt zurückzulehnen und auch diesen Abend zu genießen. Sie könnte dem Lachen ihrer Mutter ewig lauschen, sie weiß, dass sie das nach diesen Tagen wieder selten zu hören bekommen wird. Jetzt, wenn sie sie so beobachtet, füllt sich Catalinas Magen mit bitterer Säure. Wieso muss sie ihr Leben so unglücklich in Kolumbien an der Seite dieses Mannes verschwenden, wieso hat sie nicht das Recht auf Glück?

Catalina weiß in diesem Moment, dass sie nicht nur für Natia kämpfen wird, sie wird es sich auch zur Aufgabe machen, ihre Mutter öfter lachen zu hören und ihr endlich das Leben zu geben, was sie verdient hat. Und der Anfang wird sein, dass sie mit ihr diese Tage hier genießen wird, egal wo sie sind, egal wer um sie herum ist und was sie nach den Tagen erwartet, diese Tage gehören ihnen.

Während sie alle zusammensitzen, spürt Catalina, dass Santiago immer mal wieder näher zu ihr rückt, seine Hand ihre streift und er ihre Nähe sucht, doch sie versucht, das weiter zu ignorieren, auch wenn sich jedes Mal alles in ihr zusammenzieht und ihr dummes Herz zu hüpfen beginnt.

Sie sitzen eine ganze Weile zusammen, Marco und Zayn schwärmen von Puerto Rico und von Orten hier, die sie unbedingt gesehen haben müssen. Catalina merkt, wie neugierig ihre Mutter auf all das reagiert. Am liebsten würde sie ein Video davon machen und ihrer Schwester schicken, es erinnert kaum noch etwas an die Frau, die sich mit Depressionen in ihr Zimmer zurückgezogen hat.

Sie sieht, dass es Catalina nicht schlecht geht, natürlich sind die Bedingungen, wieso sie hier lebt, nicht die besten, doch sie ist in kein dunkles Zimmer gesperrt und wird nur mit Wasser und Brot versorgt, wie ihre Mutter es wahrscheinlich bis zu ihrer Ankunft hier vermutet hat.

Irgendwann gähnt ihre Mutter nur noch, auch Catalina ist müde. Sie wünschen den Männern eine gute Nacht, die offenbar noch einige Dinge besprechen wollen. Ihre Mutter geht schon einmal nach oben, während Catalina noch Teller in den Geschirrspüler räumt.

»Deiner Mutter scheint es hier zu gefallen.« Santiago ist ihr in die Küche gefolgt und stellt sich hinter sie. »Ja, ich … ich weiß nicht, ob oder wann ich sie schon mal so gelöst erlebt habe. Ihr tut es wahrscheinlich sehr gut, all das mit meinem Vater und seiner Freundin hinter sich zu lassen.« Sie schließt die Maschine und wendet sich zu ihm um.

Seine dunklen Augen sehen sie forschend an und Catalina ertappt sich selbst dabei, wie sie ihm auf seine schönen Lippen blickt und sich fragt, ob sie sich jemals wieder so nah kommen werden, denn sie hat es sehr genossen.

»Ja, auch du bist viel glücklicher, du strahlst richtig.« Catalina lächelt. »Es macht mich glücklich, sie glücklich zu sehen und jemanden hier zu haben, der … mich liebt.« Santiago räuspert sich, nachdem er ihre Worte einige Sekunden hat verklingen lassen. »Ihr solltet die Tage nutzen und Puerto Rico kennenlernen. Es ist wichtig, so viel wie möglich von der Welt zu sehen, und wenn deine Mutter nur die Zeit hat, die sie hier bei dir ist, solltet ihr sie nutzen. Auch du kannst so deine neue Heimat das erste Mal wirklich sehen.«

Im Garten lacht Zayn laut auf über etwas, was Marco ihm gesagt haben muss und sie beide sehen in den Garten. »Ja, vielleicht hast du recht. Ich werde mir einige Orte raussuchen und …« Er nimmt Catalinas Hand in seine, ihr erster Reflex ist es, sie wegzuziehen, doch sie lässt zu, dass er ihre Finger verschränkt und über ihren Ehering streicht. Dabei merkt sie, dass er seinen auch trägt.

»Ich kümmere mich darum. Es ist nicht gut gelaufen auf der Hochzeit, ich hätte Flavia schon viel früher in ihre Schranken weisen sollen, doch ich hoffe, auch wenn wir einige Schritte zurückgehen, dass wir weiter auf demselben Weg bleiben. Ich

24

habe meine Meinung nicht geändert und ich hoffe, du verstehst bald, dass du hier nicht nur Feinde hast, ganz im Gegenteil.«

Catalina unterbricht ihren Augenkontakt nicht, sie weiß nicht, was sie dazu sagen soll und ist froh, dass ein erneutes lautes Lachen aus dem Garten sie unterbricht. Langsam entzieht sie Santiago ihre Hand. »Es bedeutet mir viel, dass du dir so viel Mühe wegen meiner Mutter gibst, ich weiß, dass das nicht selbstverständlich ist.« Sie beugt sich zu ihm hoch und gibt ihm einen Kuss auf die Wange. »Gute Nacht, Santiago.«

Doch natürlich kann Catalina danach nicht mehr gut schlafen, sie bleibt bei ihrer Mutter im Zimmer und während diese tief und fest schläft, lauscht Catalina den Geräuschen im Haus, als sich nach einer ganzen Weile Marco und Zayn verabschieden, Santiago die Lichter ausschaltet, duschen geht und sich irgendwann völlige Stille über das Haus legt.

Sie weiß, dass sie jetzt zu ihm gehen, sich an ihn kuscheln könnte und auf ihr Herz hören, doch sie schließt die Augen und versucht, auch endlich Schlaf zu bekommen.

Am nächsten Morgen wird sie von einem vertrauen Duft wach und läuft in Shorts und Top und völlig verschlafen nach unten, wo ihre Mutter ihre Lieblingseier, frisches Brot und Crêpes gemacht hat. Wie sehr sie das vermisst hat. »Du hast geschlafen wie ein Stein heute Morgen. Santiago ist vor einer Stunde zu einem Termin gegangen und ich dachte, du brauchst mal wieder ein gutes Frühstück.«

Catalina probiert und schließt die Augen. »Du hast keine Ahnung, wie sehr man all solche Kleinigkeiten vermissen kann.« Ihre Mutter lächelt wissend und sie frühstücken zusammen. Sie bleiben noch etwas im Garten sitzen und Catalina beginnt gerade im Internet herauszusuchen, was sie sich heute ansehen könnten, da klingelt es an der Haustür.

Eine Frau steht davor. Mit ihrem Cap und den Sportklamotten sieht sie aus wie eine Fitnesstrainerin. Catalina will gerade fragen, ob sie sich in der Haustür geirrt hat, doch die Frau strahlt sie an und deutet auf einen Jeep hinter sich. »Catalina? Ich bin Samantha und habe die Aufgabe, Ihnen und Ihrer Mutter die schönsten Seiten Puerto Ricos zu zeigen. Es wäre gut, wenn Sie das Nötigste zusammenpacken, wir übernachten heute Nacht auch woanders, außer einer gehörigen Portion Neugier brauchen Sie nicht viel.«

Einen Moment sieht Catalina die Frau nur entgeistert an, bevor sie ihre Mutter ruft und fragt, was sie davon hält. Auch sie ist überrascht, sagt aber, dass sie es ausprobieren können, sie wollten sich ja eh Puerto Rico ansehen und so haben sie gleich jemanden an ihrer Seite.

Also beeilen sie sich, packen einige Sachen zusammen und begeben sich in Samanthas Hände. Weder Catalina noch ihre Mutter wissen so richtig, was sie zu erwarten haben, besonders von Samantha, die sie über Landwege und große Autobahnen fährt und ihnen aus dem Auto heraus vieles zeigt und erklärt.

Catalina hat wirklich einen Moment daran gedacht, alles abzusagen und der Frau vor der Tür zu erklären, dass sie daran kein Interesse haben, doch sie möchte ihrer Mutter unbedingt ein paar schöne Tage machen und sie vertraut darauf, dass Santiago weiß, was er tut.

Nach zwei Stunden weiß sie dann, dass er das wirklich tut. Sie halten das erste Mal an einem kleinen Waldstück, in das sie hineingehen und einige Meter laufen, bevor sie vor einem gigantischen Wasserfall landen.

Auch Kolumbien hat viel schöne Natur zu bieten, doch so etwas hat Catalina noch niemals gesehen, als hätte die Natur hier mitten im dichten Wald ein kleines Paradies entstehen lassen. Es ist faszinierend, Catalina und ihre Mutter machen viele Fotos, sie picknicken dort, Samantha hat alles dabei und erzählt ihnen einige Mythen um diesen Wasserfall. Weder ihre Mutter noch sie können sich an diesem schönen Naturspektakel sattsehen.

Samantha hat allerdings noch mehr vor, sie fahren wieder eine Weile und halten an den bekannten Felsen und der Festung in San Juan. Spätestens da begreifen Catalina und ihre Mutter, was Santiago ihnen hier ermöglicht. Sie sehen sich alles an, machen Fotos und rufen Natia per Videoanruf an, um sie auch daran teilhaben zu lassen. Samantha hält sich immer etwas im Hintergrund, nachdem sie ihnen das Wichtigste zu den Orten erklärt hat.

Sie verbringen eine ganze Weile an dem Ort, danach schlendern sie ein wenig durch die Altstadt von San Juan und essen dort zu Mittag. Catalina liebt es, sie holen sich Eis und lauschen den Straßenmusikern. Sie schickt auch Santiago einige der Fotos und bedankt sich bei ihm, er schreibt ihr zurück, dass er sich freut, dass es ihnen gefällt und sie die Zeit genießen sollen. Samantha zahlt alles für sie, auch als ihre Mutter ein Kleid anprobiert und eigentlich Catalina es kaufen möchte, tut Samantha es und erklärt, dass Santiago am Ende alles übernimmt.

Sie fahren weiter, über Landstraßen, halten an zwei bekannten Brücken und als die Sonne langsam untergeht, halten sie an einem wunderschönen weißen Standressort mit vielen romantischen Holzhütten direkt am Wasser. Catalina und ihre Mutter beziehen eine dieser Hütten. Während sie duschen und sich umziehen, wird ihnen die Terrasse mit frischem Fisch, leckeren Soßen und Salaten vollgestellt.

Catalina atmet tief aus, als sie sich setzen, den Sternenhimmel über sich betrachten, vom Fisch probieren und dem Rauschen des Meeres lauschen. Ihre Mutter hat sich ihre Haare zusammengebunden und sieht Catalina lange an, dann bilden sich hübsche Lachfalten um ihre Augen und sie deutet um sich herum.

»Es ist wunderschön hier. Eigentlich sollten wir dieses Land und alles, was damit zu tun hat, verabscheuen. Aber wie soll das gehen?« Catalina sieht sich ebenfalls um, sie muss automatisch an Santiagos dunkle Augen denken und nickt. »Das sollten wir eigentlich.«

Kapitel 3

Als Catalina wenig später aus der Dusche kommt, schläft ihre Mutter bereits. Sie geht noch einmal auf die Veranda und legt sich in die Hängematte, die auf der Terrasse aufgespannt ist. Sie nimmt ihr Handy und vergisst für einen Moment alle Bedenken, als sie Santiagos Nummer wählt.

Er nimmt auch nach dem zweiten Klingeln an. »Hey.« Es ist ganz ruhig bei ihm. »Hallo. Hast du schon geschlafen?« Sie sieht auf das dunkle Meer hinaus, der Strand wird von einigen Laternen und Fackeln beleuchtet, sowie von dem riesigen Mond und tausenden von Sternen über ihr.

»Nein, ich bin gerade nach Hause gekommen. Ich war so abgelenkt, dass ich dich sogar eine Minute gesucht habe, bevor mir eingefallen ist, dass du weg bist.« Catalina muss lächeln. »Hast du dich schon so sehr daran gewöhnt, dass ich da bin?« Es hört sich an, als würde er sich hinsetzen. »Es scheint so. Wie gefällt es dir im kleinen Paradies?«

Catalina sieht sich um. »Es ist … ein Paradies. Danke, dass du uns das ermöglichst.« Sie meint das ernst, sie weiß zu schätzen, dass er sich solche Mühe gibt. »Wenn die Dinge irgendwann wieder besser zwischen uns stehen, fahren wir beide zusammen noch einmal in das kleine Paradies.« Catalina lächelt. »Das wäre schön.« Sie weiß nicht, ob sie daran glauben kann. Einen Moment schweigen sie beide, als wüssten sie beide nicht so recht, ob das wirklich passieren wird.

»Schlaf gut, Santiago.«

»Du auch.«

Der Ort, an dem sie geschlafen haben, wird in Puerto Rico nicht umsonst das kleine Paradies genannt. Sie schlafen aus und gehen im türkisfarbenen Meer schwimmen, bevor sie ein Boot abholt und zu einer kleinen Insel bringt, vor der unzählige Delfine schwimmen. Sie erkunden die Insel, füttern die Delfine und beobachten die riesigen Schildkröten am Land, bevor sie mittags weiterfahren.

Catalina hätte nicht gedacht, dass sie noch mehr zu beeindrucken wäre, doch sie halten an einem kleinen Fischerdorf, in dem sie spazieren gehen und leckere Fischpfannen essen, danach fahren sie zu gefährlichen Klippen, die unheimlich faszinierend sind und zu einem anderen wunderschönen Strand an einer kleinen Stadt, in der sie einen Handwerksmarkt besuchen, bevor sie am frühen Abend wieder vor ihrem Haus halten.

Catalina und ihre Mutter bedanken sich bei Samantha für diese unvergesslichen Tage. Sie haben in den letzten zwei Tagen so viel von Puerto Rico gesehen und trotzdem konnten sie ihre Seele baumeln lassen. Catalina trägt ein weißes Strandkleid und hat sich ihre Haare zur Seite geflochten, auch ihre Mutter trägt ein hellblaues Sommerkleid. Sie beide haben etwas Farbe abbekommen und Catalina fühlt sich ein wenig so, als hätte sie eine Woche Urlaub am Strand gemacht.

Aber auch wenn ihre Mutter und sie sich wirklich gut amüsiert haben, hatten beide ein schlechtes Gewissen wegen Natia. Immer wieder haben sie von ihr gesprochen. Sie wissen, was ihr bevorsteht, doch es war fast schon unwirklich, ihre Mutter mal so frei zu erleben, selbst ihre Schwester konnte es nicht fassen, ihre Mutter so zu sehen, als sie sie immer wieder per Videoanruf angerufen haben, um sie an allem teilhaben zu lassen. Sie hat die Zeit, seit sie von Natias bevorstehender Hochzeit erfahren hat bis zu ihren Flug nach Puerto Rico, fast nur in ihrem Zimmer und ihrem Bett verbracht. Die Depressionen hatten sie völlig im Griff und hier nimmt sie nicht einmal mehr ihre Tabletten.

Catalina möchte gar nicht so genau hinterfragen, wieso es so ist, sie ist einfach nur froh, dass es so ist. Als sie das Haus betreten, steigt ihnen schon der Geruch von Holzkohle und gegrilltem Fleisch in die Nase. Es ist Musik zu hören und sie gehen zum Garten, um nachzusehen, was los ist.

Im Garten steht Marco mit einem anderen Mann am Grill, Zayn und Santiago sitzen am großen Esstisch und spielen Karten, außerdem erkennt Catalina noch deren Cousins Diego und Thiago, zwei Frauen kommen gerade aus dem Pool und Catalinas Herz schlägt schneller. Offenbar hatte Santiago hier seinen Spaß, solange sie weg war.

»Da seid ihr ja, wie war es? Gefällt euch Puerto Rico?« Am liebsten würde Catalina ihre Mutter wegziehen und nach oben gehen, es macht sie wütend, die Frauen hier zu sehen, was nicht so wäre, wenn sie sich daran gehalten hätte, auf Abstand zu bleiben und diese Ehe als das zu sehen, was sie ist, ein Geschäft, ein Bündnis, eine Zweckehe. Die Worte von Santiago und die Nähe, seine liebevolle Art, all das haben sie anders denken lassen, aber nun bereut sie es.

Bevor Catalina eingreifen kann, ist ihre Mutter aber schon draußen und bedankt sich noch einmal bei Santiago für diese zwei Tage. Er hat Catalina auch heute immer wieder geschrieben und gefragt, ob alles in Ordnung ist und sie hat ihm geantwortet und sich auch immer wieder bedankt, denn dieser Ausflug durch Puerto Rico war etwas ganz Besonderes, doch nun bedankt sich auch ihre Mutter noch einmal.

Zayn erklärt, dass sie heute Mittag hier gegrillt haben, auch ihre Mutter und der Rest der Familie waren da, jetzt sind nur noch sie hier und werfen den Grill gerade wieder an. Er fragt, ob sie noch etwas essen wollen und weil das Mittagessen schon eine Weile zurückliegt, haben sie beide auch wirklich Hunger.

Doch erst, als sich eine der Frauen im Bikini neben Zayn setzt und er sie als eine Freundin vorstellt, setzt sich Catalina auch an den Tisch. Die Frau ist eine wunderschöne Latina, Zayn wechselt seine Frauen allerdings ziemlich oft. Die andere Frau ist eine Asiatin und setzt sich zu Diego, der seine Hand auf ihrem Oberschenkel lässt, erst da atmet Catalina erleichtert ein und trifft auf Santiagos Blick.

Er weiß es. Er weiß, was sie gedacht hat und wahrscheinlich hat er auch gemerkt, dass es sie wütend gemacht hat, sie kann seinen Blick nicht deuten und beendet den Blickkontakt, während ihre Mutter den Männern von den zwei Tagen erzählt.

Marco grillt ihnen zartes Hähnchenfleisch und sie essen Salat dazu, auch Catalina erzählt ein wenig davon, was sie erlebt haben. Wieder sitzen sie alle gemütlich zusammen, es ist, als würden sie dazugehören, die Männer geben ihnen das Gefühl und Catalina fragt sich in diesem Moment, was ihr Vater denken würde, wenn er sie jetzt so sehen könnte.

Als es aber zu dämmern beginnt, bekommt Santiago einen Anruf und die Männer verabschieden sich, da sie noch zu einem Treffen müssen. Nur wenige Minuten später sitzen ihre Mutter und sie alleine im Garten und sehen zu den ersten Sternen.

»Santiagos Mutter war nicht einmal hier und kaum bin ich weg, feiern sie eine Familienfeier.« Catalina muss lachen, als sie das laut feststellt. Ihre Mutter legt den Arm um sie und lacht ebenfalls. »Keine Frau versteht sich mit ihrer Schwiegermutter, dafür müssen die Familien nicht einmal verfeindet sein.«

Sie hat recht und das sollte auch ihr kleinstes Problem sein. Lange sitzen die beiden nicht mehr dort. Da der Tag zwar wunderschön aber auch sehr lang war, gehen beide kurz danach schlafen und erst als sie im Bett ist, entdeckt Catalina eine neue Nachricht von Santiago.

'Ich hoffe wirklich, dass ich mich täusche und du nicht dachtest, dass diese Frauen zu mir gehören, weil du mir glaubst und verstehst, dass ich unserer Ehe eine Chance geben möchte.'

Sie legt sich zurück und reibt sich müde über die Augen, es gibt so viel, was Catalina darüber denkt, so viele Für und Wider, zu viel von allem. 'Ich wünschte, ich wüsste, was ich glauben kann oder darf, all das verwirrt mich viel zu sehr.' Das ist sehr einfach zusammengefasst, was sie fühlt und da Santiago darauf nicht mehr antwortet, bezweifelt sie, dass er wirklich versteht, was sie meint.

Wieder findet sie trotz Müdigkeit und Erschöpfung lange keinen Schlaf. Irgendwann muss sie eingeschlafen sein, als sie am Morgen aufwacht, ist es schon früher Mittag. Es ist ihr letzter Tag mit ihrer Mutter, am Abend geht ihr Flieger und Catalina möchte bis dahin jede Minute mit ihr genießen, deswegen geht sie schnell duschen, zieht sich eine Shorts und ein weißes ärmelloses Top über, lässt ihre Haare offen und geht ungeschminkt nach unten, wo Santiago sich gerade vom Frühstückstisch erheben wollte, sich aber wieder hinsetzt, als er sie entdeckt.

»Guten Morgen, bist du auch gerade erst aufgestanden?« Sofort kommen ihr die Nachricht von gestern wieder hoch und sie meidet es, ihn direkt anzusehen, sie sucht im Garten ihre Mutter, ihr Zimmer war schon leer. »Ich bin gerade erst gekommen, wir hatten viel zu tun.«

Nun sieht sie ihn doch genauer an, er sieht müde und erschöpft aus. Er trägt dieselben Sachen wie gestern Abend und unter seinen Augen liegen dunkle Schatten. »Ich habe deine Mutter gerade getroffen, sie ist zu meiner Mutter gegangen.« Catalina hat sich gerade einen Becher genommen und wollte zu Santiago an den Tisch, sie lässt den Becher fallen und sieht ihn entgeistert an. »Sie ist was?« Zum Glück hatte sie noch nichts eingegossen, doch die Scherben liegen auf dem Boden, Santiago hebt verwundert über ihre Reaktion die Augenbrauen. »Sie ist zu meiner Mutter gegangen.«

Sie kann es nicht fassen. »Wieso sollte sie das tun?« Santiago zuckt die Schultern und lehnt sich zurück, er ist offenbar fertig mit seinem Frühstück. »Sie hat gesagt, sie möchte einmal von Mutter zu Mutter mit ihr sprechen. Ich finde das gar nicht schlecht.« Nun zieht Catalina die Augenbrauen hoch, sie hat sich keinen Millimeter bewegt, seit sie das erfahren hat.

»Findest du? Deine Mutter hasst uns und wir sollten ihr lieber aus dem Weg gehen, ich weiß nicht ...«

Santiago lächelt matt und für einen Moment verliert sich Catalina wieder in seinen dunklen Augen. »Sie hasst nicht dich, Catalina, sie hasst eure Familia, lass die beiden sich mal unterhalten, wer weiß, was dabei rauskommt.« Langsam legt sich ihre erste Schockstarre und sie hebt die Scherben der Tasse auf und bringt sie zum Müll.

»Das ist gar keine gute Idee, ich möchte nicht, dass meine Mutter verletzt ist. So wie sie hier ist, habe ich sie noch nie richtig erlebt. Sie hat Kolumbien und meinen Vater hinter sich gelassen und es ist, als könnte sie das erste Mal wieder atmen. Wenn ich wegen meiner Familia schlecht behandelt und gehasst werde, ist das in Ordnung, ich komme damit klar, aber nicht meine Mutter. Gerade sie hat das am wenigsten verdient.«

Catalina holt sich einen neuen Becher und setzt sich Santiago gegenüber. »Sie wird nicht verletzt, meine Mutter würde nicht unhöflich zu ihr sein, wenn sie mit guten Absichten kommt und du unterschätzt deine Mutter. Sie ist eine bemerkenswerte Frau, man sieht ihre Stärke in ihren Augen, genau wie bei dir. Du hast nicht nur ihre Schönheit geerbt. Und nur, weil deine Mutter all die Jahre zum Wohle ihrer Kinder sehr viel erduldet hat, bedeutet das nicht, dass sie schwach ist, im Gegenteil, vielleicht ist sie die Stärkste von allen. Ich bin sehr beeindruckt von deiner Mutter.«

Catalina legt ihren Kopf ein wenig schief, er schafft es wirklich, sie selbst jetzt zum Lächeln zu bringen, auch wenn sie der Gedanke, wo ihre Mutter gerade ist, mehr als nervös macht. »Sie ist die Beste.« Santiago gießt ihr Kaffee ein und lacht leise, seine Stimme ist rau und müde.

»Du solltest schlafen gehen, du scheinst sehr müde zu sein. War der Termin so anstrengend?« Sie sieht ihm in seine dunklen Augen und ihr Herz schlägt schneller. »Das war er, aber ich bin vor allem müde, weil ich das erste Mal beweisen muss, dass ich etwas ernst meine und alles läuft schief und gegen mich, als wolle mich meine Vergangenheit dafür bestrafen, dass ich sehr … offen für alles war. Wie gesagt … ich möchte dieser Ehe eine Chance geben. Ich bin es gewohnt zu kämpfen, aber nicht auf dieser Ebene und ich habe unterschätzt, wie anstrengend es ist, besonders wenn einem so viel daran liegt.«

Mit dieser Aussage hat er sie nun völlig überrumpelt. Catalina beendet den Augenkontakt und sieht auf ihre Tasse. Sie weiß, dass er nicht wollte, dass alles so kommt und sie glaubt ihm auch, dass er versuchen möchte, ihrer Ehe eine echte Chance zu geben, doch diese tief verwurzelte Ablehnung seiner Familia lässt sie auch jetzt wieder stocken und vorsichtig sein.

Er greift über den Tisch nach ihrer Hand, und schon bei dieser einfachen Berührung fliegen tausende Schmetterlinge in ihrem Bauch wild umher. Sie blickt wieder hoch in seine Augen. »Ich …«

Catalinas Handy, das neben ihr auf dem Tisch liegt, piept, es ist ihre Mutter, sie schreibt, dass sie zu Santiagos Mutter herüberkommen soll, sie möchten mit ihr sprechen.

»Ich soll zu deiner Mutter.« Santiago atmet tief aus, er weiß, dass somit dieses Gespräch erst einmal aufgeschoben ist. »Soll ich dich begleiten?« Nun ist es Catalina, die ihre Hand hebt und liebevoll über die Schatten unter seinen Augen streicht. »Nein, geh schlafen, ich schaffe das schon.« Sie lächelt und steht auf, doch bevor sie sich abwendet und aus dem Haus geht, dreht sie sich noch einmal zu ihm um.

»Ich kann dir auch nicht sagen, dass du aufhören sollst, um uns zu kämpfen, weil ich es nicht will. Ich möchte das genauso wie du, auch wenn ich noch viel zu viele Bedenken habe.« Nun scheint auch sie ihn überrascht zu haben. Ob er dachte, dass ihr das, was sich langsam zwischen ihnen aufbaut, nichts bedeutet? Ihr Kuss, die Nacht, die sie zusammen in einem Bett geschlafen haben, da muss er doch gespürt haben, dass er ihr nicht gleichgültig ist. Santiago nickt. »Keine Sorge, das habe ich nicht vor.«

Während Catalina die paar Schritte zum Haus von Santiagos Mutter läuft, welches nach dem Pferdestall kommt, schlägt ihr Herz noch schneller als eben bei Santiago. Seine Worte und dass sie jetzt das erste Mal richtig auf seine Mutter trifft, lassen sie noch einmal einhalten, bevor sie an die Tür klopft. Zwar war seine Mutter auch auf der Hochzeit, hat sie aber nicht weiter beachtet und auch Catalina hat auf alles andere, aber nicht auf sie geachtet.

Seitdem sie hier lebt, hat sie nur einmal seinen Vater gesehen, ansonsten haben seine Eltern kein Interesse daran gezeigt, Catalina kennenzulernen.

Nicht Santiagos Mutter, sondern eine Haushälterin öffnet ihr, und bringt sie durch einen hellen Flur in einen Wohnbereich. Das Haus der Eltern ist anders eingerichtet, etwas altmodischer, mit schweren Holzmöbeln und vielen Erinnerungen. Sie sieht auf eine dunkle Holzkommode mit vielen Bildern und würde sich diese am liebsten genauer ansehen, doch die Haushälterin bittet sie, ihr zu folgen.

Sie gehen in den Garten, hier gibt es einen kleineren Pool, dafür aber einen großen Brunnen und einen weißen Pavillon, unter dem im Schatten ihre Mutter mit der etwas fülligen dunkelhaarigen Frau sitzt, die mit Catalina zusammen zurückgeflogen ist, sie aber keines Blickes gewürdigt hat.

Catalina atmet noch einmal durch und geht dann zu den beiden, die ihr entgegensehen. Sie nickt Santiagos Mutter unsicher zu. Ihre Mutter lächelt zuversichtlich und deutet Catalina, sich zu setzen.

»Sie hat auf jeden Fall deine Schönheit geerbt, das ist mir auf der Hochzeit schon aufgefallen und es verwundert mich gar nicht, dass Santiago von Tag zu Tag mehr Gefallen an dieser Ehe gefunden hat.«

Erst glaubt Catalina, sich verhört zu haben, doch Santiagos Mutter lächelt sie ehrlich an und reicht ihr Kekse und eine Tasse Tee. Ihre Mutter lacht und die Situation kommt ihr immer unwirklicher vor.

»Schatz, ich habe mich mit Santiagos Mutter unterhalten. Ich finde es wichtig, dass sie weiß, wie das alles für uns war. Dass wir nichts mit dieser Vereinbarung zu tun haben und selbst damit überrollt wurden. Ich habe ihr erzählt, wie wir unter deinem Vater leben und dass sie, wenn sie jemandem weiter die Schuld geben möchte, es bei ihm tun soll. Du kannst nichts dafür und auch für uns ist all das nicht leicht.«

Catalina versteht, was ihre Mutter hier tut, sie möchte, dass sie es leichter hat, nicht gehasst wird, doch sie ist sich sicher, dass Santiagos Mutter auch vorher schon wusste, dass Catalina diese Ehe nicht freiwillig eingegangen ist.

»Deine Mutter hat mir von ihrer Ehe erzählt und ich weiß, wie mächtig die Männer in Familias sind und dass sie Entscheidungen treffen, die ihre Frauen verletzen. Ich habe mir für meine Söhne immer eine Ehe aus Liebe, Kinder und alles gewünscht, was sich eine Mutter wünscht. Doch die Männer haben sich für etwas anderes entschieden. Ich werde mich nicht gegen diese Ehe stellen, ich werde die Delgardos niemals als Familie anerkennen, niemals, doch ich habe begriffen, dass deine Mutter und du für all das nichts könnt.

Ich habe auch mitbekommen, dass mein Sohn anfängt, dich zu mögen und er hat seinem Vater und mir gesagt, dass er versuchen möchte, eine gute Ehe zu führen, auch wenn sie vielleicht nicht optimal gestartet ist. Du kannst dir nicht vorstellen, wie überraschend es war, dass aus dem Mund meines Sohnes zu hören, er war bisher immer sehr … wild.

Ich war trotzdem dagegen, doch jetzt, wo deine Mutter mir eure Situation erklärt hat, versuche auch ich, all dem eine Chance zu geben. Nicht für die Delgardos, nur für dich und deine Mutter und dem Schicksal, dass uns Frauen aus Familias leider oft aufgebürdet wird. Wir können nichts für die Entscheidungen der Männer und leiden doch immer am meisten darunter.« Sie greift über den Tisch nach Catalinas Hand und drückt sie, bevor sie ihrer Mutter noch eine weitere Tasse Tee eingießt und sie anfangen, sich über einige andere Familias zu unterhalten, die beide kennen.

Catalina hört den beiden einfach nur zu und überlässt alles ihrer Mutter, sie hat unterschätzt, wie gut ihre Mutter mit solchen Situationen umgehen kann. Außerdem hat sie nicht damit gerechnet, dass Santiago mit seinen Eltern über sie gesprochen hat, sie begreift immer mehr, dass seine Worte wahr sind, er möchte dieser Ehe wirklich eine Chance geben, sonst hätte er, ausgerechnet er, das doch gar nicht erst vor seinen Eltern erwähnt.

Deswegen bleiben sie beide eine Weile bei Santiagos Mutter sitzen, immer wieder werfen sich Catalina und ihre Mutter einen wissenden Blick zu. Nicht nur die Männer haben mit den Jahren gelernt, sich durch das Leben der Familia zu kämpfen. Mit diesem Besuch hat ihre Mutter dafür gesorgt, dass Catalina nicht mehr ganz so viel Hass zu befürchten hat.

Ihre Mutter wirkt sehr zufrieden, auch Catalina ist ruhig, nett und höflich. Als sie sich nach einer Stunde verabschieden, gibt Santiagos Mutter Catalina sogar zwei Küsse auf die Wange. Ob es echt ist? Catalina bezweifelt es. Ob es etwas ändert? Zumindest muss sie vielleicht nicht mehr damit rechnen, von hinten ein Messer in den Rücken zu bekommen und das lässt einen doch etwas entspannter atmen.

Kapitel 4

Auf dem Rückweg bleiben sie eine Weile im Pferdestall, Catalina vermisst Esperanza furchtbar, es ist ihre Schuld, sie hätte besser auf ihre alte Freundin aufpassen sollen. Gerade ist es ruhig um Flavia, doch Catalina ist sich absolut sicher, dass da noch nicht das letzte Wort gesprochen ist.

Als sie zurück ins Haus kommen, ist es ganz still und Catalina sagt ihrer Mutter, dass Santiago schläft und sie ihn schlafen lassen sollten. Sie bleiben noch ein wenig im Garten sitzen und genießen die letzte Zeit zusammen.

»Wenn ich daran denke, was mich in Kolumbien alles erwartet, würde ich mich am liebsten einfach nicht in den Flieger setzen.« Ihre Mutter sieht nachdenklich in den Himmel. »Ich muss sagen, dass ich dich noch nie so befreit wie die letzten Tage erlebt habe. Wenn ich daran denke, dass du dort wieder … in alte Muster verfällst, würde ich dich am liebsten hierbehalten.«

Ihre Mutter lächelt mild. »Weißt du, ich habe deinen Vater wirklich geliebt, ich wollte es nicht, doch ich habe es dann zugelassen und ihr und er … das war alles für mich. Als er dann Sarita nach Hause gebracht hat, ist für mich meine kleine, heile Welt eingestürzt.

Ich wollte nur noch weg. Ihr wart noch kleiner und habt es nicht mitbekommen, doch ich habe nicht nur einmal versucht zu flüchten, habe mich an andere gewandt, um Hilfe gebeten und euren Vater immer wütender gemacht. Irgendwann wurden wir drei rund um die Uhr von seinen Männern bewacht, damit ich nicht gehen konnte und er hat begonnen, sich an mir durch euch zu rächen. Ich wollte es nie, doch diese Ehe wurde zu meinem persönlichen Alptraum.

Es gibt so einiges, was deine Schwester und du nicht wisst, ich möchte nicht, dass ihr euren Vater noch mehr verachtet, als ihr es eh schon tut, doch glaube mir, hätte ich euch nicht, hätte ich den Tod diesem Leben vorgezogen. Doch euer Glück ist wichtiger, ich kann euch nicht glücklich machen, nicht mit ihm als eurem Vater, doch ich kann da sein und ich ... wir müssen jetzt für Natia da sein.«

Sie hat recht. »Das werden wir, ich komme, sobald Papa mich lässt und werde mir bis dahin etwas überlegen. Vielleicht ist das auch der Grund, wieso ich mich nicht traue, mich ganz auf Santiago einzulassen, damit mir nicht das Gleiche wie dir passieren kann, er ist noch mächtiger als Papa und ich könnte es noch schlimmer haben.«

Ihre Mutter sieht zu ihr. »Ich weiß nicht so genau, Catalina. Ich habe das Gefühl, Santiago mag dich wirklich und ihr habt eine andere Situation. Wenn es darum gehen würde, ob du Santiago heiratest, würde ich dir abraten, mit den Erfahrungen, die ich gemacht habe, doch ihr seid bereits verheiratet, es gibt also keinen Grund für dich, dich nicht darauf einzulassen. Wenn du denkst, du kannst so verhindern, dich in ihn zu verlieben, irrst du dich. Ich sehe dir doch jetzt schon an, dass er dir nicht egal ist.

Es gibt keinen Grund, es nicht zu versuchen, verletzen kann dich jeder Mann, ob er in einer Familia ist oder nicht und verheiratet seid ihr schon. Santiago hat erreicht, was er wollte, all das, was er jetzt tut, tut er nicht, um dich zu beeindrucken und dich an ihn zu binden oder sonst etwas, das braucht er nicht, ihr seid verheiratet und der Deal steht, mehr braucht er nicht.

Alles, was er jetzt tut, tut er, weil er dich wirklich mag, er hat es gar nicht nötig, dir etwas vorzuspielen. Höre einfach auf dein Herz, du kannst deine Situation nicht verschlimmern, das ist der Unterschied. Vielleicht entsteht ja wirklich etwas sehr Positives aus dem schrecklichen Anfang. Man sollte niemals die Hoffnung aufgeben, selbst ich denke, dass ich irgendwann ein anderes Leben führen werde.«

Catalina küsst ihre Mutter auf die Wange. »Das wirst du, ich werde alles dafür tun.« Während sie das sagt, weiß Catalina, dass sie nicht nur ihre Schwester retten muss, es wird auch Zeit, endlich ihre Mutter aus diesem Leben herauszuholen.

Leider ist es dann auch schon Zeit, sie packen alles zusammen und Marco fährt sie zum Flughafen, ohne Santiago zu wecken. Catalina möchte ihre Mutter nicht gehen lassen, sie sind sehr still während der Fahrt zum Flughafen, Catalina gehen auch die ganze Zeit die Worte ihrer Mutter im Kopf herum. Ist es so? Soll sie einfach auf ihr Herz hören? Auf der Hochzeit hat sie das und wurde sofort enttäuscht. Was ist, wenn es nur noch schlimmer wird? Was, wenn ihre Mutter aber recht hat und ihre Gefühle schon gar nicht mehr aufzuhalten sind?

Sie weiß es nicht, Santiago aus dem Weg zu gehen wird auch nicht gehen und das möchte sie auch gar nicht. Catalina dreht ihren Ring am Finger und atmet tief ein. Marco lässt sie am Flughafen heraus und wartet draußen auf sie. Er umarmt ihre Mutter kurz und sagt ihr, dass er hofft, dass sie bald wieder zu Besuch kommen wird.

Sie laufen sehr langsam zum Gate, auch wenn sie schon spät dran sind. »Ihr müsst das morgen durchstehen, versuch, die ganze Zeit bei Natia zu bleiben und sage ihr, dass ich mir etwas einfallen lasse.« Ihre Mutter nickt nur, es bricht Catalina das Herz, als sie sie dann umarmt und beobachtet, wie sie ins Flugzeug steigt. Es ist schon schwer, wenn man in der Situation lebt, doch da involviert zu sein und von Weitem zu sehen, wie ihre Mutter und Schwester weiter unter den Machenschaften ihres Vaters leben, ist noch schwerer.

Nie im Leben hätte sie am Tag ihrer Hochzeit gedacht, dass sie sich nur wenige Wochen später wieder zu Marco ins Auto setzt und merkt, dass, auch wenn sie ihre Familie nicht bei sich hat und viel allein ist, ihr Leben hier nicht schlecht ist. Die Frauen erschweren ihr alles und es wird sicherlich noch nicht vorbei sein, doch auch in Kolumbien hatte sie mit Sarita und ihren Halbschwestern immer Personen, vor denen sie auf der Hut sein musste.

Ihr Vater hat sie zu dieser Hochzeit gezwungen, er ist derjenige, der in der Hand hat, wie oft sie ihre Mutter und Schwester sehen kann, doch auf ihr Leben hier hat er keinen Einfluss, sie ist das erste Mal außerhalb seiner Macht. »Wenn ich jetzt ins Einkaufszentrum möchte, ins Kino oder verreisen möchte … kann ich das einfach tun, oder?«

Catalina wendet sich an Marco, der sie ein wenig verwundert ansieht, bevor er sich wieder der Straße zuwendet. »Natürlich, wieso solltest du nicht? Du bist doch ein freier Mensch. Hast du das Gefühl, du bist unsere Gefangene?« Sie schüttelt den Kopf. »Ich selbst halte mich lieber noch im Haus auf, obwohl ich gemerkt habe, dass ich mich frei in Puerto Rico bewegen kann, zumindest außerhalb der Mauern der Familia.«

Er schnalzt die Zunge. »Ja schon, ich weiß, was du meinst, aber du bist auch die Frau des mächtigsten Mannes Puerto Ricos und darüber hinaus. Ich weiß nicht, ob Santiago dich so ganz ohne Schutz umherlaufen lässt, mit deiner Mutter jetzt, das war ja ein geplanter Trip, aber sonst … du musst mal mit ihm darüber sprechen. Du bedeutest Santiago schon viel, ich denke, er macht sich da wahrscheinlich Sorgen.«

Sofort kribbelt es in ihrem Bauch. »Ja, das werde ich … er wird sicherlich noch schlafen.« Marco fährt in das Gebiet ein. Die zwei Wachmänner nicken ihnen zu. »Nein, wir fahren in ungefähr zwanzig Minuten wieder los. Gestern konnte ich nicht, aber dieses Mal bin ich auch dabei. Das Problem von gestern Nacht ist noch nicht geklärt.« Er steuert direkt Santiagos und nun auch ihr Haus an. »Er war wirklich müde, er wird das bestimmt verschieben.«

Marco lacht. »Da kennst du Santiago nicht, er ist noch nie nicht zu einem Termin erschienen oder hat ihn verschoben. Egal was war, Geburtstage, Krankheit … Santiago stellt nichts über die Angelegenheiten der Familia.« Da ist es wieder. »Das kenne ich von meinem Vater. Passt später auf euch auf, bis dann.« Marco zwinkert ihr nochmal zu. »Sag ihm, ich hole ihn gleich ab.«

Als sie das Haus betritt, hört sie Santiago oben die Dusche abstellen. Er hat viel zu wenig Schlaf gehabt, doch wenn man Marcos Worten glauben kann, dann scheint er, was seine Familia angeht, genauso verbissen zu sein wie ihr Vater. Sie geht in den Wohnbereich, dabei sieht sie kurz in den Spiegel, sie hat noch immer nur die Shorts an und das weiße ärmellose Top, sie hat sich nicht einmal geschminkt. Catalina löst den unordentlichen Knoten, den sie sich auf dem Kopf gebunden hat. Sie überlegt, etwas zu essen, doch sie hat auch keine Lust, für sich allein zu kochen, sie sollte die Zeit nutzen und noch einmal mit Natia alleine sprechen, ihr sagen, wie gut es ihrer Mutter hier ging und dass sie versuchen sollten, etwas zu tun, damit ihre Mutter aus Kolumbien weg kann.

Da ihr Laptop oben liegt, geht sie doch in den ersten Stock und in dem Moment, als sie die letzte Stufe nimmt, kommt Santiago aus seinem Schlafzimmer. Sobald sie sich in die Augen sehen, muss Catalina wieder an das denken, was sie mit ihrer Mutter besprochen hat.

Santiago trägt eine blaue verwaschene Jeans und ein dunkelblaues Hemd, was er sich gerade von unten zuknöpft. Seine Haare sind feucht und er hat noch immer Ringe unter den Augen, doch er wirkt ein wenig erholter als heute Morgen.

»Warum habt ihr mich nicht geweckt? Ich wollte deine Mutter verabschieden.« Catalina tritt ganz zu ihm nach oben. »Du brauchst den Schlaf, meine Mutter lässt dich grüßen.«

Sie könnte jetzt einfach lächeln, in ihr Zimmer gehen und ihn und die Gefühle, die in ihrem Magen und ihrem Herzen toben, unterdrücken, doch sie bleibt vor ihm stehen und sieht ihm weiter in die Augen. Er hört auf, sein Hemd zuzuknöpfen und sieht sie an.

»Ich wollte dieser Ehe auch eine Chance geben ... es ist nicht so, als hätte ich eine Wahl gehabt, doch ich sollte die Gefühle, die ich für dich zu entwickeln beginne, auch nicht ignorieren. Ich sehe, wie sehr du dich bemühst und ich weiß, dass du es nicht tun müsstest, du hast, was du willst, ich könnte dir egal sein.«

Er sieht sie überrascht an, er hat sicherlich nicht damit gerechnet, dass sie jetzt auf ihn zukommt. Catalina selbst hat es nicht geplant, doch sie wird anfangen, auf ihr Herz zu hören. »Das bist du aber nicht.« Sie nickt. »Ich weiß, bei der Hochzeit hat mich das nur zurückgeworfen, weil ... das mit Flavia ... ich kenne das. Ich bin so groß geworden, zwei Frauen und ein Mann, das kann nicht gut gehen und ich werde nicht in die Schuhe meiner Mutter schlüpfen und hier auch solch ein Leben anfangen, dann halte ich mich lieber komplett aus allem raus. Aber ich kann keine zweite ...«

Er kommt einen Schritt auf sie zu. »Das wirst du nicht!« Catalina hatte die Arme vor ihrer Brust verschränkt und öffnet sie jetzt. Es gibt noch so viel, was ihr auf dem Herzen liegt, was ihr Angst macht und Santiago scheint das in ihren Augen zu erkennen.

Seine Hand legt sich an ihr Gesicht, behutsam streicht er mit seinem Daumen über ihre Wange, dabei sieht er sie mit seinen dunklen Augen so intensiv an, als wünschte er, sie könne daraus ihre Sicherheit schöpfen.

»Ich möchte dir nicht schwören oder eine Garantie auf etwas geben, was ich selbst nicht in der Hand habe. Ich verspreche dir aber, dass ich alles in meiner Macht stehende dafür tun werde, dass diese Ehe gut läuft. Vielleicht bin ich als dein Feind geboren, doch ich hoffe, du hast inzwischen gemerkt, dass du mir trauen kannst.«

Sie sind sich schon viel zu nah und Catalina kann nicht mehr als zu nicken, mehr braucht es auch nicht. Er beugt sich zu ihr und seine Lippen liebkosen ihre, Catalina weiß nicht, ob es richtig oder falsch ist, doch sie spürt, wie gut es sich anfühlt, als Santiago sie noch enger an sich zieht und sie liebevoll küsst. Sie schließt ihre Augen, ihre Hände legt sie auf seine nackte Brust und kann seinen Herzschlag wild in seiner Brust pochen spüren.

Der erste Kuss war schon ganz besonders, doch jetzt spürt sie eine Sehnsucht, die sie so nicht kannte und das versüßt das Gefühl nur noch mehr.

Auch Catalina musste immer wieder an ihre Nähe denken und ist froh, all das jetzt wieder zu spüren. Santiago beendet den Kuss langsam. Seine Hände gehen an ihre Taille, während er ihre Wange und ihren Hals entlang küsst.

»Ich habe öfter darüber nachgedacht, einfach zu dir ins Schlafzimmer zu gehen und mich zu dir zu legen.« Catalina schließt ihre Augen wieder genießend und lächelt. »Vielleicht hättest du das einfach tun sollen.« Ungeduldig verschließt er ihre Lippen erneut und dieses Mal wird der Kuss schnell fordernder. Ihre Hände streichen unter seinem nicht zugeknöpften Hemd über seine Schultern. Seine Haut ist weich, während seine Muskeln darunter steinhart sind.

Auch seine Hände wandern weiter, er schiebt sie unter ihr Top, streicht über ihren Po und gerade, als er an ihrer Shorts ankommt, klingelt sein Handy. Catalina atmet schneller, als sie den Kuss lösen und ihr fallen Marcos Worte wieder ein. Sie möchte einen Schritt zurückgehen, doch Santiago lässt das nicht zu.

»Das ist bestimmt Marco, ich sollte dir sagen, dass er dich gleich abholt zu eurem Treffen.« Seine Hand umfasst weiter ihre Taille und er zieht sie an sich, während er an sein Handy geht. Catalina erkennt Zayns Stimme. Santiago lässt seinen Bruder gar nicht zu Wort kommen. »Ich komme nicht, übernimm du heute und lass dich nicht auf einen anderen Deal ein, als wir gestern beschlossen haben, wenn sie nicht wollen, sollen sie verschwinden.«

Catalina horcht auf, er sagt gerade wegen ihr einen Termin ab? Hatte Marco nicht gesagt, er hat das noch nie gemacht? Auch Zayn scheint so etwas zu sagen, Catalina lächelt an seiner Brust, als sie sein leises Brummen über die Worte seines Bruders bemerkt. Ihre Lippen ziehen leichte Küsse auf seiner Brust und seinen Schultern. »Es gibt für alles ein erstes Mal, ich muss mich um etwas Wichtigeres kümmern und ich vertraue dir, dass du das alleine hinbekommst.«

Sie hört sein freches Grinsen, als er auflegt und sieht hoch und direkt in seine Augen. »Marco hatte gesagt, dass du niemals einen Termin ausfallen lässt.« Santiagos Hände fahren wieder an ihren Rücken und er legt das Handy auf das schmale Sideboard, was hier im Flur im ersten Stock an der Wand steht.

»Ich war bisher ja auch noch nie verheiratet.« Catalina lächelt, als er sich wieder zu ihr beugt und sie küsst. Keiner macht dem anderen etwas vor, sie beide wollen endlich mehr, sich ganz spüren und den anderen bei sich haben. Der Kuss wird schnell leidenschaftlicher. Catalina knöpft die paar Knöpfe, die er schon geschlossen hatte, wieder auf und streift Santiago das Hemd von der Brust.

Einen Moment betrachtet sie ihre helle Haut auf seiner. Santiago bemerkt das. »Du bist etwas ganz Besonderes.« Seine raue Stimme beschert ihr eine Gänsehaut. Catalinas Hand streicht über seine Schultern zu seinem R, ihre Lippen küssen die Tätowierung an seiner Brust 'Lebe und Liebe', und in diesem Moment wünschte sie, dass sie der erste Strich für die Liebe wird. Erst da spürt sie seine Waffe im hinteren Hosenbund und zieht sie heraus.

Sie behält sie in der Hand und sieht ihm in die Augen. »Du hättest dir sicherlich niemals träumen lassen, dass die Tochter von Alvaro Delgardo in deinem Haus mit einer Waffe vor dir steht.«

Santiago lacht leise auf, sie liebt das Geräusch, er ist so hübsch, wenn er lacht. Catalina ist geradewegs dabei, ihr Herz komplett an diesen Mann zu verlieren. »Also sagen wir es so, wenn ich dich früher schon mal gesehen hätte, hätte ich sicherlich schon das ein oder ander Mal von dir geträumt.« Er nimmt ihr die Waffe nicht weg, als sie sich zu ihm streckt und ihre Lippen wieder vereint, sie legt dabei die Waffe auf das Sideboard und ihre Arme um seinen Hals und rückt eng an ihn, damit sie seine nackte Brust spürt.

Santiago hat ihr so schnell das Oberteil und den BH ausgezogen, dass sie keine Minute später ihre Haut komplett aneinander spürt.

Santiago küsst sie erneut und hebt sie hoch, was sie den Kuss unterbrechen und leise auflachen lässt, während er sie zufrieden zu seinem Bett trägt.

Es ist von der Nacht noch völlig zerwühlt und sein Duft liegt darin, es ist perfekt. Die vielen Kissen liegen teilweise auf dem Boden, die Liegefläche ist einfach riesig und über ihnen erstreckt sich der blaue Himmel, da das Dach über ihnen ja verglast ist.

Allerdings kann sie dem nicht lange Beachtung schenken, denn Santiagos Lippen lassen sie aufkeuchen, als er beginnt, ihre Brüste zu verwöhnen. Catalinas Atem wird schneller, sie streicht über seine Schultern und sobald er sich wieder ihrem Gesicht nähert, küssen sie sich und dieses Mal steht außer Frage, dass sie sich nun komplett genießen wollen.

Catalinas Hände gleiten zu seiner Jeans und er hilft ihr sie abzustreifen, als er dann nur noch in Boxershorts über ihr liegt und ihre Shorts samt Slip zusammen von ihren Beinen streicht, liegt sie nackt vor ihm und sein Blick wandert an ihr hinab. »Ich würde nicht damit leben können, wenn ich wüsste, dass du die Ehefrau von jemand anderem wärst.«

Wieder setzt sich sein süßes Grinsen auf seine Lippen und Catalina streckt ihre Arme nach ihm aus, er folgt dieser Aufforderung sofort und legt sich auf sie, ohne sie zu erdrücken. »Dann lass nicht zu, dass es irgendwann so kommen könnte.« Santiago küsst ihre Wangen, ihre Stirn und ihre Lippen. »Niemals!«

Seine Lippen fahren am Schlüsselbein vorbei an den Rundungen ihrer Brust entlang. Er bahnt sich seinen Weg zu ihrem Bauchnabel und Catalina schließt schon die Augen. In dem Moment, als er auf ihre Mitte trifft, seufzt sie auf und streckt sich, es fühlt sich unglaublich an, natürlich ist er erfahren, doch damit hat sie nicht gerechnet. Sie stöhnt erneut auf, sie streckt sich und gibt sich dem Gefühl völlig hin, dabei kommt sie ans Kopfende des Bettes und an einen Knopf.

Plötzlich wird das Glas am Dach verdeckt und die gesamte Fläche wird verspiegelt. »Was ...?« Santiago unterbricht seine Fertigkeiten einen Moment und lacht leise. »Du hast das besondere Extra unseres Schlafzimmers entdeckt.«

Catalina sieht nach oben, während Santiago ihr ein erneutes Stöhnen entlockt. Sie sieht sich, Santiagos breiten Rücken, seine Haare zwischen ihnen Beinen und kann ihren Blick kaum davon abwenden, doch Santiago ist so erfahren, dass sie dann doch die

Augen schließt und sich dem völlig hingibt, bis sie spürt, dass sie kurz davor ist, komplett loszulassen und ihn leicht zu sich nach oben zieht.

Catalina küsst ihn so fordernd, wie sie noch niemals einen Mann geküsst hat, Santiago legt sich nach hinten, zieht sich dabei seine Shorts aus und zieht Catalina auf sich. Ohne ihren Kuss zu lösen, setzt sich Catalina auf ihn und nimmt ihn tief in sich auf, sie beide halten ein und sehen sich in die Augen, sie beide spüren, dass sie perfekt zusammenpassen.

Catalina beugt sich vor und Santiago küsst sie, doch dieses Mal etwas langsamer, genießender. »Siehst du, wie gut es ist, dass wir das zulassen?« Catalina nickt, als er seine Hände an ihren Po legt und sie sich auf ihm zu bewegen beginnt. »Es ist das Schönste, was ich je gespürt habe.«

Und das meint sie ernst, die nächsten Minuten spürt Catalina das erste Mal eine Nähe zu einem anderen Menschen, wie sie es zuvor niemals erlebt hat. Natürlich hat sie sich auch bei Milo wohlgefühlt, doch das hier ist etwas ganz anderes und Catalina genießt jede Sekunde davon und ist sich sicher, dass sie darauf nicht mehr so leicht verzichten möchte.

Kapitel 5

»Das ist wie für Sie gemacht.« Catalina sieht in den riesigen Spiegel des teuren Geschäftes im Einkaufszentrum, vor dem Santiago sie heute Morgen abgesetzt hat und dreht sich noch einmal. Die Verkäuferin hat recht, von allen Kleidern, die sie bisher anhatte, ist das hier wirklich am schönsten. Alle anderen waren einfach zu viel, zu viel Stoff, zu viel Glitzer, zu viel Schnickschnack, das hier ist dunkellila, die Verkäuferin hat es Burgunda genannt. Auch wenn die Farbe sehr schwer ist, gleicht das zarte Kleid es mit dem eng anliegenden leichten Stoff und der Schlichtheit wieder aus.

Durch die Farbe werden der helle Ton ihrer Haut sowie ihre karamellfarbenen Haare und Augen besonders hervorgehoben. Es liegt sehr eng an, ihr Po und ihre Brüste wirken perfekt und doch verliert es nicht seinen zarten Charme, es hat keine Träger, das einzige Schmuckstück, was Catalina heute trägt, ist ihr Ehering und auch mit nur wenig Schminke wäre Catalina mit dem Kleid bereit für das, was sie die nächsten Tage erwartet.

»Wann findet die Hochzeit Ihrer Schwester denn statt?« Catalina atmet tief aus, ihr Herz schnürt sich zusammen. »Ich fliege morgen nach Kolumbien, übermorgen ist die Hochzeit.« Das war nicht so geplant, all das war nicht so geplant. Vor nicht einmal einer Woche war die Verlobung, von der Natia nichts wusste. Catalina hat den ganzen Tag versucht, ihre Mutter und die Schwester zu erreichen, doch erst am Abend hat sie mit ihrer Mutter sprechen können, die selbst nicht zuordnen konnte, was da passiert war.

Sie durfte nicht dabei sein, ihr Vater hat Natia und Milo zu sich ins Büro geholt und nach einer Stunde sind beide wieder herausgekommen. Natia war wie ausgewechselt, ihre Mutter dachte, sie müsste sie zusammenhalten nach der Nachricht, doch Natia hat sie angestrahlt und verkündet, dass sie heiraten wird.

Keine Tränen, keine Wut, keine Verzweiflung, nichts. Im ersten Moment dachte ihre Mutter, Natia reißt sich wegen Milo und ihrem Vater zusammen und wird erst richtig mit ihr reden, wenn sie alleine sind, doch es war nicht so.

Jeder bis auf ihre Mutter war erleichtert und froh, dass Natia das alles so gut aufgenommen hat, gerechnet hat niemand damit. Sie haben sofort angefangen zu feiern. Alle waren da, Sarita, die Familia, es gab ein großes Essen, es wurde gelacht und es wurde getanzt. Ihrer Mutter kam es so vor, als wäre sie in einem falschen Film, besonders als ihr Vater verkündet hat, dass die Hochzeit vorverlegt wird. Nun findet sie bereits in zwei Tagen statt, eine Woche nach der Verlobungsfeier.

Catalina ist sich absolut sicher, dass das ihr Vater gemacht hat, weil er auch von Natias Reaktion überrascht war und diese Chance gleich nutzen wollte, bevor sie ihre Meinung doch noch ändert.

Ihre Mutter ist an diesem Abend nicht mehr an Natia herangekommen, sie saß neben Milo und hat gestrahlt, die nächsten Tage hat sie ihrer Mutter immer nur versichert, dass sie mit der Hochzeit einverstanden und glücklich ist. Sie hat sich sogar mit Sarita zusammengetan und wie verrückt alles geplant. Ihre Mutter versteht gar nichts mehr.

Catalina konnte nur einmal kurz mit Natia sprechen und auch da hat Natia ungewöhnlich stark in die Kamera gelächelt, Catalina kam es fast so vor, als säße eine andere Person vor ihr, die nicht aufhören kann zu versichern, dass es ihr gut geht und sie glücklich ist.

Catalina weiß nicht, was da los ist, sie hat von Puerto Rico aus zu wenig Einfluss, es gibt gewisse Sachen, die kann man nicht per Videoanruf klären, doch sie wird es herausfinden, sobald sie zurück in Kolumbien ist. Weil alles so gut läuft und er sehr zufrieden ist, hat ihr Vater nichts gesagt, als Catalina ihn angerufen und gesagt hat, dass sie zur Hochzeit kommen wird, ihre Mutter weiß nicht weiter und hofft, dass sie in Ruhe mit Natia sprechen können, wenn Catalina da ist, solange spielt sie dieses bizarre Spiel einfach mit.

Catalina hat sich fest vorgenommen, Natia und ihre Mutter zu retten, auch wenn sie nicht viel Zeit hatte, etwas zu planen und auch wenn sich bei ihr einiges geändert hat.

Die Tür zum Geschäft öffnet sich in dem Moment, als sie daran denkt und Santiago tritt ein. Catalina wendet sich zu ihm um und lächelt unsicher, als er stehenbleibt und sie von oben bis unten betrachtet. »Das Kleid ist genau richtig, oder?« Die Verkäuferin richtet das Kleid noch einmal und Santiago sieht ernst in Catalinas Augen. »Es ist perfekt.« Catalina muss leise lachen, als sich sein Gesichtsausdruck nicht verändert, er sieht noch einmal an ihr hinab und man erkennt deutlich, dass es ihm nicht so ganz gefällt, dass ihr das Kleid so gut steht. Die Tatsache lässt Catalina dann nicken und sich wieder dem Spiegel zuwenden. »Ich nehme es!«

»Na, da wird Kolumbien dich sicher nicht wieder wegfliegen lassen.« Marco kommt ebenfalls in den Laden, Santiago wollte sich mit ihm und Zayn am Flughafen treffen, wichtige Geschäftsleute abholen und sie in ihre Unterkunft begleiten. Am Abend treffen sie sich mit ihnen zum Essen. Catalina soll Santiago begleiten, alle kommen mit Begleitung, um das Ganze nicht zu förmlich zu halten. Sie hat dafür schon ein Kleid aus dem Laden ausgesucht, bevor sie sich um das Kleid für die Hochzeit gekümmert hat.

Man sieht Santiago an, dass Marcos Worte ihm nicht passen, doch er sagt nichts dazu, so wie die letzten Tage. Man spürt die ganze Zeit, dass er etwas sagen möchte, seit Catalina ihm am

Tag von Natias Verlobung gesagt hat, dass sie wegen der Hochzeit zurück nach Kolumbien muss. Er hat sich auch um den Flug gekümmert und er ist manchmal dabei, wenn Catalina mit ihrer Mutter spricht, doch er hält sich sehr zurück, wenn es um die Reise geht, auch wenn man spürt, dass es ihm nicht wirklich passt.

Catalina lächelt über den Spiegel hinweg zu Marco, bevor sie zurück in die Umkleidekabine geht und sich wieder ihr türkisfarbenes Sommerkleid überzieht. Trotz Santiagos komischen Verhaltens waren die letzten Tage wunderschön. Sie hätte sich das nicht träumen lassen, dass sie das jemals über ihr Leben hier sagen wird, doch es war so.

Santiago und sie haben sich an dem Abend, als sie wirklich zusammengefunden haben, nicht mehr aus den Armen gelassen. Am nächsten Tag war die Verlobungsfeier ihrer Schwester und es war ein wenig chaotisch, doch sie haben auch den Tag zum größten Teil zusammen in ihrem Haus verbracht, Santiago war nur einmal zwischendurch kurz weg.

Sie haben sich sehr genossen und sind sich immer näher gekommen. Catalina hätte niemals gedacht, dass man einfache Dinge so genießen kann. Sie haben spät und lange gefrühstückt, haben danach faul am Pool gelegen, und während Santiago von dort Geschäfte erledigt hat, lag sie mit ihrem Kopf auf seinem Bauch und hat gelesen.

So ging es auch am nächsten Tag noch, sie sind am Strand entlang spaziert und haben viel miteinander gesprochen. Auch wenn sie die Familias so gut wie es geht außen vor gelassen haben, haben sie sich doch einiges aus ihrer Vergangenheit und Kindheit erzählt und sich besser kennengelernt.

Wie ein normales Ehepaar haben sie in einem Bett zusammen geschlafen und Zeit miteinander verbracht. Catalina hat gekocht und sie haben zusammen gegessen. Wenn man nicht weiß, wie diese Ehe entstanden ist, würde man niemals darauf kommen, wenn man sie jetzt beobachtet.

Hat Catalina vorher das Gefühl gehabt, sich in Santiago zu verlieben, weiß sie jetzt, dass sie sich verliebt hat. Auch wenn er es nicht gesagt hat, genauso wenig wie sie bisher, ist sich Catalina ziemlich sicher, dass die letzten Tage auch bei Santiago ihre Spuren hinterlassen haben. Er ist kein Mann, der sie ständig mit Komplimenten überhäuft, doch er zeigt es ihr auf eine andere Art.

Er bringt ihr Blumen mit, umarmt sie immer ein wenig länger und nimmt sich viel Zeit für sie. Und Catalina weiß, dass es nicht selbstverständlich ist, dass er sich so viel Zeit für sie nimmt. Sie weiß, dass er dafür viele Termine an seinen Bruder oder seine Cousins abgeben musste.

Gestern war er aber wieder mehr unterwegs. Am Abend sind sie dann zusammen zu seiner Mutter hinübergegangen und haben dort gegessen. Santiagos Schwester und sein Vater waren nicht da, trotzdem hat es ihr viel bedeutet. Catalina war sehr aufgeregt. Santiago hat das zum Glück bemerkt und ihr geholfen. Er hat immer wieder ihre Hand gedrückt und das Gespräch am Laufen gehalten.

Seine Mutter wollte viel über Natias Hochzeit wissen, von der sie erfahren hat. Es fällt Catalina nicht leicht, darüber zu sprechen, doch sie ist froh, dass seine Mutter sie eingeladen hat und spricht ein wenig darüber, keine Details, doch sie sagt, dass auch diese Hochzeit nur für die Familia stattfindet.

Auch wenn Catalina froh ist, als sie das Haus wieder verlassen, fühlt es sich doch gut an, ein wenig mehr Akzeptanz zu erfahren.

Die Verkäuferin nimmt Catalina das Kleid ab, und als sie zurück in den Verkaufsbereich tritt, ist bereits alles erledigt. Santiago und Marco warten auf sie, Catalina gibt Marco einen Kuss auf die Wange, er telefoniert gerade und als sie sich zu Santiago hochstreckt und ihm einen Kuss auf die Lippen gibt, spürt sie den Blick der Verkäuferinnen auf sich. Sie weiß, dass viele hier gerne ihren Platz an der Seite von Santiago Rojo hätten.

Santiago macht nicht den Eindruck, als würde er diese Blicke überhaupt bemerken. Er küsst sie zurück. »Hast du alles bekommen?« Catalina deutet auf drei weitere Tüten, die sie mit zum Auto nehmen. »Ja, wenn ihr nicht noch etwas erledigen müsst, können wir nach Hause.« Er nickt nur, als wäre er komplett in seine Gedanken vertieft.

Sie laufen nebeneinander zum Auto. Sie sind sich sehr nahe gekommen und er gibt Catalina auch überall einen Kuss, doch trotzdem halten sie noch einen gewissen Abstand, wenn sie in der Öffentlichkeit sind, auch wenn sie beide ihrer Ehe diese Chance geben wollten, scheint keiner von ihnen dem ganz zu vertrauen.

Während des gesamten Weges zurück telefoniert Marco, er wird heute auch dabei sein, er klärt gerade noch Einzelheiten, während Catalina mit ihrer Mutter schreibt. Sie hat ihr aktuelle Passbilder von sich und Natia geschickt und Catalina gibt ihr die Flugdaten durch. Immer wieder spürt sie Santiagos Blick auf sich, doch erst als sie beide kurze Zeit später in ihr Haus treten, wendet er sich zu ihr um.

»Mir gefällt das gar nicht!« Sie weiß, was er meint, doch sie stellt sich erst einmal ahnungslos, es darf jetzt nichts mehr schiefgehen. Sie weiß, dass wenn Santiago es wirklich will, er ihre Reise verhindern kann. »Was genau meinst du?« Er deutet auf ihr Handy.

»Ich weiß, dass ich dich nicht davon abhalten kann, zu deiner Familie zu fliegen und ich möchte es auch gar nicht, doch ich habe kein gutes Gefühl dabei. Du und deine Mutter, ihr seid so besorgt und ich habe das Gefühl, dass da einiges passieren kann und ich werde von hier kaum eingreifen können.«

Catalina legt die Tüten ab, die sie mit hineingenommen hat. Sie wusste, dass ihn die Reise beschäftigt, sie hat aber nicht geahnt wie sehr. »Du … musst auch nicht eingreifen, Santiago, alles was in Kolumbien ist, hat nichts mit dir zu tun. Das weißt du doch.« Er deutet auf sie. »Jetzt aber schon. Wenn du da runterfliegst, dann habe ich sehr viel damit zu tun und ich … Was habt ihr geplant?«

Oh nein, sie hat eigentlich aufgepasst, dass er nichts mitbekommt. Sie antwortet nicht. »Du würdest es mir eh nicht sagen, oder?« Das Letzte was sie möchte ist, dass Santiago sich wegen dem, was mit ihrer Schwester ist, vor den Kopf gestoßen fühlt, deswegen geht sie einen Schritt auf ihn zu.

»Es ist nichts, Santiago, meine Mutter und ich werden versuchen, meiner Schwester zu helfen, wo wir können, doch ohne uns irgendwie in Gefahr zu bringen. Es ist wirklich lieb, dass du dir Sorgen machst, aber das brauchst du nicht. Ich habe da sehr lange überlebt und werde es auch jetzt tun. Mein Vater ist gerade zufrieden und ich werde einfach nur einige Tage dort verbringen.«

Sie weiß, dass sie ihn nicht überzeugt hat, sie möchte ihm nichts vormachen, doch sie darf auch ihren Plan nicht gefährden. »Der Mann, den deine Schwester heiratet und der die Nachfolge deines Vaters antreten wird, er liebt dich.« Santiago weiß, dass Catalina etwas mit Milo hatte, nicht von ihr, sie findet es mittlerweile nicht einmal wert, darüber zu sprechen, doch ihr Vater hat bei ihrer Videokonferenz gesagt, dass Milo sie liebt und er deswegen nicht wollte, dass Catalina bei der Verlobung dabei ist, um zu verhindern, dass Milo eine Dummheit macht.

Sie möchte ihn nicht anlügen. »Ja, auf seine komische Art und Weise tut er das, doch es hat keine Bedeutung. Nicht für mich.« Santiago atmet tief ein und sieht ihr in die Augen.

Sie erinnert sich, als das erste Mal sein Blick auf ihr lag in der Kirche und sie kaum atmen konnte, so viel Kälte lag darin. Nun liebt sie es, sie liebt seine dunklen Augen, die Sorgen darin und auch die Zuneigung, seine Narbe über der Augenbraue und wie sinnlich und gefährlich all das zusammen wirkt.

Wie sehr die Zeit doch manchmal den eigenen Blickwinkel verschiebt und ein ganz neues Licht auf gewisse Dinge wirft.

Catalina überbrückt den letzten Schritt zwischen ihnen. »Es ist nicht mehr das Gleiche. Diese Ehe ist nicht mehr die, die sie am Tag unserer Hochzeit war, deswegen müssen sich viele andere Sorgen machen, aber nicht du.« Er lächelt matt und küsst ihre Stirn.

»Du hast keine Vorstellungen, was ich schon alles in meinem Leben gesehen und erlebt habe und jetzt stecke ich hier in dieser Ehe und Gefühle entstehen, Dinge passieren und stören mich und ich habe das Gefühl, als wäre diese Aufgabe eine meiner schwersten. Ich versuche einfach darauf zu vertrauen, dass du weißt, was du tust. Immerhin bist du in einer Familia groß geworden und mit solch einem Vater wirst du schon viel gelernt haben. Ich hoffe, dass es weiterhin ruhig bleibt und ich nicht eingreifen muss. Dein Vater kommt immer mehr auf uns zu. Besonders nachdem deine Mutter hier war. Er hat mich persönlich angerufen, was sehr selten vorkommt. Wir haben immer über andere etwas ausrichten lassen. Es gab einige kleine Auseinandersetzungen an den Grenzen, nichts von Bedeutung, nichts im Vergleich zu dem was war, doch er hat angerufen, um mir zu versichern, dass er dafür gesorgt hat, dass das aufhört. Ich war selbst überrascht. Er hat auch nach dir gefragt.«

Catalina zieht verwundert die Augenbrauen zusammen. Ihr Vater so auf Friedenskurs? »Wer weiß, vielleicht werdet ihr ja noch einmal so richtige Freunde.« Nun lacht Santiago und Catalina ist erleichtert, dass sie die Schwere aus dem Gespräch genommen hat. »Das wird wohl nicht mehr passieren, aber ich bin ihm trotzdem sehr dankbar für diesen Deal, der zu dieser Ehe geführt hat, in vielerlei Hinsicht.«

Sie mag es nicht, wenn sie daran erinnert wird, wieso sie hier ist. Sie weiß es, sie wird nicht verdrängen, dass diese Ehe nur ein Teil eines Deals ist, doch sie muss es nicht ständig hören. Sie weiß aber natürlich, dass er das nicht böse gemeint hat.

»Und was war der beste Part an diesem Deal?« Sie streckt sich zu ihm hoch. »Meine Ehefrau.« Catalina legt ihre Arme um seinen Hals. Sie hat sich schon sehr an diese Nähe gewöhnt, sie schlafen jede Nacht zusammen in seinem Bett und sie hat selten in ihrem Leben so friedlich und ruhig geschlafen, als würde ihr Körper ihr damit sagen wollen, dass sie Santiago völlig vertrauen kann.

»Ich muss jetzt duschen und mich für den Abend fertig machen.« Santiagos Lippen beginnen ihre zu liebkosen. »Dasselbe hatte ich auch vor.« Seine Hände umfassen ihren Po und heben sie hoch, dabei drückt er sie automatisch an sich und sie seufzt leise auf. »Ich habe gerade erst in den Nachrichten gehört, dass es dieses Jahr zu warm ist in Puerto Rico, dass die Leute dringend Wasser sparen sollen.«

Santiago lacht auf und geht mit ihr die Treppe hinauf zu ihrem Schlafzimmer. »Hast du das? Na dann, es gibt nichts, was ich nicht für Puerto Rico tun würde.«

Kapitel 6

»Wir setzen zur Landung an, bitte bleiben Sie in Ihren Sitzen und schnallen Sie sich an.«

Catalina sieht aus dem Fenster. Als das Flugzeug durch die Wolken bricht, erkennt sie als Erstes die Fahne Kolumbiens auf einem der viele grünen Berge in ihrem Land. Ein warmes Gefühl breitet sich in ihr aus, als sich langsam unter ihnen Häuser und Landschaften auftun. Sie wendet nicht einmal den Blick ab, bis das Flugzeug steht und das Zeichen, dass sie sich abschnallen können, sie wieder ins Hier und Jetzt holt.

Sie hat nicht viel Zeit, deswegen springt sie sofort auf, etwas zu früh, die anderen klatschen noch, da hat sie schon ihre Handtasche aus dem Gepäckfach geholt und läuft zum Ausgang. Natürlich bringt ihr Gedränge nicht viel, sie muss auf die Treppe warten, doch als sie dann als Erste das Flugzeug verlässt, nimmt sie sich doch die Zeit, tief einzuatmen und das Gefühl von Heimat in sich aufzusaugen.

Sie geht direkt zur Passkontrolle, Catalina trägt nur eine schwarze Leggings und ein schwarzes Top, sie hat ihre Haare zu einem Pferdeschwanz gebunden und sich große Kreolen angesteckt. Sie kramt in ihrer großen Handtasche ihren Pass hervor, den Santiago ihr heute erst überreicht hat. Er wurde auf die letzte Minute noch geändert, ihr Nachname ist ja nun Rojo-Delgardo.

Deswegen schiebt sie dem Mann ihren Pass bei der Kontrolle auch schnell zu. Ein Blick auf den Ausweis genügt, der Mann hebt sofort wieder seine Augen und räuspert sich. »Oh, ja natürlich, gehen Sie durch.« Catalina nimmt ihren Pass, murmelt ein Danke und geht direkt zur Gepäckausgabe. Sie weiß, dass alle nach ihr viel länger brauchen werden, doch für irgendetwas müssen ihre Nachnamen ja auch gut sein.

Bei der Gepäckausgabe muss sie einige Minuten warten, bis die ersten Koffer erscheinen, doch von den anderen Reisenden ist immer noch nichts zu sehen, die Kontrollen in Kolumbien sind sehr zeitintensiv, zumindest wenn man kein Mitglied einer Familia ist. Sie sieht ungeduldig auf die Gepäckstücke und atmet erleichtert aus, als sie relativ weit vorn ihren großen Koffer und die Kleiderhülle mit ihrem Kleid entdeckt. Sie hievt ihn vom Gepäckband und geht direkt zum Ausgang.

Zwei Beamte stehen da und heben die Hand, sie wollen garantiert in ihren Koffer sehen, doch Catalina hat dafür keine Zeit. Erneut zieht sie ihren Pass, hält ihn den Beamten vor die Nasen und geht weiter, sie nickt nur bei ihren Entschuldigungen. Catalina hasst es aufzufallen, doch gerade muss sie sich einfach nur beeilen. Als sie sich aus der Sicherheitszone herausbewegt, sieht sie nur auf die große Uhr. Sie hat nicht mehr viel Zeit.

Catalina rollt ihren Koffer hinter sich her und hat die Hülle mit dem Kleid über ihren Arm gelegt. Sie schiebt sich die Sonnenbrille tiefer auf die Nase und verlässt die Halle in Richtung Parkplatz. Catalina sieht nach links und erkennt wirklich einen Taxistand, hinter dem eine kleine Raststätte beginnt. Ohne sich umzusehen geht sie dahin und auf den ersten Mann zu, der dort gelangweilt auf einer der Bänke herumsitzt.

»Hallo, ich brauche drei neue Pässe und das so schnell wie möglich.« Der Mann hat verschmutzte Jeans an und raucht etwas, was nicht wie eine normale Zigarette riecht. Er lacht leise auf und mustert sie. »Brauchst du das?« Wenn sie hier jetzt ihren Pass ziehen könnte, würden alle hier ihr aus der Hand fressen, doch genau das kann sie jetzt eben nicht.

Sie hält zwei 100-Dollar-Scheine hoch, die sie seit der Hochzeit immer bei sich trägt. Es war ihre kleine Sicherheit von zuhause, für den Fall der Fälle, wenn sie mal fliehen müsste oder irgendetwas. Mit 200 Dollar kommt man nicht weit, doch da diese gefälschten Pässe hier nur 30 Dollar kosten, sieht der Mann interessiert hoch.

»Du scheinst die ja sehr dringend zu brauchen.« Catalina würde den Kerl am liebsten anschreien, sie hat keine Zeit für so etwas, das, was sie hier tut, ist sehr riskant. Wenn jemand aus ihrer Familia sie dabei erwischt … Catalina will sich gar nicht vorstellen, was dann passieren würde. Das darf nicht passieren.

»Ja, wie lange dauert es? Ich kann sonst auch einen der anderen Männer hier …« Der Mann steht auf und greift nach dem Geld. »Ich brauche Bilder und Namen.« Catalina reicht ihm drei Passbilder, eines von sich, Natia und ihrer Mutter. »Die Namen sind mir egal, es soll glaubwürdig sein und alle aus einer Familie.« Sie reicht ihm die Bilder und 100 Dollar.

Der Mann schnalzt die Zunge. »Na schön, das dauert ungefähr fünfzehn Minuten, warte vor dem Eingang drei drüben, hier wird man ständig kontrolliert.« Catalina nickt. »Bitte beeil dich, wenn du es in zehn Minuten schaffst, lege ich noch zwanzig drauf.« Die Zeit wird sehr knapp. Der Mann geht bereits in die Richtung der LKWs, die hinter dem Parkplatz auf einem großen Rastplatz stehen.

Jeder in Kolumbien weiß hiervon, es ist überall bekannt, dass man am Flughafen neue Pässe bekommt. Catalinas Vater hat das immer verflucht, auch die Polizei versucht dagegen anzukämpfen, doch sie haben es nie geschafft, diese Geschäfte in den Griff zu bekommen. Catalina hätte sich aber niemals träumen lassen, dass sie das einmal brauchen wird.

Nun läuft sie aufgeregt zum Flughafengebäude zurück und holt sich erst einmal einen Kaffee. Sie hat noch etwas Zeit, doch es wird trotzdem knapp. Sie schiebt ihren Koffer zu besagtem Ausgang und wartet noch einige Minuten, bis der Mann wirklich nach knapp zehn Minuten wieder bei ihr ist.

Er reicht ihr drei Pässe. Catalina sieht schnell hinein. Soraya, Dilara und Martilda Cielo. Die Pässe sehen sehr echt aus. Verblüffend echt, sehr gut, genau so wollte sie es. Catalina gibt ihm schnell das Geld. »Danke.« Der Mann sieht sie noch einmal an und Catalina ist froh, die Sonnenbrille zu tragen. »Viel Glück, was auch immer du mit deiner hübschen Familie vorhast.«

Er geht wieder in Richtung der Raststätte. Catalina steckt die Pässe ein, leert den Becher und geht in die Richtung, aus der ihr Flug gekommen ist. Glück, wird sie gut brauchen können.

»Catalina!« Eine vertraute Stimme hält sie mitten auf dem Weg auf und ihr Herz schlägt sofort schneller, als sie in die grünen Augen von Elias sieht. »Awwww!« Catalina kann sich nicht zurückhalten und springt ihm in die Arme. Lachend hebt er sie hoch und drückt sie fest an sich. »Mein kleiner Wirbelwind ist zurück.« Catalina schließt zufrieden die Augen, als sie sich an Elias kuschelt und er ihren Scheitel küsst. »Ich habe dich so vermisst.«

Das hat sie wirklich, Catalina sieht ihren besten Freund zufrieden an, als sie sie sich dann von ihm trennt. Alles beim Alten, doch er zieht die Augenbrauen hoch. »Du bist ja eine richtig feine Dame geworden. Deine Nägel, die Klamotten, die Tasche … geht es dir so gut bei den Rojos? Wieso bist du eigentlich schon da? Dein Flug sollte doch erst in zehn Minuten landen.«

Ein Teil des Plans. »Wir waren früher dran und ich habe mir einen Kaffee geholt. Ich habe mich gar nicht verändert, meine Sachen sind auf mysteriöse Weise beim Transport zerstört worden und Santiago hat mir alles neu gekauft, das weißt du doch. Also, wo ist Natia?« Catalina sieht sich um, hinter Elias stehen zwei ihrer Männer, die sie auch beide begrüßt, doch keine Spur von Natia. »Die hilft gerade dabei, den Hof für morgen herzurichten. Ich habe gesagt, sie soll mitkommen, doch keine Chance. Sie ist wie besessen von der Hochzeit morgen.«

Sie gehen nach draußen, genau vor dem Flughafengebäude parken zwei Autos, Elias hält ihr die Beifahrertür zu seinem Wagen auf und sie setzt sich hinein. »Ich habe schon davon gehört.« Eine bittere Enttäuschung macht sich in Catalina breit. Sie hätte alles stehen und liegen lassen, um Natia abzuholen, sie haben sich knapp zwei Monate nicht gesehen, davor waren sie täglich zusammen, sie vermisst ihre kleine Schwester wahnsinnig.

Sobald sie losgefahren sind, holt Catalina ihr Handy hervor und schreibt Santiago, dass sie gut angekommen ist. Er hat sie heute zum Flughafen gebracht und sie darum gebeten.

Es war ein richtig schöner Abend gestern, Catalina hat sich sehr viel Mühe gegeben und als Santiago und sie dann zusammen mit Marco, Zayn und deren Begleitungen zu dem Geschäftsessen gegangen sind, haben sie davor Fotos gemacht. Catalina hat eines der Fotos als ihr Profilbild eingestellt, genau wie auch Santiago. Ein klares Statement. Es ist aber auch wirklich ein sehr schönes Bild. Catalina trägt ein enges schwarzes Kleid und Santiago einen schwarzen Anzug. Sie hat sich Locken gemacht und beide strahlen auf dem Bild. Er steht ein wenig hinter ihr und hat die Arme um sie geschlungen.

Sie findet, sie beide passen perfekt zusammen und das nicht nur äußerlich, sie mag es, Zeit mit ihm zu verbringen. Die Geschäftspartner waren sehr respektvoll ihnen gegenüber und sie hatte ein lockeres Essen, doch der richtige Spaß hat erst danach angefangen, als sie mit Zayn und Marco in ein Casino gefahren sind. Catalina war noch nie in einem Casino und hat sich am Anfang geweigert, die Chips mit den hohen Geldbeträgen einzusetzen, doch als sie sich dann getraut hat, hat sie aus

200 Dollar mit einem Schlag 1500 gemacht und hat die Hemmungen verloren.

Sie haben viel gelacht, Geld verloren und wieder gewonnen, sodass sie am Ende gegangen sind, wie sie gekommen sind, aber zwischendurch eine Menge Spaß hatten. Sie sind erst am frühen Morgen nach Hause gekommen und spät aufgewacht, sodass Santiago sie direkt zum Flughafen gebracht hat. Er hat nichts mehr gesagt, außer dass sie sich melden soll, wenn sie da ist, doch Catalina weiß, dass er sich Gedanken macht, weil sie nun zurück in Kolumbien ist.

»Jetzt sag mal ehrlich, wie geht es dir in Puerto Rico? Die ersten Tage konnte ich dich kaum ansehen, so fertig sahst du aus, doch dann ging es langsam und nun habe ich das Gefühl, du fühlst dich wohl dort.« So genau weiß Catalina gar nicht, was sie da sagen soll. »Am Anfang habe ich mich kaum aus dem Zimmer getraut. Ich hatte das Gefühl, in einem Gefängnis zu sein, einem Gefängnis, was ich selbst nicht verlassen kann, weil ich mich nicht traue. Ich bin wahnsinnig geworden. Doch Santiago hat sich um mich bemüht, mir meine Angst genommen und … nach und nach haben wir uns besser kennengelernt.«

Elias sieht zu ihr. »Man kann ja nicht mal sagen, dass es falsch ist, also klar, er ist unser Feind, doch in deiner Situation ist es besser, ihr versteht euch, er könnte dir auch das Leben schwer machen.« Ihr Handy piept. Santiago. 'Okay, schreib mir, wenn etwas ist'. Catalina legt das Handy wieder weg. »Ja, seine Mutter redet jetzt auch mit mir. Der Rest hasst mich weiterhin, aber es wird Schritt für Schritt leichter, dort zu leben. Trotzdem ist es schwer, etwas dazu zu sagen. Wenn ich nicht gemusst hätte, hätte ich mir dieses Leben nicht ausgesucht, nun ist es so und ich mache das Beste daraus.«

Sie fahren in die ihr so bekannte Gegend ein und Catalina sieht sich alles genau an, achtet darauf, ob sich irgendetwas verändert hat, doch alles ist beim Alten geblieben. Sie lächelt über all die Erinnerungen, die diese Gegend mit sich bringt. »Die wichtigste Frage an dich ist aber: Hättest du Santiago gewählt, wenn du nicht gemusst hättest?«

Catalina lacht. Deswegen liebt sie Elias so, er versteht und begreift Sachen und Zusammenhänge so viel schneller als andere und hilft dir, selbst deine unbeantworteten Fragen zu beantworten, indem er dir eine Frage stellt, die dir selbst so viele Antworten gibt, dass du überrascht davon bist.

»Wäre er mir als Santiago Rojo vorgestellt worden, Feind meiner Familia, hätte ich Angst vor ihm gehabt und mir sicherlich trotzdem gedacht, dass er ein toller Mann ist. Wäre ich ihm einfach so begegnet auf der Straße und hätte ihn kennengelernt, ohne all diesen Hintergrund ...«, Catalina seufzt leise aus, »hätte ich mich sofort in ihn verliebt.«

Elias lacht und sieht wieder zu ihr, als sie vor der Finca halten. »Ich wusste es doch, du strahlst etwas von einer sehr zufriedenen Ehefrau aus und das ist doch auch gut so. Somit ist schon einmal eine Hochzeit nicht in einer absoluten Katastrophe geendet, mal sehen, wie es bei dieser wird.«

Sie steigen aus und sofort werden sie von den Männern der Familia begrüßt. Alle fragen, wie es ihr geht und wie das Leben mit den Rojos ist. Catalina hatte so viel, worüber sie sich Gedanken gemacht hat, dass sie gar nicht darüber nachgedacht hat, was sie zu all den Fragen sagen soll. »Es ist nicht so schlimm, wie wir alle es gedacht haben«, ist das Einzige, was ihr einfällt. Man merkt, dass die Antwort nicht allen Männern gefällt, dass sie einen neuen Grund suchen, über die Rojos herzufallen, doch auch wenn Catalina nicht mit offenen Armen empfangen wurde, wird sie jetzt auch nicht so tun, als wäre das Leben für sie in Puerto Rico so schrecklich, wie es die ersten Tage war. Sie hat nicht vor, hier über die Rojos herzuziehen, um ehrlich zu sein hofft sie, dem Thema einfach aus dem Weg gehen zu können.

Doch das wird nicht so leicht gehen, wie sie es hofft. Jeder, der sie trifft, umarmt und begrüßt, fragt sie nach ihrem Leben. Catalina braucht lange, bis sie im Inneren der Finca Anlage ihrer Familia ist und stockt erst einmal. Alles hier ist geschmückt, ähnlich wie der Garten der Kirche bei ihrer Hochzeit. Überall stehen weiße Tische und Stühle, es gibt schon Tische für das Buffet. Es ist alles mit Blumen und Girlanden geschmückt. Weiße Laternen sind befestigt, es ist wirklich schön.

Sie entdeckt Sarita und Ana, die gerade dabei sind, einen Tisch besonders festlich zu schmücken, der Tisch ist mittig von allen und sicherlich der Tisch, an dem das Brautpaar sitzen soll. Auch sie sehen auf und klatschen in die Hände. »Sieh an, wer nach Hause gefunden hat.« Sie kommen zu Catalina, doch sie versuchen sie erst gar nicht zu umarmen, sondern bestaunen Catalinas neue Kleidung und Handtaschen.

»Du hast solch ein Glück, ich wünschte, dein Vater hätte eine meiner Töchter dafür ausgewählt, die würden das auch mehr zu schätzen wissen. Ich kann mir nicht vorstellen, dass du ihm eine gute Ehefrau bist.« Oh ja, Catalina ist wieder zu Hause, sie lacht bitter auf. »Papa wird schon wissen, wieso er mich genommen hat.« Sarita zuckt die Schultern. »Du wirst ihn eh nicht ewig halten können, genau wie deine Mutter nicht ...« Zum Glück steht Elias noch neben Catalina und legt lachend den Arm um sie, als sie ihre Arme in die Hüften stützt und gerade anfangen will, Sarita fertigzumachen. »Oh wie schön, dass alle wieder zusammen sind, wo ist Natia?«

Im selben Moment entdeckt Catalina sie und wendet sich von Sarita weg. Ihre jüngere Schwester kommt mit einem Korb voller Kerzen aus dem Haus ihres Vaters und lächelt, als sie Catalina entdeckt. Sie lächelt? Catalina ist schneller bei ihr, als Natia dazu kommt, ihren Korb abzustellen und drückt sie an sich. »Du blöde Kuh, wieso warst du nicht am Flughafen?« Natia lacht leise auf, doch sie umarmt Catalina zurück. »Sieh doch, was ich hier mache. Außerdem wollte ich Elias nicht die Schau stehlen, er konnte es kaum erwarten, dich endlich abzuholen.«

Catalina lacht, als Elias Natia die Haare zerzaust und Natia sie von oben bis unten ansieht. »Du siehst so anders aus, erwachsener, glücklich. Die Ehe steht dir.« Catalina lächelt noch immer, doch dann wird sie ernst. Nur Elias steht bei ihnen. »Es tut mir so leid, Natia, Mama und ich konnten es nicht verhindern. Ich hoffe, du weißt, dass wir für dich da sind. Ich werde …« Da ist es wieder, dieses falsche Lachen, was sich auf ihr Gesicht setzt.

»Ich heirate, Catalina, was sollte dir da leid tun? Sieh doch, wie schön all das hier ist. Ist es nicht ein Traum?« Catalina folgt ihrer Geste, mit der sie sie auffordert, sich alles auf dem Hof anzusehen. »Natia, ich bitte dich, Vater zwingt dich, Milo …« Natia unterbricht sie, als wollte sie all das bloß nicht hören. »Wo du gerade von ihm sprichst. … Papa ist im Büro und wartet auf dich. Du sollst zu ihm. Ich verteile die Kerzen. Mama bereitet gerade dein Lieblingsessen vor.«

Sie wendet sich ab und stellt die Kerzen auf die Tische. Catalina sieht Elias in die Augen, doch der zuckt nur die Schultern, offenbar weiß keiner genau, was mit Natia los ist, doch Catalina wird das schon noch herausfinden.

Elias fragt, ob er sie begleiten soll, doch Catalina geht allein in das Haus ihres Vaters. Sie geht durch die große Halle direkt zu seinem Büro, die Tür steht offen und ihr Vater sitzt an seinem Schreibtisch und spricht gerade mit jemandem am Handy. Als er sie erblickt, beendet er das Gespräch und kommt hinter seinem Schreibtisch hervor.

»Sieh an, wer da ist.«

Er begrüßt Catalina mit einem Kuss auf die Wange und betrachtet sie auch genau. »Die Ehe scheint dir gutzutun. Da siehst du mal, was für einen unnötigen Stress deine Mutter und du jedes Mal macht. Ich bin nur froh, dass Natia nicht so ist wie ihr.« Catalina kann nicht anders. »Das könnte auch an den Männern liegen, die sie rund um die Uhr bewachen.« Ihr Vater lacht auf und lehnt sich an den Schreibtisch, während sie sich vor ihm auf einen Sessel setzt.

»Nein, sie fand die Idee Milo zu heiraten großartig. Es muss nicht jeder so stur wie deine Mutter und du sein. Was ist mit Santiago? Hat er dich einfach so herfliegen lassen?« Es bringt eh nichts, mit ihrem Vater über sein Handeln zu diskutieren. Dass er irgendwann einmal einsieht, wie sehr er ihnen das Leben zur Hölle macht, hat sie aufgegeben.

»Natürlich, ich kann doch zur Hochzeit meiner Schwester kommen.« Er nickt. »Deine Mutter hat mir gesagt, dass er sich gut um dich kümmert. Und auch zu ihr war er sehr nett.« Catalina zuckt die Schultern. »Das ist doch gewollt so? Soll er mich schlecht behandeln?«

Ihr Vater sieht ihr fest in die Augen. »Ich habe die Bilder von euch auf der Hochzeit gesehen und auch dein neues Profilbild. Du weißt, dass er immer noch der Anführer der Rojos ist und somit unser schlimmster Feind.«

Das darf doch nicht sein Ernst sein. »Papa, er ist vor allem mein Ehemann und das hast du so entschieden. Was erwartest du jetzt von mir? Dass ich mit ihm zusammenlebe und wir kein Wort miteinander sprechen? Wie soll das funktionieren?« Ihr Vater lacht leise auf. »Sieh dir deine Mutter und mich an.« Nun legt Catalina ihren Kopf schief. »Santiago hat mir aber nichts angetan, im Gegenteil, und ich sehe ihn nicht als Feind, sondern als Mann, der mich gut behandelt.«

Ihres Vaters Gesicht wird noch ernster. »Hör zu, Catalina. Momentan läuft es wirklich gut zwischen den Familias und das dank eurer Hochzeit. Wir alle profitieren davon, du merkst es vielleicht nicht, aber Santiago bringt diese Hochzeit viel Geld ein, sehr viel Geld auf dem Markt in Venezuela. Das solltest du dabei vielleicht nicht vergessen, er ist wahrscheinlich einfach nur dankbar.

Ich möchte, dass er das auch weiter ist. Er fasst immer mehr Vertrauen und kommt auch auf uns zu. Das öffnet uns die Chance, ein paar neue Regeln aufzustellen, er wird sich sicher nicht gegen deine Familie stellen wollen, wenn ihr euch gerade so gut versteht. Verstehst du? Sei nett zu ihm, doch Catalina, nicht zu nett! Komm nicht auf die Idee, ihn zu nah an dich heranzulassen. Hast du verstanden?«

Catalina spürt eine ungeheure Wut in sich aufkommen, wie so oft, wenn sie sich mit ihrem Vater unterhält. »Natürlich, genug um der Familia zu helfen, aber nicht so viel, dass ich glücklich werden könnte.«

Ihr Vater schüttelt den Kopf. »Sei nicht so naiv, Catalina. Du könntest niemals mit Santiago Rojo glücklich werden.« Am liebsten würde sie ihm an den Kopf werfen, dass sie sehr glücklich ist, wenn sie in seinen Armen liegt, doch sie verkneift es sich und steht auf.

»Ich gehe Mama begrüßen, gibt es noch etwas?« Er sieht ihr weiter in die Augen. »Komm nicht auf die Idee, Natia irgendwelchen Blödsinn in den Kopf zu setzen.« Catalina lächelt. »Das würde ich doch niemals tun, Papa.«

Sie steht auf und geht. Ihr Kopf beginnt schon jetzt zu pochen, so wütend macht sie das Verhalten ihres Vaters. Sie geht zum Ausgang und läuft fast in Sarita hinein.

»Das Essen deiner Mutter stinkt den ganzen Hof voll. Sie ruft nach dir!«

Catalina sieht ihr hinterher und beißt sich auf die Lippen, um nicht all ihre Wut an ihr auszulassen, dabei sieht sie, dass ihr Vater an der Tür steht und sie beobachtet.

»Willkommen zu Hause, Tochter.«

Kapitel 7

»Die Haarfarbe steht dir einfach wunderbar.« Catalina sieht von ihrem Spiegel zu Natia neben sich. Die Frisörin beginnt, ihr die Haare hochzustecken, die nun eine ähnliche Farbe wie die von Catalina haben.

Nachdem sie gestern bei ihrem Vater war, war die Frisörin, die sich auch heute um alles kümmert, bereits bei ihnen und hat Natia die Haare heller gefärbt. Catalina hat sich nicht getraut, Natia zu fragen, warum sie sich die Haare heller färbt. Sie kann sich noch gut daran erinnern, wie sie damals ihre Stiefschwestern ausgelacht haben, als diese probiert haben, Catalinas Haarfarbe nachzufärben.

Auch ihre Mutter sagt nichts dazu, am Ende ist das Ergebnis etwas zu gelblich, aber Natia gefällt es und es ist im Grunde auch völlig egal, wie Natias Haare aussehen. Die Frisörin hat die halbe Nacht bei ihnen verbracht und Catalina ist leider eingeschlafen, dabei wollte sie unbedingt mit Natia allein sprechen. Als sie heute aufgewacht ist, war die Frisörin mit zwei Kolleginnen wieder da.

Sie ist duschen gegangen und wurde auch zurechtgemacht. Sie hat nur ein wenig Schminke drauf. Catalina hat der Frau das Kleid gezeigt und sie hat die Augen in derselben Farbe betont. Natia wird neben ihr zurechtgemacht und fragt Catalina und ihre Mutter die ganze Zeit, welche Ohrringe und welchen Lidschatten sie besser finden. Catalina lächelt jedes Mal, auch wenn sie Natia am liebsten schütteln und fragen würde, was los ist. Sie antwortet ihr und versucht, mit der übertrieben guten Stimmung mitzuhalten, doch sie schafft es nicht. Besonders nicht, als Sarita, Ana und Anabel hereinkommen und sich auf Natia stürzen. Sie sind begeistert von der Haarfarbe und allem drum herum.

Catalina ist fertig, doch sie hält ein und blickt einen Augenblick zu ihrer Schwester. Sie ist so hübsch, ihre schulterlangen Haare haben nun zwar nicht mehr den dunklen Braunton, doch ihre dunklen Augen strahlen und die Grübchen in ihrem hübschen Gesicht treten heute besonders stark hervor. Einen Moment begegnen sich ihre Blicke über den Spiegel. In diesem Augenblick erkennt Catalina die alte Natia, die, die mit ihr durch dick und dünn gegangen ist, die, diese Hochzeit niemals wollen würde, doch nur eine Sekunde später sagt Sarita etwas und sie setzt wieder dieses falsche Lächeln auf.

Catalina muss etwas tun. Erst einmal geht sie sich das Kleid überziehen, dabei trifft sie auf ihre Mutter in deren Schlafzimmer und stockt. Ihre Mutter ist immer die schönste Frau hier, doch heute sieht sie ganz besonders hübsch aus. Sie hatte sich alleine in ihr Schlafzimmer zurückgezogen, Catalina dachte, um dem ganzen Trubel zu entgehen, doch offenbar hat sie sich hier allein zurechtgemacht.

Sie trägt ein fliederfarbenes enges Kleid, was ihr unglaublich gut steht, sie ist perfekt dazu geschminkt und ihre hellen Haare sind in weiche Wellen gelegt und fallen auf ihren Rücken. »Wow, ich wusste nicht, dass du diese Hochzeit wirklich so feiern willst.« Catalina zieht sich das Kleid über. »Möchte ich nicht, aber ich werde deinen Vater mit seinen eigenen Waffen schlagen, was soll er mir nun noch antun? Was kann es Schlimmeres für mich geben, als meine Töchter zu seinem Wohle zu verkaufen? Nun werde ich ihm jeden Tag vor Augen halten, was er zerstört hat und nie wieder bekommen wird. Vielleicht hält er mich hier gefangen, doch er wird mich nicht mehr brechen, das lasse ich nicht zu.«

Catalina lächelt. »Das ist gut, das ist die richtige Einstellung.« Ihre Mutter hilft ihr, das Kleid zuzumachen. »Du siehst wunderschön aus, mein Kind.« Catalina lächelt. Sie legt ihr Handy auf den Schreibtisch und stellt den Selbstauslöser ein, dann macht sie ein Foto von ihrer Mutter und sich. Egal was um sie herum passiert, Hauptsache sie haben sich.

Als sie das Handy wieder an sich nimmt, klingelt es. Santiago ruft sie an.

»Hey.« Er hört sich verschlafen an.

»Hey, bist du gerade erst aufgestanden?«

Sie kann ihn förmlich vor sich sehen in dem großen Bett. Wie groß es wirklich ist, ist ihr erst richtig bewusst geworden, als sie heute in ihrem alten Bett geschlafen hat. Irgendwann nachts hat sich Natia zu ihr gelegt und heute morgen wäre Catalina fast aus dem Bett gefallen, trotzdem hat sie es genossen, wieder mit ihrer Schwester vereint zu sein, auch wenn sie das Gefühl hat, dass sie momentan nicht richtig zueinander finden.

»Ja, es wurde spät gestern. Seid ihr schon bereit für die Hochzeit? Wie war es, deine Familia wiederzusehen?« Catalina muss an die Worte ihres Vaters denken. »Es ist … eben meine Familie, du weißt ja, das ist nicht immer einfach. Aber hier ist schon seit einigen Stunden etwas los und ich glaube, in einer halben Stunde müssen wir zur Kirche.«

»Ist unser Geschenk schon angekommen?« Catalina sieht zu, wie ihre Mutter sich als Letztes noch Ohrringe ansteckt. »Haben wir ein Geschenk?« Natürlich hat Catalina im Traum nicht daran gedacht, ein Geschenk zu besorgen. »Unsere Familias haben jetzt einen Waffenstillstand und es ist deine Schwester, deswegen habe ich ein Paket schicken lassen. Weißt du noch? Du hast mir gesagt, dass deine Schwester unsere Teller so gemocht hat, die extra für uns angefertigt wurden und ich habe sie für sie anfertigen lassen.«

Catalina schließt einen Moment die Augen. Santiago ist so aufmerksam. Natia haben die Teller sehr gefallen, als sie sie ihr bei einem Videoanruf gezeigt hat und Catalina hat das höchstens einmal vor ihm erwähnt. »Ich kann nicht glauben, wie lieb du bist.« Santiago lacht, sie liebt seine raue Stimme eh schon, verschlafen ist sie unwiderstehlich. »Sag das nicht so laut, wenn du unter den Delgardos bist.« Sie muss auch lachen, es wird lauter im Nebenzimmer. »Ich muss langsam los. Ich schreibe dir später.«

Er räuspert sich. »Okay, tu das, viel Spaß.« Sie schickt ihm noch das Foto von ihrer Mutter und sich und wendet sich an ihre Mutter, die sich das Kleid noch einmal zurechtrückt.

»Das Kleid habe ich auf dem ersten richtigen Date mit deinem Vater getragen, meine Mutter hat es genäht.« Catalina hebt die Augenbrauen, ihre Mutter meint das wirklich ernst. »Dann lass uns versuchen zu retten, was zu retten ist, wir werden uns nicht unterkriegen lassen.« Beide sehen sich in die Augen und nicken. Als sie in den Wohnbereich zurückkehren, ist Natia komplett fertig. Vor ihnen steht eine bildhübsche Frau und Catalina steigen Tränen in die Augen. Auch ihre Mutter stockt.

Doch auch bei ihrem Erscheinungsbild verstummt der Raum komplett. Catalina sieht genau Saritas wütenden Blick auf ihrer Mutter und Catalina bemerkt auch, dass Natia sie so ansieht, als würde ihr etwas nicht passen. »So eine hübsche Familie habe ich glaube ich noch nie gesehen.« Catalina lächelt über die Worte der Frisörin. »Nicht alle hier im Raum gehören dazu. Könntet ihr uns für ein paar Minuten entschuldigen, wir möchten noch kurz mit Natia allein sein.«

Natürlich wissen Sarita und ihre Töchter, wer gemeint ist. »Dein Vater wird ...« Catalina hat keine Geduld dafür, die Zeit rennt ihnen weg. »Ja genau, du sagst es, geh doch hin und gib schon mal Bescheid.« Sie schiebt die drei und die Frisörin vor die Tür und schließt sie. Sobald sie weg sind, wendet sie sich an

Natia. »Und du verrätst mir mal, was zur Hölle hier wirklich los ist.«

Catalina und ihre Mutter gehen schnell zu Natia, die sie etwas überrascht ansieht. Ihre Mutter nimmt sie in den Arm. »Es tut uns so leid, meine Kleine, wir konnten nicht eingreifen, bis jetzt. Aber wir haben uns etwas überlegt, wie wir dich vielleicht hier herausholen können. Es wird allerdings erst nach der Hochzeit gehen. Dein Vater wusste schon, wieso er das alles plötzlich so eilig hatte.«

Natia löst sich aus der Umarmung. »Wieso sollte ich hier weg wollen, Mama, von was redest du? Ich heirate! Wieso müsst ihr daraus so ein Drama machen?«

Catalina kann nicht glauben, was ihre Schwester da sagt. Natia nimmt ihren Brautstrauß und sieht noch einmal in den Spiegel. »Natia, Papa hat uns beide in solche Hochzeiten gedrängt, ich habe neue Pässe besorgt. Wir können nur nachts fliehen, doch mit diesen Unterlagen gelangen wir vielleicht über die Grenze. Wir müssen es nur schaffen, zur Stadt zu kommen und von dort ein Taxi nehmen und ...«

Ihre Schwester hebt ihre Hand. »Wieso plant ihr eine Flucht? Ich möchte nicht fliehen. Ich möchte diese Hochzeit, ich freue mich, versteht ihr das nicht? Ich heirate den zukünftigen Anführer der Delgardos, Catalina. Dich hat er an den Feind verkauft, das ist ein Unterschied.«

Was ist bloß mit ihrer Schwester los? »Du heiratest Milo. Milo, du erinnerst dich? Der dir immer Schokolade gegeben hat, damit du Schmiere stehst, wenn er und ich uns heimlich getroffen haben, das kann doch nicht das sein, was du als Grundlage für deine Ehe willst. Du solltest jemanden heiraten, den du liebst und der dich liebt. Wo du die Entscheidungen triffst und nicht Papa!«

Natia atmet tief ein und da erkennt Catalina, wie verletzt sie wirklich ist. »Vielleicht tut er das ja. Woher willst du wissen, dass er dich noch liebt? Wieso hat er dann nichts gegen deine Hochzeit getan? Du kannst den Gedanken nur nicht ertragen, dass er nun mich vorzieht. Und zwischen dir und deinem Ehemann herrscht auch keine Liebe, eher das Gegenteil, und du siehst nicht gerade unzufrieden aus. Kannst du dich nicht einfach für mich freuen, Catalina? Ist das zu viel verlangt?«

Catalina und ihre Mutter verstehen wirklich die Welt nicht mehr und sehen sich nur entgeistert an, während Natia die Schultern zuckt. »Es ist mir auch egal, kommt zur Hochzeit oder nicht, ich lasse mir das nicht von euch nehmen!« Ohne weiter auf sie zu achten, öffnet Natia die Tür und geht.

Catalina und ihre Mutter sehen ihr hinterher, sie können nicht begreifen, was hier passiert, doch gerade haben sie keine andere Wahl, als Natia zu folgen, denn sonst müssen sie wirklich der Hochzeit fernbleiben und das würden sie niemals tun.

Die Autos, die sie zur Kirche fahren sollen, warten bereits. Ihre Mutter hat Tränen in den Augen und atmet tief ein, bevor sie hinter Natia das Haus verlassen. »Ich verstehe auch nicht, was mit ihr los ist, was dein Vater gesagt hat, dass sie sich so grundlegend geändert hat, doch wir werden einfach da sein, falls sie uns braucht.«

Eine andere Wahl haben sie auch gar nicht. Sie werden mit lauter Musik und Hupen zu der Familienkirche gefahren. Catalina liebt Hochzeiten normalweise sehr, doch ihre eigene und die ihrer Schwester lassen sie fast ersticken.

Ihr Vater, Elias und einige andere engere Mitglieder warten dort bereits auf sie. Ihr Vater nimmt Natia an seinen Arm, um sie in die Kirche zu führen, doch Catalina genießt den Moment, als ihre Mutter aus dem Auto steigt und jeder den Blick ihres

Vaters auf ihr bemerkt. Einen Moment halten alle ein, während ihre Mutter ihn nicht eines Blickes würdigt.

»Die Leute warten schon!« Man erkennt deutlich, wie wütend Sarita ist und Catalina muss lachen, vielleicht wird der Tag ja doch noch ganz lustig. »Darf ich bitten, Schönheit?« Elias stellt sich zu Catalina und reicht ihr seinen Arm, bei dem sie sich einhakt. »Du doch immer.« Catalina küsst seine Wange, sie hat ihn so sehr vermisst.

Zwei Männer laufen vor ihnen, dann kommen Catalina und Elias in die Kirche, ihre Mutter, die anderen Männer folgen ihnen, ganz zum Schluss kommen dann Natia und ihr Vater. Als Catalina neben Elias die Kirche betritt, erinnert sie einen Moment alles an ihre eigene Hochzeit und wie sie damals kaum Luft bekommen hat.

Auch jetzt fühlt sie sich schlecht, doch gleichzeitig ist sie auch wütend, bei ihrer eigenen Hochzeit war sie zu ängstlich dafür, jetzt hat sie die Kraft, Wut zu empfinden. Sie sieht auf alle Männer der Familia, die hier versammelt sind, aber auch einige Geschäftspartner sind da. Pablo und andere Freunde der Familia. Sie lächelt allen zu und begrüßt die, die sie noch nicht gesehen hat. Auch wenn sie die letzten Tage mit Santiago genossen hat, bedeutet das nicht, dass ihr alle hier nicht wahnsinnig fehlen, zumindest fast alle.

Erst kurz bevor sie an der vordersten Reihe angekommen sind, blickt Catalina nach vorn und trifft genau auf Milos Blick, den sie schon die ganze Zeit auf sich gespürt hat. Hinter ihm stehen Malik und Pepe, Catalina wendet den Blick sofort ab, sie will gar nicht erst versuchen, Milos Blick auf sich zu deuten, es ist ihr völlig egal, was er zu alldem sagt oder was er davon hält.

Sie setzt sich mit Elias ganz nach vorne, ihre Mutter setzt sich neben sie, dann Sarita und ihre Töchter auf die andere Seite, erst als Natia und ihr Vater hereinkommen, sieht Catalina wieder richtig hin. Natia ist wunderschön, sie läuft stolz am Arm ihres Vaters.

Elias räuspert sich leise und auch Catalina spürt, dass Milo, statt seiner Braut entgegenzusehen, ständig sie im Blick hat. »Dieser verdammte ...« Elias fasst in Worte, was Catalina denkt, sie sieht stur weiter zu Natia, doch als sie jetzt ihren traurigen Blick auf Milo und dann Catalina bemerkt, steigen auch ihr Tränen in die Augen. Natia tut ihr so leid und ihr sind die Hände gebunden. Wieso kann Milo sich nicht ein wenig mehr im Griff haben?

Erst als ihr Vater Natia an Milo überreicht, widmet der seine Aufmerksamkeit der Frau, die er heiraten wird und da strahlt Natia wieder, als wäre das gerade nicht passiert. Wie kann das sein? Was ist mit ihr passiert? Ihr Vater setzt sich neben ihre Mutter und wieder sehen alle verwundert zu ihnen, eigentlich sitzt ihr Vater bei solchen Veranstaltungen immer bei Sarita, nun setzt er sich zu ihnen.

Elias hebt die Augenbrauen. »Kaum bist du hier, wird es wieder spannend.« Catalina kneift ihm in die Seite und muss leise lachen. Nur Elias schafft es, sie in solchen Situationen abzulenken, dafür ist sie ihm schon immer dankbar gewesen.

»Nun sind unsere beiden Töchter verheiratet. Mir kommt es fast wie gestern vor, als ich ihnen das Laufen beigebracht habe.« Der Priester spricht vorne von der Liebe und ihr Vater wendet sich an ihre Mutter. Catalina sieht zwar weiter nach vorne, hört aber genau zu, was er ihr zuflüstert.

»Ja, daran musste ich auch denken. Besonders frage ich mich, wieso du ihnen erst Laufen beigebracht hast, um sie dann doch nicht frei leben zu lassen.«

Catalina senkt den Blick, in jedem Wort ihrer Mutter schwingt so viel Hass mit, sie wird ihrem Vater all das niemals verzeihen können. Er weiß das und doch schafft er es nicht, sie gehen zu lassen.« Sie selbst weiß nicht, ob sie ihrem Vater jemals verzeihen kann, doch egal was ist, er ist und bleibt ihr Vater, das kann man nicht ändern. Dass er der Ehemann ihrer Mutter bleibt, könnte man theoretisch schon ändern.

Wieder einmal ist sie so von ihren Gedanken abgelenkt, dass sie fast alles verpasst hätte. Der Moment, als sich beide das Jawort geben, ist unwirklich, genau wie der Kuss danach, besonders da Milos Blick danach sofort zu ihr geht. Gut, offenbar kann sie hier nichts mehr tun. Catalina lehnt sich frustriert zurück.

Es dauert noch einige Zeit, bis sie die Kirche wieder verlassen, Catalina hat es geschafft, sich vor dem Gratulieren zu drücken, sie kann den beiden kein Glück wünschen, nicht unter diesen Umständen. Stattdessen fährt sie mit Elias und Malik zurück zum Haus. Malik umarmt Catalina lange, es ist nicht so, als würde sie die Familie um Pepe nun hassen. Sie ist mit Milo und Malik aufgewachsen, nur das, was jetzt gerade passiert, ist nicht richtig.

Sie sind fast als Erste zurück auf der Finca, die Angestellten beginnen, das Essen zuzubereiten, die Grills anzumachen, und als nach und nach alle kommen, beginnt es überall herrlich zu duften. Es ist eine Band da, die laut kolumbianische Musik spielt und alte Kindheitserinnerungen kommen hoch. Natia kommt fast als Letzte und Catalina hat ein schlechtes Gewissen, weil sie ihr nicht gratuliert hat, deswegen wartet sie auf sie, umarmt sie und hilft ihr mit dem Schleier, während sie sich an den Ehrentisch setzt.

Von Milo ist noch nichts zu sehen, deswegen nutzt Catalina die Chance und setzt sich zu Natia. »Hast du dich ein wenig beruhigt?« Ihre Schwester sieht sie mahnend an. »Nicht wirklich, aber ich werde mich deinen Wünschen fügen, wenn es nach mir ginge, würde ich dich jetzt schnappen und mich mit dir in ein Taxi setzen.«

Natia lacht leise und sieht ihr in die Augen. »Das ist so typisch für dich … und dann? Wie lange willst du fliehen und wovor? Vor deiner Familie? Deinem Leben? Es hätte mich schlimmer treffen können, als dass ich Milo heirate und …«

Catalina unterbricht sie. »Es geht nicht um Milo. Wenn du zu mir gekommen wärst und gesagt hättest, dass du dich in ihn verliebt hast und ihn heiraten möchtest, hätte ich dich zum Altar gebracht. Es geht darum, dass Papa das für uns entscheidet. Dass es in erster Linie um das Wohl der Familia geht. Dass ich mich jetzt mit Santiago verstehe und mich bei ihm wohlfühle, hat nichts mit Papa zu tun, es hätte auch anders sein können und es wäre ihm egal. Genau wie das bei dir ist. Es ist ihm egal, was du davon hältst, es geht ihm um seine Nachfolge.«

Die Tische werden eingedeckt. Milo steht noch bei Geschäftspartnern und begrüßt diese. »Weißt du, nur was ist die Alternative? Ich saß jetzt hier wochenlang alleine auf der Finca. Ich komme um vor Langeweile, du hast begonnen zu leben, kommst herum, hast Spaß. Denkst du, wenn ich Milo jetzt nicht heiraten würde, würde ich irgendwann meinen Traummann treffen? Jeder macht einen großen Bogen um mich, weil ich die Tochter von Alvaro Delgardo bin. Milo hat mir versprochen, mich mitzunehmen, mir das Leben zu zeigen. Wir fliegen gleich auf eine kleine Insel in die Flitterwochen, es ist nicht perfekt, aber es ist besser als jede Alternative.«

Das erste Mal weiß Catalina nichts dazu zu sagen, sie öffnet den Mund und schließt ihn wieder, weil sie weiß, dass ihre Schwester recht hat, so krank das auch sein mag. »Ich liebe dich, Catalina, aber du musst versuchen, das einfach zuzulassen und mich meinen Weg finden lassen.« Am liebsten würde Catalina

84

die Schultern hängen lassen und sagen 'nein', doch sie greift nach Natias Hand und drückt sie.

Kapitel 8

Sie kann das nicht gutheißen, doch sie kann es offenbar auch nicht verhindern. Milo kommt in ihre Richtung und Catalina geht schnell davon. Sie setzt sich zu Elias, Petro, ihrer Mutter und einigen ihrer Männer und kann nach dem Gespräch zumindest die Nähe ihrer Familie wieder genießen.

Es werden Reden gehalten und Kuchen verteilt, Fotos gemacht, und danach werden die Tische mit Fleisch, Hauptspeisen und Beilagen vollgestellt. Während der Zeit kommt ihr Vater immer wieder zu ihrem Tisch und versucht, mit ihrer Mutter zu sprechen, doch sie lässt diese Kontaktaufnahme kaum zu, was ihn wahnsinnig macht. Catalina kann nur hoffen, dass es hier nicht auch noch zum großen Streit kommt, besonders wenn sie Saritas wütende Blicke auf ihrer Mutter spürt.

Noch während sie essen, werden einige Geschenke geöffnet und ein besonders großes und schön verpacktes hat es offenbar Milo angetan. Er steht auf und läuft unter dem Blick aller um das Paket herum. »Das erste Mal, dass wir ein Paket der verfluchten Rojos erhalten haben. Nun hat sich das Blatt gewendet und sie versuchen, uns in den Arsch zu kriechen. Seht ihr das, Männer? Seht euch die Geste der Macht an.«

Er kickt das Paket weg und Catalina spürt eine fast überschäumende Wut in sich hochkommen. Sie hätte sich früher nie getraut, doch nun kann sie sich kaum mehr zurückhalten. Sie hat beschlossen, sich nichts mehr gefallen zu lassen, weder von Flavia, Santiagos Familie noch von ihrer. Es reicht. Sie lässt sich nicht mehr auf dem Kopf herumtanzen und wird nicht mehr zu allem schweigen. »Werft diesen Haufen Müll weg. Ich werde in meinem Leben niemals etwas von einem Rojo ...«

Catalina erhebt sich und ihre Mutter greift nach ihrer Hand, um sie davon abzuhalten. »Du wirst was nicht, Milo? Wieso spielst du dich hier so auf? Dieses Geschenk ist von mir an meine Schwester und du hast nicht das Recht, irgendetwas dazu zu sagen. Noch ist mein Vater hier der Anführer und ich bin nun die Frau von Santiago Rojo, ihr alle wart dabei, als es dazu gekommen ist und ihr alle profitiert davon. Ich wette, diese Hochzeit ist mit dem Geld, das meine Hochzeit für die Familia einbringt und nicht aus deiner eigenen Tasche bezahlt.«

Elias neben ihr lacht leise auf und lehnt sich zurück. »Es interessiert mich nicht, was du von den Rojos oder meinem Mann hältst, aber sei nicht so respektlos mir und dem Deal gegenüber, den mein Vater eingegangen ist.«

Catalina sieht zu ihrem Vater, doch der sieht sie beide an, als wären sie wieder vier und würden sich um einen Ball streiten. »Was ist da drin? Was kann das schon sein?« Milo reißt das Paket auf und hält die wunderschönen Teller mit den extra angefertigten Gravuren hoch und zeigt sie Natia.

Natürlich erkennt ihre Schwester sie und weiß auch, dass sie extra für sie angefertigt wurden. »Natia, Schatz. Du willst doch nicht wirklich von Tellern essen, die von den Rojos geschickt wurden?« Catalina sieht zu ihrer Schwester, die einen Moment schluckt, doch dann räuspert sie sich und schüttelt den Kopf. »Niemals, Milo, zerstört die Sachen!«

Catalina wird am Arm zurück auf ihren Stuhl gezogen. »Setz dich! Sie ist nicht sie selbst, nimm dir das nicht zu Herzen.« Es gibt einiges, was Catalina in letzter Zeit verletzt hat, sie getroffen hat, doch das eben hat sie nicht erwartet. »Doch, ich befürchte, sie ist sie selbst.« Elias legt den Arm um sie. »Scheiß drauf. In letzter Zeit ist Milo kaum noch wiederzuerkennen, ich will gar nicht wissen, wie er sich nach der Hochzeit verhalten wird.

Letztens hat einer der Männer nur nebenbei erwähnt, dass selbst nach der Hochzeit eigentlich du das Vorrecht als Erstgeborene hast. Dass dein Vater eine Frau als Nachfolgerin nicht in Betracht zieht, ist seine eigene Entscheidung. Milo hat ihm die Nase gebrochen.« Catalina schüttelt den Kopf, sie versucht, sich einen Moment an den lieben Milo zu erinnern, den, der ihr immer heimlich Bücher mitgebracht und im Pferdestall auf sie gewartet hat.

»Männer, die in ihrer Ehre verletzt werden, sind die schlimmsten.« Ihre Mutter murmelt diese Worte nur, doch jeder am Tisch hat sie gehört.

Catalina sieht nicht zu, wie sie das Paket beseitigen. Sie blickt nicht einmal mehr zu ihrer Schwester und lässt sich nur einmal von Elias zum Tanzen überreden. Irgendwann ist es so weit, dass Natia und Milo die Hochzeit verlassen wollen, um in die Flitterwochen zu starten. Um den Verabschiedungen zu entkommen, geht Catalina im Haus ihres Vaters auf die Toilette und lässt sich beim Händewaschen besonders viel Zeit.

Sie überlegt sogar, noch einmal durchs Haus zu gehen und zu sehen, ob sich etwas verändert hat, doch sobald sie aus der Toilette tritt, wird sie in eine kleine Nische zwischen Toilette und Flur gezogen.

»Bist du total durchgedreht?« Catalina schlägt Milo so stark auf die Schulter, dass er kurz die Augen zusammenpresst. »Du hast mir nicht einmal zu meiner Hochzeit gratuliert.« Milo drängt Catalina mit seinem Körper gegen die Wand und sieht ihr in die Augen. »Bist du … Lass mich los!« Milos Hand fährt durch Catalinas Haare.

»Meine schöne Catalina. Wenn du wüsstest, wie sehr du mir fehlst. Ich denke ständig an dich und …« Auch wenn das hier nicht ungefährlich ist, sie kann nicht anders und schubst ihn grob von sich. »Du hast gerade meine Schwester geheiratet.«

Milo schüttelt den Kopf. »Du hast es noch nie verstanden, du konntest noch niemals einfach das große Ganze sehen. Ja, du hast jemand anderes geheiratet und ich auch, doch das nur, um unsere Familia voranzubringen, das ändert nichts zwischen uns beiden, Baby. Ich liebe dich über alles, Catalina, vergiss das nicht, das ändert sich nie. Wir werden wieder zusammen sein, daran darfst du nie zweifeln.«

Verhört sie sich gerade oder kommen diese kranken Worte wirklich aus seinem Mund? »Du bist krank, Milo, mehr kann man dazu nicht sagen und nein, wir beide werden niemals wieder zusammen sein, auch wenn es Natia und Santiago nicht geben würde. Ich habe jetzt gelernt wie es ist, einen richtigen Mann an meiner Seite zu haben und ...«

Milos Hand trifft Catalina so unerwartet und so stark, dass ihr Kopf zurückprallt und gegen die Wand schlägt, gegen die Milo sie die ganze Zeit zu drängen versucht. »Rede nicht so. Du gehörst zu mir und wir werden wieder zusammen sein, denk an meine Worte! Jetzt fahre ich erst einmal meine Flitterwochen genießen, doch du kannst dir absolut sicher sein, dass ich dabei die ganze Zeit an dich denken werde. Vergiss nicht, wer ich bald sein werde, Catalina. Du solltest dich lieber nicht gegen mich stellen!«

Catalina hält sich die Wange. »Ich hoffe, mein Vater wird bald erkennen, wer du wirklich bist! Eher sterbe ich, als auch nur einen Tag mit dir in einem Haus zu verbringen.« Sie will nur noch hier weg. Sie hat sich schon oft mit Milo gestritten, doch noch niemals ist er handgreiflich geworden, doch wie Elias es gesagt hat, er ist nicht mehr der alte Milo.

»Deine Mutter lebt nun auch schon eine Weile so und ich denke, auch du wirst das überleben.« Der Kerl ist doch völlig wahnsinnig. Sie schubst ihn erneut von sich, geht zurück auf die Toilette und sieht sich im Spiegel an, ihre Wange ist knallrot und ihr

Kopf dröhnt. Tränen steigen ihr in die Augen, aus Wut und Enttäuschung darüber, dass sie den zwei Menschen, die ihr einmal alles bedeutet haben, nun kaum mehr in die Augen sehen kann.

Sie könnte jetzt hinausgehen und eine Menge Ärger machen, egal was ist, ihr Vater würde es nicht dulden, dass Milo die Hand gegen Catalina erhebt, doch sie kühlt sich die Wange und schließt die Augen. Am Ende würde nur Natia darunter leiden und Catalina ihre Hochzeit ruinieren. Sie will nicht den Schmerz in den Augen ihrer Schwester sehen, wenn sie begreift, dass ihr Mann Catalina abgefangen hat.

Als sie anschließend hinausgeht, sind Natia und Milo weg und ihre Wange brennt noch immer. Sie öffnet ihre Haare, sodass sie ihr ein wenig ins Gesicht fallen, aber da es schon dunkel ist und nur die Festbeleuchtung Licht spendet, fällt ihre Wange auch niemandem auf.

Komischerweise wird die Stimmung erst richtig gut, als das Brautpaar weg ist. Catalina tanzt mit Elias und anderen Männern der Familia, mit denen sie zum größten Teil zusammen aufgewachsen ist. Es ist schön, sie sieht, wie ihr Vater mit seinen Freunden am Tisch sitzt, lacht und sich amüsiert, ihre Mutter mit Pablo über alte Zeiten spricht und sie einfach ihre Familia wieder genießen kann.

Erst am nächsten Morgen kommt Catalina ins Bett und schläft dann so lange, dass es schon später Nachmittag ist, als sie gefrühstückt hat und zum Stall geht. Sie vermisst Esperanza, sie geht in den Stall, in dem sie früher mehrmals täglich war und sieht sofort das neue Pferd, was jetzt hier steht.

Catalina begrüßt die Pferde und nimmt sich Natias Stute mit hinaus. In diesem Moment kommt Anabel angeritten und steigt von ihrem Pferd. »Das mit Esperanza tut mir übrigens sehr leid. Sie war ein gutes Pferd.« Catalina sieht zu, wie Anabel ihr Pferd zur Ruhe bringt. »Hätte Ana sich nicht ihr viertes Pferd gewünscht, wäre all das vielleicht gar nicht so weit gekommen.«

Sie kann nicht verbergen, wie viel Wut deswegen noch in ihr brodelt. Anabel nickt und sieht Catalina in die Augen. Während Ana komplett nach ihrer Mutter kommt, hat Anabel um die Augen herum auch viel von ihrem Vater und erinnert Catalina ein wenig an Natia, als sie noch jünger war.

»Ich weiß, das habe ich damals auch gesagt, doch Papa hatte sich schon entschieden.« Catalina nimmt einen der Reithocker und setzt sich auf Natias Stute. »Tja, war ja auch nicht anders zu erwarten.« Anabel bleibt immer noch stehen und sieht Catalina kopfschüttelnd an.

»Weißt du, ich dachte wirklich, wenn du jetzt weg bist, verheiratet, um einige Erfahrungen reicher, ändert sich deine Einstellung zu gewissen Dingen vielleicht auch endlich mal. Natia hat sich die letzten Wochen doch ein wenig mehr geöffnet.«

Das verwundert Catalina gar nicht. »Die ist zur Zeit eh nicht sie selbst.« Ihre zwölfjährige Halbschwester sieht sie noch immer unbeirrt an. »Wenigstens hat sie allmählich mal gemerkt, dass Ana und ich genauso wenig für all das können wie Natia und du. Und auch die Babys, die in einigen Monaten zur Welt kommen, können nichts für die Taten unseres Vaters.

Die ganzen Jahre sind Natia und du nur hinter uns her gewesen. Ich habt uns für etwas gehasst, für das wir nichts können. Wir haben uns nicht ausgesucht, die Töchter der Geliebten zu sein. Denkst du, für uns ist das einfach? Immer sind wir die Töchter der Geliebten, während Natia und du die schönen perfekten Töchter der Frau sind, die Papa wirklich liebt. Denkst du, so wächst man gut auf? Auch wenn Papa uns mehr Aufmerksamkeit gegeben hat, haben wir schnell begriffen, dass er das nur tut, um sich an eurer Mutter zu rächen. Denkst du, das ist ein gutes Gefühl?«

Catalina stockt und sieht Anabel in die Augen. »Immer hat man mir gesagt, dass ihr meine Schwestern seid, doch jedes Mal wenn ich mit euch spielen wollte, wurde ich von euch verjagt, und ich habe nie begriffen, was ich falsch gemacht habe. Ich weiß, dass Ana ein Biest sein kann, aber ihr seid auch nicht besser, da erkennt man deutlich, dass ihr Schwestern seid.«

Mit diesen Worten dreht sie sich um und führt ihr Pferd in den Stall. Catalina sieht ihr hinterher, dann trabt sie auf die Felder und galoppiert über die ihr so vertraute Landschaft und denkt über Anabels Worte nach. Natürlich haben Natia und sie ihren Schwestern niemals eine richtige Chance gegeben, sie konnten es nicht, da sie gesehen haben, was das alles mit ihrer Mutter macht, doch sie muss ihr auch Recht geben, im Grunde können die beiden genauso wenig für den Wahnsinn wie sie.

Diese Gedanken verfolgen sie den gesamten restlichen Tag. Sie bleibt in der Finca, sitzt mit Elias in ihrem Baumhaus und erzählt ihm ein wenig von Puerto Rico. Am Abend sitzt sie mit ihrer Mutter und Petro, der auch noch da ist, bevor er wie auch Catalina morgen Abend zurückfliegen wird, noch gemütlich zusammen. Er nach Guatemala, sie nach Puerto Rico. Catalina hat Santiago den ganzen Tag nicht erreichen können, erst am Abend hat er ihr geschrieben, dass er viel zu tun hat und gefragt, ob alles in Ordnung ist.

Ist es, Catalina genießt die Zeit in Kolumbien bei ihrer Familia, auch wenn nicht alles perfekt ist, doch das war es noch nie. Als sie am nächsten Mittag das letzte Mal ausreiten geht, geht sie vorher ins Haus ihres Vaters, wo Ana und Anabel sich gerade mit Sarita eine bekannte Serie ansehen. Catalina sagt, dass sie ausreiten möchte und fragt, ob Anabel mitkommen will. Die verwunderten Gesichter aller sind Gold wert, doch Anabel steht auf und sie reiten fast zwei Stunden zusammen aus.

Es ist das erste Mal, dass Catalina etwas mit ihrer jüngsten Stiefschwester macht, sie reden nur ein wenig über belanglose Themen, doch sie sprechen miteinander, und als sie die Pferde wieder in den Stall bringen, fragt Anabel etwas schüchtern, ob sie Catalina hin und wieder schreiben darf und Catalina sagt, dass sie sich freuen würde. Sie will es nicht so sehen, doch einen kurzen Augenblick fühlt es sich fast so an, als hätte sie ihre Schwester verloren und dafür eine neue bekommen.

Diese Gedanken verwirft sie allerdings sehr schnell, sie muss packen. Ihre Mutter und Elias werden sie zum Flughafen bringen, doch Pepe steht plötzlich vor ihr im Stall und sagt ihr, dass sie zu ihrem Vater kommen soll. Er möchte mit ihr reden.

Am liebsten würde Catalina das sein lassen, sie sollte einfach packen und fahren, diese Gespräche mit ihrem Vater lassen sie fast immer schlechte Laune bekommen und noch schlechtere Neuigkeiten erhalten. Aber was sollte er jetzt noch planen? Was kann er ihnen noch Schlimmeres antun, als ihre Leben zum Wohle der Familia zu bestimmen.

Deswegen geht sie in sein Büro, wo er auf seinem Sessel sitzt und ihr müde entgegensieht. Für einen Moment sieht Catalina ihn an und erkennt, wie alt er geworden ist. Er arbeitet viel, eigentlich immer und in diesem Moment sieht man ihm die Sorgen und die viele Arbeit an. Es erinnert kaum noch etwas an den Mann, der Natia und sie gleichzeitig an seinen Armen hochheben konnte und das immer wieder, bis er sie auf den Boden gelegt und durchgekitzelt hat.

Vielleicht gehen ihm ähnliche Gedanken durch den Kopf, als er sie jetzt auch ansieht, deswegen setzt sich Catalina ihm gegenüber und wartet auf das, was kommen mag.

»Du wirst heute zurück nach Puerto Rico fliegen?« Sie nickt und sieht auf die vielen Papiere vor ihm. »Ich habe dich ausgewählt von meinen Töchtern, weil du die Stärkste bist und weil du eine Frau bist, der ein Mann komplett verfallen wird. Man merkt, dass Santiago dabei ist und somit geht mein Plan langsam auf.«

Das darf doch nicht wahr sein, Catalina sieht ihrem Vater in die Augen. »Nicht nur, dass wir unseren Vorteil von dieser Hochzeit und der Waffenruhe haben – je mehr Santiago dir verfällt, umso mehr Zugeständnisse wird er unserer Familia machen. Ich werde ihn bald darum bitten, uns Ecuador zu überlassen. Sie brauchen das Land nicht und wir könnten dort gute Geschäfte abwickeln. Santiago würde das niemals tun, jetzt mit dir … denke ich, könnte er etwas spendabler sein.«

Catalina atmet schwer aus. »Da wäre ich mir nicht sicher, die Geschäfte haben nichts mit unserer Ehe zu tun.« Ihr Vater lacht auf. »Meine süße Catalina. Diese Ehe besteht nur wegen der Geschäfte. Du musst nichts weiter machen, bring Santiago dazu, dir noch mehr zu verfallen und halte ihn trotzdem auf Abstand. Komm nicht auf die Idee, Santiago so nah an dich heranzulassen, Catalina, du hast das doch gut von deiner Mutter gelernt.«

Nun lacht Catalina bitter auf. »Ich denke nicht, dass Santiago mich über das Wohl seiner Familia setzt.« Ihr Vater hebt die Augenbrauen. »Unterschätze niemals die Macht der Liebe!« Catalina beugt sich weiter vor. »Ich kenne die Macht der Liebe, ich sehe, wie sie dich auffrisst, wenn du Mama ansiehst und doch … war die Liebe zur Familia immer größer, ich denke, dass das auch bei Santiago der Fall sein wird.«

Sie hat nicht vor, Santiago dafür auszunutzen, ihrer Familia noch mehr Vorteile zu verschaffen, doch von ihr aus kann ihr Vater gerne in dem Glauben bleiben, er weiß, dass sie recht hat und sagt nichts dazu. »Ich möchte, dass Mama mich öfter besuchen kann, du hast selbst gesehen, wie gut ihr das tut.« Ihr Vater schnalzt die Zunge. »Eben, ich weiß nicht, ob mir das gefällt, dass sie wieder so viel Kraft geschöpft hat, erst einmal muss sie hierbleiben, bis Natia wieder da ist, dann sehen wir weiter.«

Catalina sieht ihrem Vater weiter in die Augen. Es gibt so viel, was sie ihm sagen könnte, ihm am liebsten an den Kopf schleudern würde, doch es bringt nichts, wenn sie etwas gelernt hat, dann das. Sie kann ihren Vater nicht ändern. »Ich muss los, sonst verpasse ich meinen Flug.« Sie steht auf und wendet sich zum Gehen um.

»Catalina!« Sie bleibt noch einmal stehen und sieht sich zu ihm um. »Auch wenn es nicht immer so gewirkt hat. Natia und du … ich liebe euch beide wirklich sehr. Pass auf dich auf.« Sie weiß, dass sie das Bild, was sie in dem Moment von ihrem mächtigen Vater hat, der an seinem Schreibtisch sitzt und ihr sagt, dass er sie liebt, nicht mehr so schnell vergessen wird. Und auch wenn es sich nie so anfühlt, wenn alles dagegen spricht, sie weiß es. »Ich weiß, tue ich, Papa, ich rufe dich an.«

Einige Stunden später landet Catalina in Puerto Rico.

Als sie das erste Mal in Puerto Rico gelandet ist, haben ihre Gefühle verrückt gespielt, sie hatte solche Angst, hat sich ihr Leben nur noch grauenhaft vorgestellt, war wirklich verzweifelt, und niemals hätte sie sich träumen lassen, dass sie jetzt, zwei Monate später, mit komplett anderen Gefühlen aus dem Flieger steigt. Sie ist richtig froh, wieder hier zu sein.

Sie kann es selbst nicht fassen, doch als sie aus dem Sicherheitsbereich kommt und Santiago und Zayn im Wartebereich stehen und auf sie warten, weiß sie auch warum. Er hat alles geändert. Catalina kann nicht anders, sie beginnt zu strahlen, als sie zu Santiago sieht, in seine dunklen Augen, die ihr entgegenblicken, sein hübsches Gesicht, so mächtig und stark, wie er neben seinen Bruder steht und alle Leute ihnen respektvoll aus dem Weg gehen.

Sobald Catalina bei ihm ist, küsst sie ihn. Es ist ihr egal, was sie sollte und was wer denkt. Sie hat ihn vermisst und zeigt das auch. »Hallo.« Santiago lächelt und küsst sie zurück. Als er seine Arme um sie legt und dabei leicht flucht, merkt Catalina erst, dass etwas nicht stimmt und weicht zurück.

»Was hast du?« Catalina gibt Zayn einen Kuss auf die Wange und bemerkt, dass Santiagos Schulter unter seinem Shirt dicker gepolstert ist. »Nichts Schlimmes. Ich habe einen Streifschuss abbekommen bei diesem Geschäft, was die letzten Tage so schief gelaufen ist. Aber alles gut, sind nur ein paar Kratzer.« Sie fasst an seine Schulter und sieht ihm in die Augen. »Wieso habt ihr mir das nicht gesagt, ich wäre doch sofort zurückgekommen.« Santiago und Zayn sehen sich einen Augenblick an und blicken dann zu ihr.

»Hmm, ja, keine Ahnung. Wahrscheinlich ist noch niemand von uns so richtig daran gewöhnt, dass da jetzt jemand ist.« Catalina muss lachen, als sie in die etwas verunsicherten Gesichter der beiden blickt. »Dann müssen sich wohl jetzt alle daran gewöhnen ... dass da jetzt jemand ist.«

Kapitel 9

»Es ist nicht so schlimm wie es aussieht.«

Catalina streicht über den Verband an Santiagos Schulter, küsst seine Brust und lehnt ihren Kopf so auf ihre Hand, dass sie ihn ansehen kann. Sie sind beide erst seit ein paar Minuten wach, Santiago wäre fast wieder eingeschlafen, doch offenbar hat sie ihn jetzt doch wachgehalten. »Du solltest dich aber auf jeden Fall mal einige Tage ausruhen.« Er streicht ihre Haare zurück. »Das mache ich. Gestern sind wir ja nicht mehr viel zum Reden gekommen.« Das freche Grinsen, was sie mittlerweile so sehr mag, setzt sich auf seine schönen Lippen.

Sie sind gestern, sobald sie in ihrem Haus waren, übereinander hergefallen und haben sich geliebt. Mittlerweile haben sich auch ihre Körper aufeinander eingespielt und es war wunderschön. Catalina genießt Santiagos Nähe immer mehr und der Wunsch ihres Vaters, Abstand zu halten und doch dafür zu sorgen, dass Santiago weicher wird und ihrer Familia mehr Macht gibt, fühlt sich immer lächerlicher an.

»Erzähl, wie war die Hochzeit? Hat dich dieser Milo in Ruhe gelassen?« Sofort beginnt Catalinas Wange wieder heiß zu werden, doch sie weiß, dass keine sichtbaren Spuren mehr zu sehen sind. Und sie möchte nicht noch mehr böses Blut zwischen den Familias sähen.

»Es war … merkwürdig, ich bin nicht so zu meiner Schwester durchgedrungen, wie ich es wollte, mir kommt es fast so vor, als hätte sie eine Gehirnwäsche bekommen. Es war aber sehr schön alle wiederzusehen und als die beiden dann losgefahren sind in die Flitterwochen, wurde es auch noch richtig lustig.«

Santiago hebt die Augenbrauen. »Das hört sich ja nicht gut an. Ich hoffe, dass mit deiner Schwester legt sich wieder, ihr steht euch doch eigentlich so nah.« Catalina nickt, allein der Gedanke daran, dass es für immer so unterkühlt zwischen Natia und ihr sein könnte, lässt sie kaum atmen, doch sie ist sich sicher, dass sich ihre Schwester wieder fängt, wenn sie erst einmal zurück auf der Finca ist und der Alltag eingekehrt ist.

»Dafür ist meine jüngste Halbschwester auf mich zugekommen.« Noch immer kann Catalina das gar nicht so richtig glauben, als sie Santiago von Anabel erzählt. »Auch wenn sie erst zwölf ist, scheint sie schon sehr aufgeweckt zu sein. Sie hat recht, was kann sie dafür, was zwischen euren Eltern passiert ist und sie ist trotzdem deine Schwester, wenn auch nur zur Hälfte. Lade sie doch einmal hierher ein, dann habt ihr Zeit, euch besser kennenzulernen.«

Catalina lächelt. »Wer hätte gedacht, dass du die Delgardos mal freiwillig einladen würdest?« Sie beugt sich zu ihm und küsst seinen Hals entlang, über das R, was sie so abstoßen sollte, doch alles an Santiago zieht sie immer mehr an. »Na, deinen Vater werde ich sicherlich niemals einladen.«

In dem Augenblick, als Santiago das ausspricht, stoppt Catalina und sieht ihm wieder in die Augen. Sie muss es ihm sagen, ihr ist es wichtig, dass, auch wenn ihre Ehe auf diesem Deal aufgebaut wurde, er jetzt nicht weiter alles bestimmt und ihr Vater sie als Schachfigur nutzt.

»Santiago, da ist noch etwas, was ich mit dir besprechen wollte. Es geht um meinen Vater und die Familias. Ich möchte nicht … also wenn mein Vater auf dich zukommt oder jemand anderes und dich um etwas bittet, reagiere so, wie du es auch vor unserer Ehe getan hättest. Ich möchte nicht, dass du wegen mir andere Entscheidungen triffst.

Das was ihr da untereinander ausmacht, hat nichts mit uns beiden zu tun. Natürlich sollst du meine Familia nicht reinlegen oder ihnen schaden, doch auch keine Zugeständnisse machen wegen mir. Ich möchte nicht, dass mein Vater versucht, noch weiter Profit daraus zu schlagen, dass wir beide nun verheiratet sind.«

Santiago schweigt einen Moment und sieht sie überrascht an, doch dann legt er seine Hand in ihren Nacken und zieht sie enger an sich. »Okay, das werde ich nicht.« Sie küssen sich und Catalina streicht mit ihrem Daumen über seine Wange, als sie sich zärtlich genießen. Santiagos Hand rutscht tiefer, doch dann hält er ein und unterbricht den Kuss.

Er greift nach seinem Handy. »Mist, wir müssen los.« Er steht auf, doch statt es ihm gleichzutun, bleibt Catalina liegen, sie trägt nur einen zarten Slip und Santiagos Blick wandert über ihren Körper.

»Los? Hattest du nicht gesagt, dass du dich ausruhen wirst?« Er nickt und hält ihr seine Hand hin. »Das tue ich. Ich habe nur einen Termin in Bolivien und dort eine Überraschung für dich. Wir machen ein paar Tage Urlaub, also pack alles zusammen, was du brauchst. In einer Stunde müssen wir los.«

Catalina lächelt. Freiheit, Länder entdecken, herumkommen und endlich die Welt sehen und das an der Seite von einem Mann wie Santiago. Ja, auch wenn diese Ehe unter keinem guten Stern geschlossen wurde, bedeutet das nicht, dass sie jetzt nicht strahlen kann. »Okay, dann gehe ich mal rüber und ...« Santiago sieht zu seinem Kleiderschrank.

»Stimmt, darum wollte ich mich auch noch kümmern. Wir brauchen ein neues Schlafzimmer und mehr Platz. So musst du nicht ständig ins andere Zimmer gehen.« Catalina sieht sich um und schüttelt den Kopf. »Auf unserer Finca ist der Anbau, in dem meine Mutter, Natia und ich leben, fast so groß wie dieses Schlafzimmer, wegen mir muss hier nichts geändert werden.«

Santiago lacht leise auf und geht ins Bad, auch Catalina macht sich fertig. Sie zieht eine beigefarbene feinere engere Hose und ein weißes Shirt an. Sie trägt ihre Haare offen und da sie sicherlich im Flugzeug noch etwas Schlaf nachholen wird, schminkt sie sich erst gar nicht. Einige Tage? Catalina hat nicht genauer nachgefragt, sie packt Kleidung für vier Tage zusammen, einen Bikini, Schuhe, ein Buch und das, was sie an Kosmetikartikeln braucht. Als sie mit ihrem Koffer herunterkommt, sitzt Santiago schon am Tisch und wartet auf sie.

Leider sind sie wirklich spät dran. Sie essen schnell und fahren dann zum Flughafen. Wieder steht der große Privatjet für sie bereit und Catalina freut sich schon darauf, sich noch einmal hinzulegen und darauf, Zeit mit Santiago zu verbringen.

Sie sind sich mittlerweile sehr nah, doch Catalina weiß, dass sie sich trotzdem noch nicht sehr lange kennen und es immer noch viel zwischen ihnen gibt, was sie kennenlernen müssen. Catalina ist dabei, sich in Santiago zu verlieben, sie mag es, Zeit mit ihm zu verbringen, komplett vertraut sind sie sich aber natürlich noch nicht und sie hofft, dass sich das in den nächsten Tagen ändern kann.

Sobald sie allerdings den Flieger betritt, zweifelt sie daran. Auf der Couch des Jets sitzt Nola, Santiagos hübsche Schwester, die Catalina seit der Hochzeit, auf der sie alle zusammen waren, nicht mehr gesehen hat und sieht genauso überrascht zu ihr, wie Catalina sie anblickt.

»Was soll das? Du hast nicht gesagt, dass Catalina mitkommt.« Santiago legt den Arm um Catalina und bringt sie in den Flieger. »Das ist eine Überraschung. Ich möchte mit zwei der wichtigsten Frauen in meinem Leben ein paar Tage verbringen. Vertraut mir. Ich habe eine schöne Überraschung für euch beide. Ich hatte diesen Geschäftstermin in Bolivien und musste dabei sofort an euch denken, also vertraut mir einfach. Denkt ihr, ihr bekommt das hin?« Wenn Blicke töten könnten, wäre Catalina in diesem

Moment Witwe geworden, doch weder sie noch Nola sagen etwas dazu.

Der Flieger hebt kurz danach auch schon ab, nun ist es zu spät, aus der Sache herauszukommen. Catalina kann sich wirklich Schöneres vorstellen, als die Zeit mit Nola und ihre ganz offensichtliche Abneigung gegen sie zu verbringen.

Wenigstens hat sie nicht Flavia dabei, doch Catalina ist sich sicher, dass die über alles was hier passiert informiert wird. Da sie Nola kaum gesehen hat, seit sie in Puerto Rico lebt, hat sich Catalina auch nie wirklich Gedanken darüber gemacht, wie wohl das Verhältnis zwischen Santiago und seiner Schwester ist.

Zur Zeit wirkt es eher so, dass sie nicht viel Kontakt haben, was aber natürlich auch einfach an Catalina liegen kann. Santiago nimmt einen Videoanruf von Zayn an. Nola trägt nur einen bequemer Jogginganzug, bei dem man aber natürlich auch sofort sieht, dass er ein kleines Vermögen gekostet hat.

Catalina ist sich unsicher, was sie tun soll, sie spürt, dass Nola sie nicht um sich haben will und will nicht einfach nur dumm in der Gegend herumstehen und auf Santiago warten. Als Nola sich auf die Couch legt und eine ganz neue Serie anschaltet, setzt sich Catalina auf die gegenüberliegende Couch einfach dazu. Sie haben genug Abstand und Nola sieht nicht einmal zu ihr, als es sich Catalina auch etwas bequemer macht.

Eine Stewardess kommt, bringt ihnen Getränke und kleine Snacks und nach einigen Minuten sind Nola und sie so von der Serie gefangen, dass sie zumindest schweigend gemeinsam die ersten Folgen verfolgen. Sie bemerken Santiago kaum, der sich irgendwann in den Sessel zwischen ihnen setzt und jemandem auf seinem Handy Nachrichten schreibt.

»Wir werden gleich abgeholt und gehen etwas essen. Danach bringe ich euch zu eurer Überraschung.« Catalina sagt nichts weiter dazu, es hört sich fast so an, als wären sie kleine Kinder, deren Laune er mit einer Überraschung wieder heben möchte. Nola allerdings steht auf und geht ins Bad, während Catalina weiter die Serie verfolgt. Als Nola zurückkommt, landen sie auch schon. Sie sehen bis zum Schluss die Serie weiter, sie ist wirklich spannend.

Vor dem Flugzeug stehen zwei Wagen und drei Männer stehen davor. Sie gehen auf die Männer zu, alle drei tragen Cowboyhüte und wirken wie Besitzer einer Ranch. Doch sie gehören zu Familias, das erkennt man allein schon daran, was für Waffen sie offen bei sich tragen und auch an ihrer ganzen Haltung. Sie sind sehr dunkel und sehen sie freundlich an.

»Santiago, du weißt gar nicht, wie viel es uns bedeutet, dass du extra gekommen bist. Es ist uns eine Ehre, dass du deine Schwester und deine Ehefrau mitbringst.« Santiago umarmt die drei Männer und stellt sie Catalina als Brüder Cavas vor.

Catalina kann sich erinnern, schon von ihnen gehört zu haben, doch nicht mehr in welchem Zusammenhang. Sie begrüßen Nola, die sie offenbar kennen und dann verteilen sie sich auf die zwei Autos und fahren los.

Nola und Catalina sitzen hinter Santiago und einem der Männer. Sobald sie eingestiegen sind, dankt der Mann Santiago noch einmal. Soweit Catalina es versteht, hat die Familia ein Problem mit einer anderen Familia und bittet nun Santiago um Hilfe. Catalina sieht aus dem Fenster und ist fasziniert.

Bolivien ist viel grüner als Puerto Rico oder auch Kolumbien, es besteht aus vielen Bergen und grünen Wiesen, überall sieht man die Menschen in ihren Trachten herumlaufen.

Sie fahren ewig, bis sie von einer Stadt in die nächste kommen, das Land scheint nicht viel bebaut zu sein, überall sieht man noch richtige Hütten. Catalina kommt es fast so vor, als hätte sie eine kleine Zeitreise gemacht und auch wenn es ihr mit Nola etwas unangenehm ist, ist sie dankbar, so etwas erleben zu dürfen.

Sie fahren in eine kleine Stadt ein, die schon vorne am Eingang bewacht wird. Viele Männer laufen zwischen Holzhäusern hin und her und Frauen in traditionellen Gewändern tragen die Babys in Tüchern an ihrem Körper.

Hier scheint die Familia zu leben, sie halten vor einem Restaurant und steigen aus, am liebsten möchte Catalina ihr Handy herausziehen und alles fotografieren, um ihre Mutter hieran teilhaben zu lassen, doch sie möchte nicht wie ein aufgeregter Tourist wirken, deswegen sieht sie sich nur fasziniert um und saugt alles in sich auf, während Nola die gesamte Zeit über gelangweilt auf ihrem Handy herumdrückt.

Im Restaurant sitzen einige Leute, die zu Mittag essen, doch sobald sie hereinkommen, verstummt alles und die Kellner führen sie zu einem abgelegenen Tisch. Sie setzen sich, nur um gleich wieder aufzustehen, da ein Mann mit drei Frauen zu ihnen kommt. Auch er gehört zur Familia und begrüßt sie alle freundlich, die Frauen an seiner Seite sind anders als die Frauen, die sie bisher hier gesehen haben.

Diese Frauen tragen keine Gewänder, sie sind auch sehr dunkel, doch tragen enge Kleider, haben sehr gute Figuren und schöne Gesichter. Eine ist schöner als die andere und sie alle nicken ihnen nur leicht zu.

Nola sieht nur kurz auf, während Catalina versucht, sich auf das Gespräch zwischen den Männern zu konzentrieren. Sie bestellen nichts, ihr Tisch wird von allein gefüllt, zuerst mit Vorspeisen, dann mit gegrilltem Fisch und Fleisch und Beilagen und irgendwann mit leckeren Desserts.

Catalina bekommt mit, dass der Streit zwischen den beiden Familias wegen einer Lieferung entstanden ist und nun Santiago einen Krieg verhindern soll. Da er ja offenkundig der einflussreichste Mann in Lateinamerika ist, legen sie nun alle Hoffnung auf ihn. Nach und nach kommt allerdings auch heraus, dass der Streit nicht nur wegen einer Lieferung ist, sondern vor allem wegen einer der Frauen am Tisch. Sie ist die hübscheste der drei Frauen, Catalina hat schon die ganze Zeit ihre langen, glänzenden schwarze Haare bewundert, das perfekte Gesicht und das pralle Dekolleté. Man sieht ihr an, dass nicht alles natürlich ist, doch sie sieht unglaublich sexy aus, das bemerkt selbst Catalina als Frau.

Als das langsam herauskommt, wird auch Nola aufmerksamer. Offenbar waren sie für einen Deal bei der Familia und der Anführer der Cavas hat sich auf die Frau eingelassen, die rein zufällig die Freundin des anderen Anführers war. Nun herrscht böses Blut zwischen ihnen und durch die falsch gelaufene Lieferung hat sich nun alles zugespitzt. Catalina merkt, wie Santiago sich die Frau ganz genau ansieht und auch, wie die Frau immer wieder lasziv zu Santiago blickt.

Santiago sagt nichts weiter dazu, er verspricht aber, mit der anderen Familia zu sprechen und allein diese Aussage reicht den Cavas schon, um Santiago dankbar zu sein. Sie erklären, dass sie Santiago eine ihrer Villen an einem See fertiggemacht haben und er sich melden soll, wenn er etwas braucht.

Sie wollen gleich noch mit ihm zu einem Lager fahren, wo sie sich neue Waffen ansehen möchten, doch Santiago erklärt, dass er Nola und Catalina erst einmal zu ihrer Überraschung bringen möchte.

Als sie sich von den Männern und den Frauen verabschieden, spürt Catalina erneut den Blick der hübschen Frau auf Santiago und versucht das zu ignorieren. Es erinnert sie an ein Gespräch mit ihrer Mutter, das noch gar nicht so lange her ist.

Damals haben sie zusammen die Nachrichten gesehen, Natia und sie haben Melone gegessen und ihre Mutter hat Mandeln geschält. Sie haben über einen Fußballspieler berichtet, der neben seiner Ehefrau mehrere Geliebte hatte. Es war ein Skandal, als die hochschwangere Ehefrau das herausbekommen hat.

Catalina und Natia haben sich darüber unterhalten, dass sie niemals mit jemandem ausgehen würden, der ein Filmstar oder bekannter Fußballer ist, weil zu viele Frauen versuchen, an ihn heranzukommen wegen des Geldes und des Ruhmes.

Ihre Mutter hat nur müde gelacht und gesagt, dass das nichts ist, im Vergleich zu dem, wie es mit den Männern der Familia ist. Weil sie neben dem Geld auch Macht haben. Sie hat damals gesagt, dass diese Frauen wie lästige Fliegen um die Männer herumschwirren.

Ihre Schwester und sie haben damals nur darüber gelacht, nicht verstanden, wie ernst sie es gemeint hat. Das ist noch nicht sehr lange her, vielleicht ein halbes Jahr, doch damals war es für sie beide noch so weit weg, zu heiraten, keine von ihnen hat sich darüber Gedanken gemacht, wen sie heiraten oder wann.

Es war so weit weg und jetzt, nur wenige Monate später, steht Catalina neben ihrem Ehemann, der ihr so nah und doch noch ein wenig fremd ist. Er ist nicht irgendein Mann einer Familia, er ist der Wichtigste und sie sieht, wie gierig die Frau ihn ansieht.

Catalina wendet sich ab und geht hinaus. Wahrscheinlich ist das immer so, sie wird sich daran gewöhnen müssen. Komischerweise folgt ausgerechnet Nola ihr und sie setzen sich zusammen nach hinten ins Auto. Einen Moment setzt Nola sogar an, etwas zu sagen, doch dann nimmt sie ihr Handy wieder heraus und schreibt weiter darauf.

Erst einige Minuten später kommt Santiago mit den Männern und Frauen heraus. Sie besprechen noch etwas, dann setzt er sich mit dem Mann, mit dem sie auch hergekommen sind, ins Auto und fahren los.

Das andere Auto fährt in eine andere Richtung. Catalina sieht sich wieder die Umgebung an, doch auch wenn hier alles wirklich wunderschön ist, fühlt es sich irgendwie gedämmt an. Sie ärgert sich über sich selbst und dass sie das alles so nah an sich heranlässt.

Sie fahren wieder eine Weile und die ganze Zeit sprechen die Männer vorne über einen bestimmten Flugzeugtypen, den sie sich nachher auch ansehen werden. Als sie dann halten und aussteigen, sind sie mitten auf dem Land. Hier steht ein großes Haus, was an eine Ranch erinnert und dahinter ist so viel Wiese, dass man es mit bloßem Auge gar nicht erfassen kann.

Und überall sind Pferde.

Catalina traut ihren Augen nicht, sie sehen auf hunderte Pferde, sie galoppieren über die Wiesen. Eines ist schöner als das andere. Eine Frau kommt auf sie zu. »Willkommen auf Boliviens größter Pferderanch.«

Catalina sieht von Santiago zu Nola, die genauso überrascht wie sie zu sein scheint. Santiago strahlt, er scheint genau diesen Gesichtsausdruck bei ihnen beiden erhofft zu haben.

»Das, was mit Esperanza passiert ist, tut mir wirklich leid, uns leid und ich weiß, wie viel sie dir bedeutet hat. Ich weiß, dass man das eine mit etwas anderem nicht ersetzen kann, doch hier gibt es die allerschönsten und besten Pferde.

Ich habe gedacht, dass du dir ein neues Pferd aussuchen kannst, wenn du möchtest. Ein Junges, was bei uns aufwächst und was du von klein auf bei dir hast. Und Nola, du wirst es hier eh lieben und sicherlich auch das eine oder andere Pferd haben wollen und vielleicht findet ihr zusammen Pferde, sie werden ja dann auch zusammenleben.«

Catalina kann nicht anders, sie strahlt und auch auf Nolas Gesicht breitet sich ein Lächeln aus. »Du wusstest schon immer, wie du mich um den Finger wickeln konntest, Bruderherz. Dann sehen wir uns diese Schönheiten mal an.«

Kapitel 10

Nola und Catalina folgen der Frau. Santiago verabschiedet sich und sagt, dass er sie später wieder abholen wird, doch wenn Catalina jetzt auf die riesige Anzahl an Pferden sieht, kann das hier lange dauern. Sie hatte nie vor, nach Esperanza noch ein Pferd zu besitzen, sie weiß nicht, ob sie das wirklich kann. Esperanza war nicht einfach nur ein Pferd, sie war wie eine Freundin, der sie alles erzählt hat. Doch zumindest wird Catalina sich die Pferde hier mal ansehen, es muss traumhaft sein, hier auszureiten.

Nola und Catalina verbindet die Liebe zum Reiten und zu Pferden und damit versucht Santiago offenbar, sie zusammenzubringen, was ihm in diesem Moment auch gelingt. Die Frau begleitet sie in das Haus. Es ist ein Wohnhaus, was aber eher als Zentrale dieses riesigen Anwesens dient. Der Flur ist über und über mit Pokalen vollgestellt. Von dort kommen sie auf das riesige Grundstück. An den Seiten stehen aneinandergereiht Ställe. Die Frau erklärt, dass die Pferde nur nachts und bei sehr schlechtem Wetter in die Ställe kommen, sonst dürfen sie sich frei bewegen.

Sie bringt sie in einen Stall, in dem verschiedene Stuten mit ihren frisch geborenen Fohlen untergebracht sind. Es ist zu niedlich, Catalina und Nola streicheln einige von ihnen und lassen sich von der Frau alles erklären. Danach bittet sie sie, Reiterstiefel überzuziehen und sie gehen auf die Felder. Von hier erkennt man doch einige Abgrenzungen, im vorderen Bereich stehen jüngere Pferde, die langsam von den Müttern entwöhnt werden, sie erklärt, dass sie das ab einem Jahr sehr langsam machen.

Die Pferde sehen aber alles andere als unglücklich aus, sie kommen und lassen sich streicheln, einige sind aber auch auf ihrem großen umzäunten Gelände unterwegs. »Es ist schön, dass sie die Tiere hier gut behandeln, man sieht, dass es allen gut geht.« Die Frau führt sie weiter. »Das ist das Wichtigste, dafür zahlt man hier etwas mehr für ein Pferd, aber so können wir garantieren, dass es allen gut geht. Wenn ich es richtig verstanden habe, ist ihre Stute gestorben?«

Sie sieht zu Nola. »Nein, es war meine und sie wurde vergiftet.« Sie laufen auf einen höheren Zaun zu, zu dem das größte Stück Land gehört. »Das ist nicht wirklich klar, ob sie das wurde.« Nola sieht zu ihr. Catalina möchte keinen Streit, doch sie hat sich auch selbst geschworen, nicht mehr klein beizugeben. »Für mich ist es klar.« Die Frau greift nach zwei großen Eimern mit frischem Heu und gibt jeder von ihnen einen.

»Wäre das neue Pferd dann sicher?« Darüber denkt Catalina auch schon nach. Wie soll sie garantieren, dass so etwas nicht wieder passiert? Sie kann ja schlecht Wachschutz bei den Pferden abstellen. »Also, falls du wirklich davon überzeugt bist, dass es Flavia war, kann ich dich beruhigen. Santiago hat ihr seit der Hochzeit verboten, unser Gebiet noch einmal zu betreten, sie würde es nicht wagen, das zu tun.«

Catalina bleibt stehen und sieht zu Nola, die sich auch zu ihr wendet. Das erste Mal seit sie heute in den Flieger gestiegen sind, sprechen sie miteinander und sehen sich an. »Wirklich? Das wusste ich nicht.« Nola zuckt nur die Schultern und wendet sich zum Tor. Die Frau scheint zu verstehen, dass sie beide nicht gerade die besten Freundinnen sind und öffnet das Tor.

Sie betreten dieses riesige Gelände vor ihnen. Die Frau erklärt, dass sich noch einmal weiter weg ein separater Teil für die Hengste befindet, doch sie haben mehr Stuten. Man kann die Abgrenzungen des Geländes nicht einmal sehen, es stehen hier auch Bäume, doch es muss sich wirklich weit erstrecken. Die Frau pfeift in einem ungewöhnlichen Tonfall. Alle Pferde, die in ihrem Sichtfeld sind, kommen zu ihnen. Catalina und Nola füttern sie mit Heu und streicheln sie. Jedes Pferd hier ist sehr zutraulich und sehr gepflegt, alle haben glänzendes Fell.

Von überall her kommen immer mehr Pferde, die Frau geht zurück und holt noch mehr Futter, welches sie dann in Futterstellen auslegt. Nola und Catalina füttern die Pferde weiter. »Ich wusste wirklich nicht, dass Santiago Flavia das Verbot gegeben hat. Mir tut es zwar nicht leid um sie, aber für dich, da sie ja deine beste Freundin ist und ...«

Nola sieht sie an, nachdem sie eine schwarze Stute gekrault hat. »Sie ist nicht meine beste Freundin. Sie ist eine Freundin, eine der Frauen, die es eigentlich nur auf meinen Bruder abgesehen haben, doch wir haben uns auch gut verstanden. Santiago hatte schon ganz recht. Als ich sauer wurde, nachdem er uns das gesagt hat, hat er gefragt, wo das Problem ist. Flavia ist bisher immer nur zu uns gekommen. Was wäre so schlimm, sich außerhalb zu treffen, bei ihr oder in einem Café? Er hat recht, eigentlich sollte es kein Problem sein, aber natürlich haben wir uns noch nicht einmal getroffen, wenn wir telefonieren, will sie immer nur wissen, wie es Santiago geht.« Catalina sieht ihr in die Augen. »Es ist sicherlich nicht leicht, ihn als Bruder zu haben, du hast ja sogar zwei. Bei Zayns Frauen frage ich schon gar nicht mehr nach den Namen, so schnell wie sie wieder weg sind.«

Eine graue Stute stupst Catalina an, weil sie offenbar auch etwas zu essen möchte. Nola lacht auf und Catalina traut ihren Ohren kaum. »Mir ist es schon so oft passiert, dass ich bei den Frauen Namen verwechselt habe und jedes Mal sind sie beleidigt, deswegen rede ich meist gar nicht mehr mit denen.« Nun muss auch Catalina lachen. »Das ist auch eine Lösung.«

Die Frau tritt wieder zu ihnen. »Möchtet ihr ausreiten? Ich habe hier genau die richtigen Pferde dafür. Das sind Princess und Kylie, amerikanische Vollblüter, und sie zählen zu den allerbesten Pferden der Welt.« Sie holt zwei wunderschöne braune Pferde zu ihnen und hilft Nola und Catalina, sich auf sie zu setzen. »Braucht ihr Hilfe? Ich denke, ihr habt genug Erfahrung, oder?« Catalina nickt und Nola lächelt verzaubert, als sie auf dem Rücken dieses edlen Pferdes sitzt.

Sie traben nebeneinander und sehen auf diese wunderschöne Landschaft. »Es ist wirklich nicht leicht mit den beiden als Brüder, doch als Ehefrau wirst du es noch schwerer haben.« Catalina ist ehrlich gesagt richtig froh darüber, dass Nola das Thema noch einmal aufgreift. Ihre Pferde traben gekonnt nebeneinander und sie sieht zu Nola. »Das befürchte ich auch, es war von Anfang an sehr schwer. Aber ich habe mir das nicht ausgesucht, verstehst du? Ich hatte kein Mitspracherecht, mein Vater hat es mir kurz davor gesagt, ich war nur als Teil eines Deals gedacht.«

Auch Nola sieht zu ihr, Santiagos Schwester ist wirklich wunderschön, sie hat ein sehr sanftes Gesicht, große schöne Augen und die kleine feine Nase wie Santiago. Sie hat sicherlich viele Verehrer, dank ihrer Brüder höchstwahrscheinlich heimliche Verehrer. »Aber das ist auch der Punkt … weißt du, … als es hieß, Santiago heiratet, hat er uns gesagt, dass das nur ein Deal ist, dass du bei uns leben wirst und wir dich in Ruhe lassen, du sonst aber keine Bedeutung hast, aber dann schon einige Tage nach der Hochzeit hat er begonnen, sich anders zu verhalten und jetzt … seid ihr plötzlich das liebende Ehepaar? Es ist doch normal, dass wir alle das … sagen wir mal … merkwürdig finden.«

Das kann sie natürlich verstehen. »Auf jeden Fall, aber denkst du denn, es ging uns anders? Weißt du, mit was für einer Angst ich nach Puerto Rico gekommen bin? Ich musste plötzlich bei unseren allerschlimmsten Feinden leben, ich habe mich nicht aus dem Zimmer getraut und nachts den Schreibtisch vor die Tür geschoben. Meine Kartons sind umhergetreten und entleert worden, ich konnte kaum etwas behalten. Es wurde mir sofort klar gezeigt, dass ich nicht erwünscht bin.«

Catalina stockt, als sie daran zurückdenkt. »Weder Santiago noch ich hatten vor, viel miteinander zu tun zu haben, doch dann ist er auf mich zugekommen, wahrscheinlich weil er Mitleid hatte und gemerkt hat, was für eine Angst ich habe. Wir haben uns ein wenig besser kennengelernt und ich habe mehr und mehr die Angst verloren. Letztlich haben wir beide gemerkt, dass wir uns trotz der Feindschaft, trotz des Deals ... mögen.

Wir sind nun verheiratet und zum Glück hassen wir uns nicht und wir haben beschlossen, dieser Ehe eine Chance zu geben, zu versuchen, das hinzubekommen, denn verheiratet sind wir ohnehin. Ich denke, er würde sich wünschen, dass auch ihr dem eine Chance gebt, ich kann aber natürlich verstehen, dass das für euch nicht leicht ist. Mein Vater hat mir gerade erst gesagt, dass ich bloß Abstand von Santiago halten soll, dabei hat er mich vor den Altar gezwungen. Ich denke, wir beide wissen, dass es nicht leicht ist, als Frau in einer Familia zu leben.«

Nola nickt und atmet tief ein und Catalina möchte diese Chance einfach nutzen. »Ich wollte nicht Flavia und Santiago trennen, falls sie je ein Paar waren, das haben die Männer beschlossen, falls es das ist, was ihr mir vorwerft.« Nola lacht leise auf. »Nein, das nicht, nur du bist nun mal eine Delgardo, ich schätze, es liegt uns einfach im Blut, euch zu misstrauen.« Auch wenn die Worte ehrlich und hart waren, lächelt Nola, und Catalina stimmt ihr zu. »Ja, das geht mir auch so, aber wir könnten uns ja zumindest nicht mehr ignorieren.«

Sie durchqueren die Stellen mit den Bäumen und sehen dahinter einen kleinen Fluss, an dem einige andere Pferde stehen. »Wenn Santiago euch eine Chance gibt, werde ich das auch versuchen. Ich habe keinen Grund, dem im Weg zu stehen und wer weiß, vielleicht erleben wir ja alle noch eine Überraschung. Lass uns mal sehen, was diese Pferde drauf haben.«

Sie galoppiert los und Catalina folgt ihr.

Es ist so unglaublich befreiend, der warme Wind zerzaust ihre Haare und mehrere Pferde gesellen sich zu ihnen. Es ist so schön hier zu sein mit so vielen freien prachtvollen Tieren. »Das ist Freiheit für mich. Das ist mein Traum, auch einmal bei uns so etwas ähnliches zu haben.«

Sie steigen am Fluss ab und nähern sich den anderen Pferden, die davor grasen. »Nun hast du durch mich ja noch eine Pferdenärrin an deiner Seite, wir bekommen den Stall schon voll. Sieh mal, wie schön die alle sind.« Hier stehen Pferde aller Größen und Farben zusammen und eines ist schöner als das andere. »Wie soll ich mich hier jemals für ein Pferd entscheiden und vor allem, ist das nicht unfair Esperanza gegenüber? Ich meine, das ist doch so, als würde ich sie ersetzen.«

Nola setzt sich auf einen Stein und streicht einer Stute über die Schnauze. »Nein, so darfst du das nicht sehen. Eines meiner ersten Pferde hieß Amor, ein wunderschöner Hengst, ganz jung und kräftig. Ich habe ihn so geliebt, ich war fünfzehn und habe sogar manchmal heimlich im Stall geschlafen, um nicht von seiner Seite zu weichen. Doch man hatte uns beim Kauf hereingelegt, er war von Anfang an krank und ist schon nach wenigen Monaten gestorben.

Für mich war das sehr schwer, doch als mein Vater mir eine neue Stute gekauft hat, habe ich wieder meine Freude am Reiten gefunden. Du solltest das nicht so sehen, als würdest du sie ersetzen, sondern als würdest du neu beginnen, ohne sie zu vergessen.« Catalina steigt auch ab und stimmt Nola zu. »Du hast recht, ich gebe gerade so vielem Neuen eine Chance, wieso nicht auch dem?«

Sie bleiben eine ganze Weile bei den Pferden am Fluss, Catalina sieht sich alle Pferde an, jedes ist etwas ganz Besonderes, sie weiß nicht, wie sie sich für eines entscheiden soll. Auch Nola ist ganz fasziniert von den Pferden und sie sehen sich alle genau an.

Als die Frau zu ihnen geritten kommt, bemerkt Catalina eher zufällig eine Stute zwischen den Bäumen stehen, zusammen mit einem jungen Pferd. Die jungen Pferde sind eigentlich im anderen Gehege, deswegen deutet Catalina zu ihnen, sobald die Frau abgestiegen ist. »Was ist mit den beiden?« Sie laufen langsam zu ihnen hinüber. Die Frau hat Heu dabei und nur deswegen bleiben beide stehen, sie scheinen sonst scheu zu sein, was zwischen all den zutraulichen Tieren sehr auffällt.

Die Mutter ist schwarz und hat einen weißen Streifen auf der Schnauze, es gibt nur sehr wenige schwarze Pferde hier. Ihr Junges ist auch schwarz, hat aber neben den weißen Streifen auf der Schnauze auch einige weiße Stellen am Bauch. Beide sind eher zurückhaltend, die Frau legt ihnen Heu hin, das sie gleich fressen. »Die beiden bekommen meist wenig ab, da sie sich nicht so trauen wie die anderen Pferde. Das sind unsere beiden Sorgenpferde. Mama und Tochter. Die Mutter haben wir aus einem heruntergekommenen Stall geholt, sie war dort mit einem Hengst zusammen und wahrscheinlich nur da, um Fohlen zu bekommen, die sie dann verkauft haben.

Irgendwann sind die Besitzer nicht mehr aufgetaucht, der Stall stand offen, doch die Stute hat ihn nicht verlassen. Der Hengst hatte sich an den Beinen verletzt und konnte nicht mehr richtig laufen und irgendwie hat sie ihn nicht verlassen. Sie haben durch die Zeit, die sie zusammen waren, sich so aneinander gewöhnt, dass sie nicht mehr zu trennen waren.

Spaziergänger haben sie gefunden und uns alarmiert. Leider kam für den Hengst jede Hilfe zu spät, wir mussten ihn einschläfern und sie ist hier nie so richtig angekommen. Sie war zu dem Zeitpunkt schon trächtig und ist einfach nicht an so viele Pferde und auch nicht an Menschen gewöhnt. Außerdem scheint sie den Hengst zu vermissen.

Nachdem sie das Fohlen bekommen hat, hat sie sich auch ganz anders verhalten, sie wollte niemanden ranlassen und hat es seitdem kaum aus den Augen gelassen. Wahrscheinlich sind ihr die anderen Fohlen immer viel zu früh genommen worden. Wir haben die beiden hier zusammengelassen und trennen sie nicht. Wir wollen die Stute nicht noch mehr quälen.«

Nola traut sich an die Mutter heran und sie lässt sich streicheln, auch wenn man sieht, dass sie das nicht gerne macht, doch Nola ist wirklich vorsichtig und genauso geht auch Catalina an das kleine Pferd heran.

»Die Arme, das bricht einem das Herz, wenn man weiß, wie schlecht manche Menschen die Tiere behandeln.« Es dämmert bereits, sie haben eine ganze Weile hier verbracht, ohne es so richtig zu merken. Erst als plötzlich Santiago mit einem anderen Mann zwischen den Bäumen auftaucht, wird ihnen bewusst, wie die Zeit an ihnen vorbeigerast ist.

»Und, wer darf nach Puerto Rico reisen?« Santiago sieht zwischen Catalina und Nola hin und her, die noch immer an der Stute und ihrer Tochter stehen. Catalina sieht zu Nola und als sie sich kurz in die Augen sehen, kennen beide die Antwort. »Diese beiden Hübschen, so können sie zusammenbleiben und finden doch ein wenig Ruhe. Wie heißen sie denn?« Man merkt der Frau an, dass sie sehr erleichtert ist, dass die beiden doch ein neues Zuhause gefunden haben. »Die Mutter ist Soy und die Kleine Luna.«

Sie verlassen die Ranch und Catalina fällt es richtig schwer, die beiden dort zurückzulassen, man sieht vor allem der Mutter an, dass sie sich nicht wohlfühlt. Im Auto erzählen sie Santiago die Geschichte, sie haben beschlossen, neben Soy und Luna noch zwei weitere Stuten mitzunehmen. Nola und Catalina besprechen, dass es das Beste ist, den Stall zu vergrößern, damit alle Pferde mehr Platz haben und besonders Soy und Luna ein wenig abgetrennter von allen anderen sind.

Die Ranch hat sie beeindruckt und da sie hinter ihren Häusern in Puerto Rico genug Platz haben, beschließen sie, das umbauen zu lassen. Sie werden Zäune ziehen und alles grüner gestalten lassen, mit Futterkrippen und Bäumen, sodass auch ihre Pferde immer heraus können, sie sollen frei entscheiden können, ob sie im Stall oder auf der Weide sein wollen.

Santiago hält sich da heraus, das Grundstück wird eh zum Ausreiten genutzt und sie brauchen es nicht. Er scheint einfach froh zu sein, dass sein Plan aufgegangen ist. Catalina und Nola können nicht aufhören zu planen. Die Frau hat davon gesprochen, dass es hier mehrere Großmärkte gibt, wo man all das Zubehör bekommt, was man für solch ein Gehege braucht.

Sie fahren zu einer großen Anlage, die für sie vorbereitet wurde, es ist genauso grün und schön wie ganz Bolivien, sie sehen von hier auf einen großen See und das Haus sieht von außen älter aus, doch innen ist es mit allem Luxus ausgestattet, den man sich nur vorstellen kann. Sie haben eine riesige Terrasse, auf der ihnen das Abendbrot serviert wird.

Nola und Catalina beschließen, morgen noch einmal zur Ranch zu fahren und Luna und Soy und die anderen Stuten zu besuchen, dann werden sie diesen einen Großmarkt aufsuchen. Santiago lächelt über all das nur mild und stimmt allem zu, was sie vorschlagen.

Es ist das Schmunzeln, das er Catalina hin und wieder zuwirft, was ihr Herz schneller schlagen lässt. Erst als sie noch gemütlich zusammensitzen und Dessert essen, während es draußen schon stockdunkel ist und die Grillen zirpen, bemerkt Catalina, dass sie sich noch gar nicht bei ihrer Mutter gemeldet hat, seitdem sie zurück ist.

Sie schreibt ihr schnell, dass es ihr gut geht und alles in Ordnung ist und sie ihr morgen Fotos schicken wird. Das Personal geht und auch Nola zieht sich in das Schlafzimmer in der unteren Etage zurück. Catalina und Santiago warten noch einen Augenblick und Catalina kuschelt sich an ihn, als sie alleine auf der Terrasse zurückbleiben.

»Ich wusste doch, dass dir diese Überraschung gefällt.« Catalina legt ihre Arme um ihn, während er sie auf seinen Schoß zieht. »Ja, da hast du wirklich recht gehabt, besonders, dass du so … einfühlsam bist und dir so viele Gedanken machst, beeindruckt mich. Das hätte ich dir nicht zugetraut … das unter so einer harten Schale solch ein weicher Kern steckt.«

Catalina küsst langsam seine Wange entlang, knabbert an seinem Ohrläppchen und hin zu seiner Schulter, ihre Lippen verlassen seine Haut nicht. »Verrate das niemandem, es könnte mich schwächen.« Catalina hebt ihren Blick und führt ihre Lippen zu seinen, während sie sich auf seinen Schoß drückt. »Dich kann gar nichts schwächen.« Sie küssen sich und das sofort sehr verlangend.

Sie meint das völlig ernst, ihr Vater ist mächtig und das spürt man, wenn man um ihn herum ist, doch bei Santiago ist dieses Gefühl noch einmal viel stärker, sie kann sich nicht vorstellen, dass irgendetwas ihn zu Fall bringen könnte.

Seine großen Hände wandern unter ihr Top ihren Rücken entlang. »Lass uns nach oben gehen.« Er beendet den Kuss und Catalina steigt von seinem Schoß, er legt den Arm um sie, sie schließen alles und löschen das Licht, um in eines der Schlafzimmer zu gehen, die sich oben befinden. Sie waren noch gar nicht in diesem Teil des Hauses und auch hier ist alles sehr edel eingerichtet. Doch es gibt nur eine riesige doppelte Tür, die sie öffnen, offenbar ist hier oben nur ein Schlafzimmer.

Catalina wundert sich, wieso gedimmtes Licht brennt, sieht sich um und stockt. Das hier ist ein Schlafzimmer, was so groß wie drei ist, es gibt mehrere Kleiderschränke, einen großen Whirlpool und ein Himmelbett, doch nicht das lässt sie erschrocken aufkeuchen.

Im Bett liegt splitterfasernackt die hübsche Frau von vorhin beim Mittagessen. Die Frau, die von einer Familia zur anderen gegangen ist und die Santiago mit ihren Blicken fast ausgezogen hat. Catalina würde sich am liebsten über die Augen reiben. Sie liegt lasziv auf dem Bett, ihre langen dunklen Haare fallen auf die weiße Bettwäsche, ihre Brüste stehen perfekt, ihr Bauch ist durchtrainiert, ihre schlanken Beine glänzen. Sie beißt sich auf die Lippen und sieht Santiago an, der neben ihr gerade ins Zimmer tritt.

Catalina beachtet sie gar nicht weiter. »Hallo, Anführer der Rojos, ich habe schon lange auf dich gewartet.« Wie kann man nur so sexy sprechen, Catalina spürt, dass ihr Mund offen steht und schließt ihn schnell wieder.

»Was soll das hier?« Santiago sieht verwundert zu der Frau und Catalina wünschte, er würde nicht das sehen, was sie sieht, denn die Frau ist einfach nur ein Traum und wenn sie als Frau das schon bemerkt, was muss er dann innerlich fühlen, auch wenn er es gut vor Catalina verstecken kann.

Ihr Herz rast und sie spürt wirkliche Eifersucht in sich aufkommen, die Frau bewegt ihren Körper so gekonnt und lasziv, und sie steht hier wie eine schockierte Ehefrau, die nicht mal in der Lage ist zu reagieren.

»Ich wollte dich komplett willkommen heißen in Bolivien und mich dir … anbieten.« Santiago sieht einen Moment zu Catalina, vielleicht um zu prüfen, ob sie noch lebt, sie will gar nicht wissen, ob sie kreidebleich oder knallrot geworden ist, sie fühlt beides zur gleichen Zeit.

»Hat dich jemand geschickt?« Sie schüttelt den Kopf und streicht mit ihrer Hand über ihren Busen. »Mich kann niemand schicken, ich mache, was ich will.« Santiago sagt einen Moment nichts, Catalina bringt es nicht über sich, ihn anzusehen und zu sehen, wie er auf die Frau vor ihnen blickt. Sie will seinen Blick gar nicht sehen. »Ich bin mit meiner Ehefrau hier, falls dir das entgangen ist.«

Genau, Catalina atmet einmal tief ein, um endlich wieder klar denken zu können, doch in dem Augenblick öffnet die Frau die Beine und lässt sie einen gekonnten Einblick auf das werfen, was Santiago erwarten würde. »Das stört mich gar nicht, im Gegenteil. Du hast eine hübsche Frau, du bist ein mächtiger Mann, Santiago, du hast ein Recht auf alles, was du haben möchtest, auf alles.«

Santiago setzt an etwas zu sagen, doch in dem Moment kommt Catalinas Reaktion ganz von alleine wieder. Sie sieht den leichten Mantel zum Zuschnüren auf einem der Sessel, geht hin und wirft ihn der Frau auf ihren Körper. »Verschwinde.« Die Frau lacht auf. »Das muss Santiago entscheiden.« Er deutet zur Tür. »Du hast meine Frau gehört, zieh dich an. Ich rufe dir ein Taxi.« Catalina sieht gar nicht mehr hin, als die Frau beleidigt den Mantel überzieht.

»Tut mir leid, normalerweise passiert so etwas nicht, wenn Ehefrauen dabei sind.« Catalina kann langsam immer klarer denken. »Aber sonst ja? Ist das normal?«

Santiago tippt etwas in sein Handy. »Schon, du kennst das doch von den Männern aus deiner Familia, die Frauen versuchen ihr Glück und ...« Natürlich weiß Catalina das, doch das gerade, also es sich zu denken und es so präsentiert zu bekommen, sind zwei völlig verschiedene Sachen.

Ich bin mit meiner Frau hier. Santiagos gerade gesagter Satz bekommt eine ganz andere Bedeutung. Sie sieht wie Zayn lebt und wenn Santiago immer so gelebt hat, wie soll er für immer auf all das verzichten? Wenn Frauen wie diese gerade ihn ständig umschwärmen, daran würde jede Ehefrau früher oder später zerbrechen.

Santiago nimmt die Frau am Arm und bringt sie hinaus. Als sie die Treppen hinuntergehen, kommt Nola verschlafen aus ihrem Zimmer und sieht zu der Frau, Santiago, den Mantel, der nur das Nötigste verdeckt und Catalina, die am Treppenabsatz stehen bleibt, während Santiago die Frau vor die Haustür bringt.

Ihre Gedanken rasen, sie sieht, wie Nola versteht und Catalina mitfühlend ansieht. »Willkommen in der Familie!« Sie kann dazu nichts sagen und geht zurück in das Zimmer. Um nicht auf das zerwühlte Bett sehen zu müssen, läuft sie ins Badezimmer, zieht sich aus und geht direkt unter die Dusche.

Das gerade hat sie richtig getroffen. Sie ist noch nicht lange mit Santiago zusammen und doch trifft es sie, dass sie kaum klar denken kann. Sie muss an ihre Mutter denken und den Moment, als ihr Vater ihr Sarita präsentiert hat. Sie hat ihn über alles geliebt, wie muss sie sich gefühlt haben.

»Ist alles in Ordnung?« Santiago tritt zu ihr ins Badezimmer. Catalina wendet sich nicht zu ihm um. »Ja, alles bestens.« Zu schnell, zu hart. Sie hört die Geräusche und will es eigentlich gar nicht, doch sie sagt nichts, als sie hört, wie Santiago sich auszieht und zu ihr in die Dusche kommt.

Seine Arme umfassen sie und er legt sein Kinn auf ihren Kopf, während beide die Fliesen ansehen. »Es tut mir leid, dass du das mitbekommen hast.« Sie zuckt die Schultern. »Das ist doch aber die Realität, daran muss ich mich gewöhnen, oder?«

Er schweigt einen Augenblick. »Es bedeutet mir aber nichts mehr ...« Catalina wird wütend. »Santiago, ich habe die Frau selbst gesehen, wie kannst du sagen, so etwas wäre dir egal?« Er lacht leise. »Weil ich das satt habe. Ich hatte das schon unendliche Male, es gibt tausende von diesen wunderschönen sexy Frauen, die willig sind ...«

Catalina seufzt auf, dreht sich aber immer noch nicht zu ihm um. »Das ist sehr beruhigend.« Wieder ein Lachen.

»Das ist nicht neu für mich, es langweilt mich. Was mich interessiert ist es, eine Frau an meiner Seite zu haben, eine mit der ich im Bett schlafe und sie die ganze Nacht im Arm halte, die sich an mich lehnt, wenn sie ihre komischen Bücher liest und mir fast den Arm zerquetscht, wenn sie etwas Gruseliges im Fernseher sieht. Dass ich ständig daran denke, ob bei dir alles in Ordnung ist und wann ich dich sehe, das ist alles, was mich gerade beschäftigt.«

Nun dreht sich Catalina zu ihm. Sie sieht ihm in die Augen und zögert einen Augenblick, überdenkt seine Worte und lächelt dann. »Das ziehst du dem also vor?« Er nickt und küsst sie liebevoll auf die Lippen. Catalina schließt die Augen und öffnet sie dann aber wieder schnell.

»Ich werde heute unmöglich mit dir schlafen können.« Nun lacht er wieder und Catalina wird sich daran niemals sattsehen können. Er umfasst sie und sie legt ihren Kopf an seine Schulter, während sich das warme Wasser über ihre Körper ergießt. »Mir reicht es, dich zu halten.«

Nun schließt sie die Augen und genießt diesen Augenblick, erst als die Müdigkeit sie einholt, öffnet sie die Augen wieder. »Und doch werde ich nicht in diesem Bett schlafen.« Er nickt. »Das Sofa unten kann man ausziehen und darauf schlafen. Wir schlafen da.« Catalina beißt sich auf die Lippen, um nicht zu zeigen, wie glücklich sie seine Worte machen.

»Du ziehst also eine Klappcouch und eine Nacht, in der nur gekuschelt wird, dieser heißen Frau im Bett vor.« Er küsst ihre Nase. »Absolut.«

Kapitel 11

»Hast du das gesehen? Sie hat richtig Spaß.« Catalina sieht zurück, wo Luna vergnügt hinter ihnen her trabt.

Mittlerweile sind die Pferde drei Wochen bei ihnen. Sie haben neben Luna und ihrer Mutter Soy auch noch zwei weitere Stuten geholt. Soy gewöhnt sich immer mehr an das Leben hier und vertraut ihnen auch jeden Tag mehr. Sie hat sich an alle anderen Pferde gewöhnt und wenn sie die Pferde jetzt alleine auf der inzwischen durch Zäune abgesteckten Weide laufen lassen, sucht sie auch immer mehr Kontakt zu den anderen Pferden.

Dadurch wird Luna auch selbstständiger und hin und wieder kann Catalina auch schon mit ihr allein über die Weide laufen, ohne dass ihre Mutter gleich folgt. Sie tasten sich heran, doch diese Geschichte hat Nola und Catalina wirklich zusammengebracht. Sie sind täglich zusammen im Stall. Manchmal morgens, manchmal auch tagsüber, sie haben sehr viel umbauen lassen, bevor die Pferde kamen. Nun ist es schon fast perfekt, es muss nur noch alles grüner werden, doch dafür sorgen die Gärtner nach und nach. Auch die Frauen, die im Stall arbeiten, freuen sich über die neuen Pferde und auch, dass diese nun selbst entscheiden können, ob sie im Stall bleiben oder nach draußen wollen.

Sie haben auch extra einen überdachten Unterstand in der Nähe des Meeres bauen lassen, dass die sich Pferde bei großer Hitze dort im Schatten aufhalten können, mit der Brise vom Meer. Santiago lässt sie alles machen, hin und wieder schüttelt er den Kopf, doch er freut sich, dass Catalina und Nola sich nun besser verstehen und das tun sie wirklich.

Sie sehen sich mittlerweile auch regelmäßig Serien zusammen an, Nola kommt vorbei und sie verfolgen gespannt alle möglichen Serien hintereinander, wenn eine vorbei ist, beginnen sie eine neue. Catalina hat Nola auch schon mit ihren Büchern angesteckt. Sie würde fast sagen, dass sie mittlerweile so etwas wie Freundinnen sind, auch wenn Catalina weiß, dass Nola bereits wieder Kontakt zu Flavia hat, die sich doch gemeldet hat und mit der sich Nola auch ab und zu trifft. Sie sprechen aber nicht davon und meiden generell Themen, die sie eher entzweien um nicht ihrer zarte Freundschaft zu schaden.

Die Hochzeit von Natia und Milo liegt nun einen Monat zurück. Catalina hatte wirklich gehofft, dass es mit der Zeit besser wird. Täglich spricht sie mit ihrer Mutter, doch mit Natia nur noch selten. Sie gibt sich Mühe, ruft immer wieder an, doch Natia hat immer etwas zu tun oder will zurückrufen und tut es nur selten. Wenn sie dann miteinander sprechen, ist es nur noch oberflächlich. Sobald Catalina nachfragt, wie es mit Milo läuft, beginnt Natia zu erzählen, dass sie niemals glücklicher war und im gleichen Atemzug versucht sie, die Ehe mit Santiago niederzumachen. Es ist sehr anstrengend für Catalina, mit ihr zu sprechen und so tun sie es immer weniger, was sie sehr verletzt.

Es wird damit begonnen, ein Haus für Milo und sie zu bauen, dafür wird ein Teil des Stalles eingerissen und sie haben mehrere Pferde verkauft. Ana und Anabel haben versucht, sich dagegen zu wehren, doch nun zählt für ihren Vater am meisten, was Milo, sein Nachfolger möchte. Sie verbringen fast jede freie Minute zusammen und Catalinas Mutter sagt, dass Ego von Milo wächst ins Unermessliche.

Das Einzige, was Catalina beruhigt ist, dass Natia bei ihrer Mutter langsam wieder die alte wird. Dort verhält sie sich immer mehr wie die alte Natia und Catalina ist sich sicher, dass sie es auch mit der Zeit ihr gegenüber tun wird. Sie hat gestern das erste Mal seit der Feier mit ihrem Vater telefoniert, er ist wegen einiger Probleme bei Geschäften in Venezuela unterwegs und sie konnten nur kurz miteinander sprechen, doch er hat zugestimmt, dass ihre Mutter in nächster Zeit wieder zu Catalina kommen darf.

»Was war das gestern, was mein Bruder da angeschleppt hat?« Sie traben mit den Pferden zum Stall zurück, lassen sie frei laufen und verlassen den Stall.

»Das war aus so einem chinesischen Laden, es soll sehr gesund sein und auch wenn es komisch aussah, es hat ganz gut geschmeckt, aber du musstest ja schnell verschwinden.« Nola lacht und streckt sich. »Ja, das kannst du mal ruhig alleine mit meinem Bruder probieren. Ich muss los, wir fahren neue Möbel kaufen. Ich komme dann nachmittags zu dir und wir sehen uns die Serie 'Schwarze Hoffnung' weiter an.«

Ihre Wege trennen sich, Nola geht zu ihrem Elternhaus, Catalina in das Haus von Santiago und ihr. »Machen wir und … bevor ich es vergesse … ich habe dir natürlich gestern noch eine Portion von dem chinesischen Zeug aufgehoben für heute, du dachtest doch nicht echt, dass ich dich verschone?« Nola verzieht das Gesicht und Catalina zwinkert ihr zu, bevor sie zu ihrem Haus läuft.

Wenn sie jetzt daran denkt, mit was für einer Angst und Panik sie hier die ersten Schritte vor mehr als drei Monaten getan hat, kann sie darüber nur milde lächeln und sie weiß, dass das nicht selbstverständlich ist. Im Grunde hätte sie genauso gut noch immer so leben können, doch zwischen Santiago und ihr ist etwas entstanden, was all das hat erträglicher werden lassen und nun, mittlerweile mag sie es hier. Es fühlt sich noch nicht wie zuhause an, doch wenn sie nachts in Santiagos Armen einschläft, hat sie manchmal das Gefühl, dass es sich doch schon ein wenig danach anfühlt.

Catalina geht ins Haus zum Duschen. Santiago ist direkt nach dem Frühstück zu einem wichtigen Termin gegangen, seitdem sie aus Bolivien zurück sind, hatte er nicht einen einzigen Tag frei. Es ist normal, dass er viel zu tun hat, ständig klingelt sein Handy, er ist immer mal wieder für einige Tage weg, jeder will etwas von ihm. Doch er schafft es auch, sich immer Zeit für Catalina zu nehmen und er fragt sie jedes Mal, ob sie ihn begleiten möchte. Die letzten Male ist sie allerdings hiergeblieben, um Nola bei all den Umbauten zu helfen und als die Pferde neu ankamen.

Als sie aus der Dusche herauskommt, geht sie in ihren neuen Kleiderschrank. Santiago hat ihr Schlafzimmer vergrößern lassen, nun haben sie viel mehr Platz und alle Sachen von Catalina sind jetzt hier. Es ist wirklich ihr gemeinsames Schlafzimmer geworden. Catalina liebt den Geruch, der sich im Raum verteilt, es ist eine Mischung zwischen ihnen, ein neuer Geruch, der ihre Verbindung aufzeigt.

»Hier bist du.« Catalina schreckt zusammen, als plötzlich Santiagos Stimme hinter ihr ertönt, sie war so in Gedanken versunken, dass sie gar nicht gehört hat, dass er wieder da ist und zu ihr in den Kleiderschrank getreten ist. Noch trägt sie nur einen Slip und ein Top und Catalina kennt den Blick, der sich gleich auf Santiagos Gesicht bildet. »Ist dein Termin schon vorbei?« Er schüttelt den Kopf und kommt näher. Als seine Hände an ihrer Taille vorbei zu ihrem Po fahren und er ihr einen Kuss auf die Wange gibt, fühlt sich all das sehr vertraut an.

»Nein, nicht ganz. Ich muss nach Paris, der Flieger geht in einer Stunde, es ist ein langer Flug, knapp zehn Stunden, doch wir wollen uns mehr auf dem europäischen Markt etablieren und haben jetzt eine Chance, die wir nutzen wollen. Zayn, Marco und noch einige andere Männer kommen mit. Zayn bringt eine Frau mit, wir haben da ein Treffen und eine Besichtigung und dann einen ganzen Tag, den wir zusammen in Paris verbringen können. Was denkst du? Lässt du mich wieder für die Pferde hängen?«

Paris, wow. In ihrem Leben hätte sich Catalina niemals vorstellen können, dass sie wirklich jemals nach Paris fliegen würde. »Bist du verrückt, natürlich komme ich mit.« Das wird sich Catalina niemals entgehen lassen. In ihrem letzten Buch war die Frau, um die es sich gedreht hat, in Paris, der Stadt der Liebe, um sich von eben dieser Liebe abzulenken. Es wurden solch schöne Orte und Straßen beschrieben, dass Catalina ständig das Gefühl hatte, selbst dort zu sein, sie hat sich die ganze Zeit gefragt, ob es diese Orte wirklich gibt, nun kann sie es herausfinden.

Santiago tippt etwas in sein Handy ein und schmunzelt, während Catalina zu ihrem Schrank geht und sich neben Unterwäsche und Schuhen gleich den Kleidern widmet. »Das wird nichts. Es ist Winter, in Paris schneit es seit einigen Tagen nur noch. Hast du schon mal Schnee gesehen?«

Herrgott, Catalina aus Kolumbien, denk doch mal ein wenig weiter, doch sie ist auch so schon so aufgeregt, nach Paris zu kommen, dass sie alles andere gar nicht bedacht hat. »Nein, nur im Fernsehen. Ich habe nur einige Jeanshosen und einige Hemden oder dünne Pullover.« Santiago steckt das Handy weg. »Das weiß ich, ich habe einige Sachen, weil ich öfter mal in die Kälte fliege, wenn auch nicht gerne. Im Hotel, wo wir bleiben, haben wir schon Bescheid gegeben, sie lassen für euch einkaufen. Dort gibt es Leute, die das extra tun. Wir könnten Nola fragen, du bräuchtest nur etwas für die Fahrt vom Flughafen zum Hotel.«

Noch immer kann Catalina nicht glauben, was man mit Geld alles machen kann. Es scheint nichts unmöglich zu sein. »Es gibt Leute, die dafür bezahlt werden einzukaufen?« Santiago nickt und legt einen Koffer auf den Boden, er geht zu seinem Kleiderschrank und packt mehr oder weniger Pullover, Jeans, eine feine

Hose und ein Hemd, Boxershorts und Shirts in den Koffer. Catalina weiß, dass die Haushälterin oft für ihn packt und faltet alles ordentlich zusammen. Das Hemd und die Hose lässt sie am Bügel, die muss er so mitnehmen.

»Ja, gibt es. Ich habe denen gesagt, die sollen gleich ein wenig mehr besorgen, das wird sicher nicht das letzte Mal sein, dass du mich auch mal an kältere Orte begleiten wirst, oder?« Catalina lächelt und sieht zu ihm hoch. »Schnee, ich kann es nicht glauben.« Sie freut sich wirklich und Santiago lächelt sie an, als er das merkt. Sobald alles verstaut ist, geht sie zu ihrem Schrank. Sie weiß nicht, ob sie es brauchen wird, doch sie hängt ihr neues dunkles Abendkleid heraus, sie hat bis jetzt leider noch keinen Grund gehabt es anzuziehen, doch vielleicht hat sie dort die Gelegenheit.

Noch immer nur in Slip und Top, geht sie zu Santiagos Schrank und nimmt sich einen großen weißen Pullover mit einem roten Logo. Sie zieht ihn über, er ist kuschelweich und so groß, dass er ihr über die Schulter fällt. »Ich ziehe ihn im Flieger an, das reicht.« Catalina zieht aus einer Schublade mit Mützen eine weiße und eine schwarze Wollmütze, sie legt die schwarze in den Koffer und zieht die weiße über. »Siehst du, ich bin für alles gerüstet.«

Santiago zieht die Augenbrauen hoch. »Das ist ja fast noch sexyer als nur im Slip, wenn du meinen Pullover trägst.« Catalina sieht an sich herunter. »Ich komme mir vor wie eine amerikanische Collegestudentin.« Santiago legt noch Handschuhe in den Koffer und schließt ihn. »Die haben da nicht solche hübschen Frauen wie ich hier habe.« Catalina lacht und da er sich gerade hinkniet, um den Koffer zu schließen, nutzt sie die Gelegenheit und klettert wie ein Äffchen auf seinen breiten Rücken. Ihre Füße verschränkt sie an seinem Bauch und ihre Arme legen sich liebevoll um seine Schultern.

Catalina küsst das R auf seinem Hals. »Manchmal fällt es mir schwer zu glauben, dass du der Mann bist, vor dem ganz Latein-amerika zittert, wenn du so zu mir bist. Dann bist du eher mein großer Kuschelbär.« Santiago lacht, schneller als Catalina reagie-ren kann, hat er sie so umgewendet, dass sie auf ihrem hellen Teppich im Ankleidezimmer liegt und er über ihr. »Diese Seite an mir ist auch nur für dich gedacht und das bleibt unser Geheimnis, meine Schöne.« Seine Hände fahren unter seinen Pullover über ihre warme Haut. »Ich werde es wie meinen kost-barsten Schatz hüten.« Catalina streicht mit ihrer Hand über sein hübsches Gesicht und sie küssen sich.

Catalina liebt es, sie liebt alles zwischen ihnen und vor allem diese Nähe und ja … sie liebt ihn. Auch wenn sie ihm das noch nie gesagt hat und er ihr auch noch nicht, ist es genau das, was passiert ist. Sie seufzt auf, als seine Hand ihr den Slip von den Beinen streift und sein Kopf unter dem großen Pullover ver-schwindet. »Der Flug?« Sie spürt seine Lippen auf ihrer Haut und schließt die Augen. »Dein Kuschelbär ist auch der Chef von alldem und der Flug wird warten.« Mehr kann Catalina nicht sagen, seine Lippen lassen sie nur noch aufseufzen.

Kapitel 12

Sie kommen zu spät, doch mehr als ein belustigtes Kopfschütteln von Marco bringt ihnen das nicht ein. Da sie den ganzen Tag über fliegen, sehen sie sich zusammen eine spannende Serie an, nachdem die Männer einige Unterlagen durchgegangen sind und Catalina die neue Bekanntschaft von Zayn, Fiona, ein wenig kennengelernt hat.

Sie stammt aus Irland, Zayn hat sie kennengelernt, als er Geschäfte mit ihren Brüdern abgeschlossen hat, sie ist gerade auf Urlaub bei ihm, zu dem er sie eingeladen hat. Und wenn Catalina sich die hübsche Rothaarige mit den langen Locken und den grünen Augen ansieht, bemerkt auch sie, dass sie etwas Besonderes ist. Leider kennt sie Zayn bereits auch ein wenig und weiß, dass sie sie nach dieser Reise eher nicht wiedersehen wird.

Wenn man sie so beobachtet, könnte man denken, sie wären auf einer gemütlichen Gruppenreise. Man würde nicht annehmen, dass hier die Rojos zu wichtigen Geschäften unterwegs sind. Sie liegen und sitzen alle um den großen Bildschirm herum, naschen, essen und trinken, lachen viel und sehen sich zusammen diese neue Serie an, in der eine Gruppe von Menschen einen Raub begeht, wie ihn die Welt noch nie zuvor gesehen hat. Die Serie ist spannend und sie schaffen in der Zeit die komplette erste Staffel, die zweite heben sie sich für den Rückflug auf. Catalina lag während des halben Fluges in Santiagos Armen.

In Paris ziehen sie sich dann alle dick an und als sie aus dem Flugzeug treten, schließt Catalina die Augen. Eine Kälte, die sie so noch nie erlebt hat, zieht über ihr Gesicht und dicke kalte Flocken legen sich schnell auf sie. Santiago lacht, als sie stehen bleibt und die Augen schließt, während alle anderen schnell zu den Autos gehen. »Komm, mein Schneeengel.«

Auch wenn sie müde vom Flug sind, sehen sich Catalina und Fiona vom Auto aus alles ganz genau an. Beide waren noch nie hier und als sie dann in ihre Suiten in einem Nobelhotel mitten in Paris kommen, ist Catalina hin und weg. Alles hier ist gemütlich eingerichtet und geschmückt, auf der Terrasse liegt dicht der Schnee und ein Kamin brennt.

Es ist wunderschön hier. Sie lassen sich noch etwas zu essen aufs Zimmer kommen und Catalina bestaunt die vielen Kleidungsstücke, die bereits in ihren Schrank geräumt wurden. Dicke weiche Pullover, man spürt, dass es nur die beste Qualität ist, Winterleggins, Hosen, Mützen, Schals, mehrere dicke Winterboots, zwei kuschelig warme Winterjacken mit Fellimitaten, es ist alles dabei und wirklich jedes einzelne Stück gefällt Catalina. Die Leute scheinen nicht umsonst Geld fürs Einkaufen zu bekommen.

Sie haben auch einen Whirlpool in der Suite und nachdem sie gegessen haben, entspannen sie sich darin, während sie durch die verglaste Front über Paris und direkt auf den Eiffelturm sehen können. Sie lieben sich und auch wenn Catalina ahnt, wie schön die Zeit hier werden wird, weiß sie nicht, was sie wirklich noch alles erwartet.

Ihr ist aber klar, dass sie nicht viel Zeit haben, deswegen beginnt sie am nächsten Morgen schon während des Frühstücks zu planen, was sie machen will. Santiago muss weg, doch er sagt ihr, dass sie einen Fahrer haben, der sie überall hinbringt und einen Sicherheitsmann, der auf ihre Sicherheit achtet.

Catalina vergleicht die Orte aus dem Buch mit den gemeinten Orten aus Paris und kurz nachdem Santiago weg ist, kommt Fiona zu ihr und sie suchen sich zusammen Straßen und Orte aus, die sie heute unbedingt sehen wollen. Catalina zieht sich eine dicke Winterleggins und einen beigen Wollpullover an, der ihr bis zu den Knien geht, dazu eine Jacke, eine Wollmütze und Handschuhe, nachdem sie sich zurechtgemacht hat.

Santiago hat ihr gesagt, dass sie alles machen kann, nur nicht zum Eiffelturm gehen, das wollen sie am Abend gemeinsam machen, also fahren Fiona und Catalina zu allen anderen schönen Orten in Paris.

Zu allererst fahren sie zur Kathedrale Notre-Dame, wo sie dank ihres Fahrers und des Sicherheitsmannes gleich hineinkommen. Danach geht es zum Louvre und zur Avenue des Champs Élysées. Catalina macht überall Fotos, so wie eine richtige Touristin, doch das ist ihr egal, sie genießt es und schickt die Fotos ihrer Mutter, Elias und Santiago. Sie wünschte, sie könnte auch Natia daran teilhaben lassen, doch das wird wahrscheinlich alles nur schlimmer machen.

Sie essen etwas in einem kleinen romantischen Restaurant in einer kleinen Seitenstraße und schlendern dort auch ein wenig herum, bevor sie zum Schloss von Versailles fahren und dort so lange bleiben, bis der Fahrer sie holt, weil Santiago und die anderen bereits auf sie warten. Es hat den ganzen Tag immer mal wieder geschneit, doch auch die Sonne schien und Catalina stört die Kälte gar nicht.

Zurück im Hotel springt sie schnell unter die Dusche, Santiago ist schon fertig und wartet mit anderen Geschäftsmännern, denen sie nur kurz Hallo gesagt hat, unten in der Lobby auf sie. Catalina weiß noch nicht genau, was sie machen, doch sie hat gesehen, dass Santiago seine Anzughose und sein Hemd trägt, deswegen zieht sie sich ihr schwarzes Kleid an, steckt sich die Haare hoch und schminkt sich ein wenig mehr. Sie steckt sich Perlenohrringe an und schlüpft in ihre Pumps, auch wenn es schwer wird, mit denen zu laufen, und zieht sich die schwarze feinere Winterjacke über.

Santiago und Zayn warten schon auf sie, alle anderen sind weg, auch Fiona ist ähnlich zurechtgemacht wie sie. Catalina hatte Santiagos Worte vom Morgen schon fast wieder vergessen und hält überwältigt seine Hand, als sie zum Eiffelturm fahren, vor dem sie dann alle zusammen Fotos machen, von denen Catalina sofort eines als ihr neues Profilbild speichert. Dann fahren sie ins Restaurant auf dem Eiffelturm, in dem sie den besten Platz reserviert haben und ein köstliches Menü serviert bekommen.

Sie verbringen einen wunderschönen Abend, Catalina bemerkt, dass Zayn anders zu Fiona ist, aufmerksamer, doch sie traut dem Ganzen noch nicht, doch sie alle verstehen sich gut, haben viel Spaß zusammen und der Abend geht genauso schön zu Ende wie der erste.

Am nächsten Morgen muss Santiago nur kurz weg. Als er sie dann abholt, sind sie alle dick eingepackt, wie er es angekündigt hat, auch Zayn, Santiago, Diego und Marco ziehen sich warm an. Zusammen machen sie eine kurze Schiffsfahrt auf der Seine und da spätestens, eingekuschelt in Decken zwischen Santiagos Beinen mit heißem Kakao in der Hand, verliebt sich Catalina endgültig in Paris.

Doch die richtige Überraschung wartet dann erst auf sie. Vier der gefährlichsten Männer Puerto Ricos fahren mit ihnen ins Disneyland. Catalina traut ihren Augen nicht, als sich die Türen vor ihnen öffnen, Fiona und sie werden sofort wieder zu kleinen Prinzessinnen, jeder wollte schon mal nach Disneyland und sie kosten das völlig aus.

Die Männer machen lachend alles mit, Catalina und Fiona stecken sich eine Minnie Mouse-Schleife ins Haar, sie sehen sich die bunte Parade an und fahren alle zusammen mit den gefährlichen Achterbahnen. Es wird früh dunkel, statt in teure Restaurants zu gehen, essen sie heute einfach Burger mit Pommes. Sie fahren auf einem großen Riesenrad und betrachten Disneyland von oben, schlendern durch die Geschäfte und Straßen und ganz zum Schluss stehen sie im Schnee vor dem großen Schloss.

Es beginnt zu schneien, als das große Feuerwerk beginnt. Es wird ruhig, alle bestaunen das wunderschöne Spektakel, hier wird jeder noch einmal zum Kind und Catalina fühlt sich wie eine kleine Prinzessin, deren Prinz sie von hinten umarmt. Catalina lehnt sich an ihn. »Bist du glücklich?« Sie hätte seine Worte fast überhört, doch dann wendet sie sich zu ihm um.

Sein schönes Gesicht wird von den vielen bunten Farben des Feuerwerks angestrahlt. »Ja, das bin ich, sehr. Auch ohne all das wäre ich glücklich an deiner Seite.« Santiago lächelt und küsst Catalina, bevor sie sich wieder umwendet und er sein Kinn auf ihren Kopf legt. »Genieß den Abend, Prinzessin, morgen sind wir zurück im wahren Leben.«

Catalina konnte in diesem Moment nicht ahnen, wie wahr seine Worte sind.

Sie sind in dieser Nacht zurück nach Puerto Rico geflogen und als Catalina am Mittag bei ihnen zu Hause wach wird, ist Santiago schon unterwegs. Er hat ihr aber eine Minnie Mouse aufs Kopfkissen gelegt, sie hatte gar nicht mitbekommen, dass er eine gekauft hat. Sie setzt sie in die Mitte des Bettes und sieht auf ihr Handy, sie hatte Anabel gestern geschrieben und auch ihr einige Fotos geschickt.

Sie beide schreiben sich hin und wieder, Santiago hatte vorgeschlagen, sie ebenfalls zu ihnen einzuladen, doch so weit ist Catalina noch nicht. Sie sagt nicht, dass das nicht passieren wird, doch erst einmal nähern sie sich so langsam an. Weder ihre Mutter noch Natia wissen, dass Catalina zu Anabel Kontakt hat, sie weiß gar nicht genau, wie sie darauf reagieren würden. Ihr Handy geht wieder aus, sie muss unbedingt den Akku wechseln, ihrer funktioniert nicht mehr richtig. Santiago hat ihr bereits einen neuen besorgt, sie vergisst nur jedes Mal, ihn zu wechseln.

Catalina zieht sich ein einfaches weißes Sommerkleid mit marineblauen Streifen an, in dem Moment klingelt es schon und

Sarinas Stimme trällert durchs Haus. »Wo ist meine kolumbianische Schönheit?« Catalina lässt ihr Handy oben, sie wird den Akku später wechseln und geht zu einer weiteren neu entstandenen Freundschaft nach unten.

Sarina kommt einmal pro Woche zu ihr. Sie macht ihr die Nägel, entwachst ihre Beine, kümmert sich um ihr Gesicht und die Augenbrauen. Catalina und sie genießen diese Zeit. Sie verstehen sich sehr gut, lachen viel und jedes Mal überlegen sie sich etwas Neues. Beim letzten Mal haben beide typische Süßigkeiten aus ihren Ländern besorgt, die sie dann zusammen genossen haben. Als Catalina zu ihr nach unten geht, hält Sarina eine Flasche mit der selbstgemachten Himbeerlimonade hoch, die sie oft selbst herstellt und die Catalina liebt.

»Lass uns den Tag genießen!«

Catalina weiß, dass ihr Leben im Vergleich zu vorher sehr luxuriös ist, manchmal hat sie deswegen sogar ein schlechtes Gewissen, doch Santiago erinnert sie immer daran, dass sie ja eigentlich nur als Teil eines Deals gebraucht wurde, dass sich daraus nun mehr entwickelt hat, ist Glückssache, doch sie sollte kein schlechtes Gewissen haben und auch ihren Vorteil aus der Situation ziehen.

Deswegen entspannt sie sich, während Sarina an ihr herumzupft, cremt, feilt und neu lackiert. Sie hat ihr eine Tasse aus Disneyland mitgebracht, die aus dem Film 'Die Schöne und das Biest'.

Nachdem Catalina fertig mit erzählen ist, berichtet ihr Sarina von ihrer neuesten Eroberung. Sarinas Liebesleben ist spannender als jede gute Soap und Catalina wartet schon immer gespannt auf die nächsten Neuigkeiten. Irgendwann klingelt es erneut und Fiona steht vor ihnen. »Hallo, ich wollte nicht stören, ich … «

Catalina unterbricht sie.

»Nein, du störst gar nicht, möchtest du dir auch etwas machen lassen? Sarina ist bei mir gleich fertig.« Catalina lächelt die Frau an, die seit zwei Tagen rund um die Uhr bei Zayn ist.

»Nein, danke. Zayn ist schon länger weg und ich dachte, ich komm einfach mal vorbei und sage hallo.« Sarina lacht leise und sieht der hübschen Rothaarigen in die Augen. »Hallo!« Catalina lacht auch, wie sehr sie es liebt, wenn Sarina hier ist.

Zayns neueste Eroberung ist wirklich hübsch, rothaarig, grüne Augen, sie ist eben ganz besonders, aber Catalina gewöhnt sich einfach nicht an die Frauen von Zayn. Seitdem sie ihn kennt, hatte er schon sechs verschiedene und das sind nur die, von denen sie weiß.

Sie will gerade etwas sagen, da kommen Santiago, Diego und Zayn in den Garten. Catalina sieht hoch in Santiagos Gesicht, das sie mit ernster Miene betrachtet. Sie spürt sofort, dass etwas nicht stimmt. Zayn sieht sie nicht an und Diego deutet Sarina aufzuhören, die Beine zu entwachsen. Santiago nimmt seinen Blick nicht von ihr und Catalina steht auf. Irgendetwas stimmt hier nicht.

»Lasst ihr uns bitte allein, ich muss mit Catalina sprechen!« Catalina spürt, wie sie leicht zurückweicht und ihn ansieht. Sie hofft, dass er anfängt zu lachen und sagt, dass er Spaß gemacht hat, sie nur überraschen will, irgendetwas, doch er sieht sie weiter ernst an und kommt langsam auf sie zu.

Alle verlassen ihren Garten und das Haus und als sie allein sind, kommt Santiago zu ihr und nimmt ihre Hände in seine. »Es tut mir so leid, Catalina, aber ich habe schlechte Nachrichten, es ist etwas Schlimmes passiert ...«

Catalina kann nicht aufhören, ihm in die Augen zu sehen, sie hofft noch immer, dass er lacht und sagt, dass es nur ein Witz ist, doch er tut es nicht, und als Catalina die nächsten Worte hört, bricht sie zusammen und ihrem Mund entrinnt ein Nein, das durch den ganzen Garten schallt.

Es ist nur ein Moment, der alles verändert ...

»Du lügst!« Sie entreißt ihm ihre Hände und will an ihm vorbei ins Haus. »Nein, Catalina, warte. Wir haben es gerade erfahren und ich habe alles abgesagt und bin direkt hergekommen. Ich wusste nicht, ob du es schon weißt, hast du keinen Anruf bekommen?«

Catalina will noch immer ins Haus, doch Santiago versperrt ihr den Weg. »Mein Handy geht doch nicht, ich muss meine Mutter anrufen, egal was du gehört hast, das kann nicht stimmen.« In Catalinas Magen braut sich eine ungeheure Wut zusammen, zuerst ist ihr der Atem weggeblieben vor Schreck, jetzt wird sie wütend, richtig wütend.

»Es stimmt, Catalina, wir haben es von mehreren Leuten erfahren. Dein Vater und seine Leute sind in Venezuela unterwegs gewesen und als sie in ein Restaurant gehen wollten, wurde aus einem offenen Autofenster auf sie geschossen. Nur dein Vater wurde getroffen, mehrmals, er war sofort tot, keiner konnte mehr etwas für ihn tun.«

Sie schüttelt den Kopf. »Nein! Das kann nicht wahr sein, das darf nicht wahr sein.« Auch wenn sie noch so wütend ist, spürt sie, wie die ersten Tränen ihre Augen verlassen und ihr Herz sich schmerzhaft zusammenzieht. Ein Teil von ihr will auf Santiagos Brust einschlagen und ihn anschreien, dass er so etwas nicht sagen soll, doch der andere Teil spürt, dass es stimmt, dass Santiago die Wahrheit sagt und ihr Vater ermordet wurde.

»Es tut mir leid. Komm her.«

Catalina verlässt die Kraft, sie lässt sich von Santiago in den Arm nehmen und beginnt zu weinen. Sie kann es nicht glauben, alles in ihrem Kopf dreht sich, doch egal wie sehr sie diese Neu-igkeiten umhauen, sie weiß ganz genau:

Dieser Moment ändert alles!

Kapitel 13

Fast genau einen Monat nach der Hochzeit von Natia und Milo sieht Catalina wieder auf Kolumbien hinunter, doch dieses Mal ist alles anders. Auch damals ist sie aus keinem erfreulichen Grund hingeflogen, doch dieses Mal sieht sie nicht einmal aus dem Fenster, weil sie das Land so vermisst hat.

Catalina hat Kopfschmerzen. Sie hat, seit Santiago ihr die Nachricht überbracht hat, immer nur einige Minuten geschlafen, dann ist sie wieder aufgewacht. Auch jetzt während des Fluges ist sie kurz eingeschlafen, doch dann durch ihre Träume immer wieder aufgewacht. Träume kann man es nicht nennen, es ist immer wieder das Gesicht ihres Vaters, das sie aufschrecken lässt.

Sie atmet tief ein, als sie spürt, dass das Flugzeug aufsetzt und schließt die Augen. Santiago konnte ihr nicht mehr sagen, er hat viele Anrufe bekommen, sie aber an Zayn weitergeleitet. Wenn der Anführer einer Familia stirbt, ist es immer eine große Sache. Da die Delgardos sehr mächtig sind, ist das sogar eine sehr große Sache.

Santiago hat sie im Arm gehalten und war bei ihr, als sie versucht hat, ihre Familie zu erreichen. Es hat lange gedauert, erst am Abend konnte sie ihre Mutter erreichen, die ungewöhnlich ruhig war. Sie hat ihr gesagt, dass sie auch noch nicht viel wissen, außer dass sie in einen Hinterhalt geraten sind und ihr Vater von sechs Kugeln getroffen wurde, er war sofort tot, niemand konnte mehr etwas machen.

Sie alle sind noch in Venezuela und kommen erst heute Abend zurück, morgen ist die Beerdigung, hier werden die Beerdigungen wegen der großen Hitze sehr schnell durchgeführt. Sie müssen ihn aus Venezuela hertransportieren. Natia war bei ihrer

Mutter, sie hat geweint und auch Catalina hat geweint, als ihre Mutter darüber gesprochen hat, doch ihre Mutter hat ihnen all das ziemlich emotionslos geschildert.

Elias ist nicht an sein Handy gegangen, die Männer werden genug zu tun haben, sie weiß nicht, was jetzt passiert, was all das zu bedeuten hat, sie kann nicht glauben, dass er, wenn sie jetzt zu ihrer Finca fährt, wirklich nicht da ist.

Ihre Mutter hat ihr gesagt, dass sie zur Beerdigung kommen soll, was sie ohnehin getan hätte. Nachdem sie aufgelegt hat, hat sie sofort einen Flug gebucht. Santiago hat ihr offen gesagt, dass ihm all das nicht gefällt, er kein gutes Gefühl hat, doch was sollte er tun? Ihr verbieten, zur Beerdigung ihres Vaters zu gehen? Nola kam vorbei, hat Catalina in den Arm genommen und ihr Beileid ausgesprochen, und da ist es wieder hochgekommen, es kann nicht sein, nicht ihr Vater.

Sie hat einige Minuten für sich gebraucht und ist ans Meer gegangen. Das Schlimmste ist, dass ihr in Erinnerung kommt, wie oft sie daran gedacht hat, überlegt hat, was wäre, wenn ihr Vater tot wäre, dass so vieles leichter wäre, sie alle freier, doch in dem Moment, als sie von dem Mord erfahren hat, ist ihr der Atem weggeblieben. Sie hätte niemals geglaubt, dass es sie so treffen würde, sie hat ihrem Vater so viel vorgeworfen, ihm so viel Hass und Wut entgegengebracht, dass sie niemals damit gerechnet hat, dass sie sein Tod so umhaut, doch das tut er.

Sie hat in den letzten Stunden nicht einmal an den Mann gedacht, der sie zu sich gerufen hat, um ihr zu sagen, dass sie ihren größten Feind heiraten soll, der sie gezwungen hat, die Kirche zu betreten, der ihr eröffnet hat, dass er ihre Schwester verheiraten wird oder sie so oft einfach ignoriert hat.

Alles woran sie denken kann, ist der Mann, zu dem sie, als sie gerade mal laufen konnte, ins Bett geflüchtet ist, sobald sie ein Geräusch in ihrem Zimmer gehört hat. Der sie in die Luft geworfen und wieder aufgefangen hat. Sie konnte nur an diese Zeiten denken. Sie hat sich gestern Abend zu Santiago ins Bett gekuschelt und ihm davon erzählt, von den Situationen, die sie selbst vergessen hat, weil das Gewicht der neueren Erinnerungen viel zu schwer auf ihr gelastet hat.

Als sie noch sehr klein war, war ihr Vater alles für sie. Catalina war auch nicht so ein Mutterkind wie Natia, die ständig am Rockzipfel ihrer Mutter hing. Catalina hat immer darauf gewartet, dass ihr Vater zurückkommt, ob aus einer Besprechung, von einem Termin oder von sonst etwas.

Jedes Mal wenn sie sich wehgetan hat und zu ihrem Vater gelaufen ist, hat er alles stehen und liegen lassen und hat ihr seine Schmetterlings-Pancakes mit Blaubeeren gemacht. Er hat nie gekocht oder in der Küche gestanden, doch diese Pancakes hat er am allerbesten gemacht und sich immer die Zeit dafür genommen. Auch wenn noch so viele wichtige Männer in der Besprechung waren, niemand hat Catalina aufgehalten, wenn sie in sein Büro gestürmt ist und geweint hat.

Ihr Vater hat sie getröstet, ihre Wunde abgedeckt und sie in die Küche gebracht. Sie musste die Augen schließen, bis er ihr den Pancake hingestellt hat und wie schlimm die Wunde auch war, der Pancake hat alles wieder gutgemacht. Es gab so viele Situationen, die sie vergessen hat, weil das, was er die letzten Jahre getan hat, sie und die tiefe Bindung zwischen ihnen auseinandergerissen hat, doch in dieser Nacht hat sie an all das gedacht.

Sie hat nicht geschlafen, immer mal wieder kurz, doch sie wollte einfach etwas tun, handeln, sich auf den Weg machen. Alle sagen, man kann in solch einer Situation nichts machen, doch Catalina schaffte es nicht, ruhig im Bett zu liegen. Sie wachte immer wieder auf und mit ihr Santiago.

In dieser Nacht hat er ihr vielleicht das erste Mal die wirkliche Bedeutung einer Ehe gezeigt. Genau wie ihr Vater damals hat er alles stehen und liegen lassen, sein Handy beiseite gelegt und war für sie da. Ohne viel zu fragen, ohne zu urteilen oder sie zum Reden zu drängen. Er hat sie gehalten und ihr versprochen, dass der Schmerz irgendwann besser wird, er war die ganze Nacht mit ihr wach, hat die Haushaltshilfe weggeschickt, weil Catalina niemanden mehr sehen wollte und hat ihr selbst Frühstück gemacht.

Nur deswegen hat Catalina sich auch gezwungen, etwas Obst zu essen und hat Kaffee getrunken, bevor Santiago sie zum Flughafen gefahren hat. Wie bizarr diese Situation im Grunde auch ist, wenn man darüber nachdenkt. Vor einigen Monaten hätte diese Nachricht Santiago und seine Familia wahrscheinlich feiern lassen, nun bringt er so viel Verständnis für sie auf und kümmert sich um sie. Sie hat genau gesehen, dass er sie ungern hat gehen lassen. Er hat ihr immer wieder gesagt, dass er ein ungutes Gefühl hat, doch am Ende musste er sie gehen lassen.

Nun öffnet Catalina die Augen wieder und sieht, dass sie die Letzte im Flugzeug ist. Sie konnte es nicht erwarten, hierher zu kommen, nun fühlen sich ihre Beine an, als hätte sie Zementsäcke auf den Schultern. Sie verlässt langsam das Flugzeug und stellt sich als Letzte zur Passkontrolle an, obwohl sie einfach durchgehen könnte. Der Mann an der Kontrolle sieht auf ihren Pass, ihr ins Gesicht und sieht sie mitfühlend an. »Mein Beileid, Señora.«

Nein, nein, nein, sie nickt nur leicht und geht schnell weiter. Zu wissen, dass ihr Vater tot ist, fühlt sich schon grausam an, wenn jemand das bestätigt und sei es nur durch eine einfache Beileidsbekundung, ist es, als würde sie noch einmal alles von vorn durchmachen.

Catalina geht schnell weiter, als sich Tränen aus ihren Augen lösen. Sie trägt eine Sweatjacke über ihrem Top, obwohl es fast vierzig Grad sind, ist ihr eiskalt. Sie nimmt ihren kleinen Koffer vom Band, sie hat sonst nichts dabei, zieht sich die Kapuze der Sweatjacke über, setzt ihre Sonnenbrille auf und verlässt den Flughafen.

Catalina hat nicht mehr mit ihrer Mutter gesprochen und auch sonst niemandem gesagt, wann sie ankommt. Sie nimmt ein Taxi und nennt dem Fahrer die gewünschte Adresse. Es ist keine kurze Strecke und sie spürt immer wieder den Blick des Fahrers auf sich, doch sie sieht unbeirrt aus dem Fenster. Sie antwortet Santiago auf die Frage, ob sie angekommen ist und wie es ihr geht nur, dass sie angekommen und auf dem Weg nach Hause ist, dann betrachtet sie die Straßen Kolumbiens, die sie passieren.

Es wirkt fast so, als wären die Straßen leerer als sonst, als hätte sich der Tod ihres Vaters herumgesprochen und die Menschen würden um ihn trauern. Sie alle standen immer hinter ihm, die Menschen in Kolumbien haben ihn gemocht und ihm den Rücken gestärkt, weil er immer fair zu allen war und sich nie an ihnen bereichert hat, wie es viele andere Familias tun.

Sie haben ihm die Sache mit ihrer Mutter übel genommen und sicher auch nicht jede Aktion von ihm gutgeheißen, doch trotzdem haben sie zu ihm gestanden und nun scheint über ganz Kolumbien ein dunkler Schleier zu liegen. Selbst das Wetter spielt mit, kurz bevor sie auf der Finca ankommen, beginnt es zu regnen, obwohl es so heiß ist.

Catalina bezahlt den Fahrer und steigt aus, einige Wachen waren schon auf dem Weg zum Taxi, sie überprüfen alle, die hier aussteigen und herkommen, momentan sicherlich am allermeisten, doch als sie sie erkennen, senken fast alle den Blick. Armando, einer den sie am besten von den Wachen kennt, nimmt Catalina in den Arm und auch die anderen begrüßen sie, doch keiner sieht ihr so richtig in die Augen.

Sie weiß, dass diese Männer absolut loyal zu ihrem Vater waren, sie hätten ihr Leben für ihn gegeben. Catalina fragt, ob sie etwas Neues wissen, was genau passiert ist, doch sie wissen es nicht. Armando erklärt ihr, dass die Männer, die mit ihrem Vater in Venezuela waren, nicht mehr gesagt haben, sie haben die Männer, die dafür verantwortlich waren, nicht bekommen, sie waren darauf nicht vorbereitet.

Catalina kann sich das nicht einmal anhören, sie nickt nur und geht in die Finca, wo sie stehen bleibt und alles einen Moment betrachtet, auch wenn sie dabei vom Regen durchnässt wird.

Alles ist leer, der komplette Innenhof, die Fenster sind alle geschlossen und die Jalousien noch fast vollständig heruntergezogen, selbst bei Regen sieht es hier nie so aus. Es sind immer irgendwo Männer, man hört immer von irgendwo Lachen, riecht leckeres Essen oder hört die Pferde, doch als Catalina jetzt dort steht, ist es so, als wäre diese Finca auch gestorben.

Einen Moment überlegt sie, ob sie in das Haus ihres Vaters geht, doch dann öffnet sie die Tür zum Anbau und betritt das kleine Haus, in dem sie die letzten Jahre mit ihrer Mutter zusammen gelebt hat. Es ist auch hier sehr ruhig, ihre Mutter sitzt auf der Couch und spricht mit jemandem am Handy, als Catalina hereinkommt.

Ein müdes Lächeln setzt sich auf ihr Gesicht und sie steht auf und umarmt Catalina, ohne das Handy vom Ohr zu nehmen. Sie bekommt mit, dass es jemand wegen der Trauerfeier morgen ist und Catalina fragt leise nach, wo Natia ist. Ihre Mutter deutet auf das andere Zimmer, Catalina lässt ihren Koffer stehen und geht in das Zimmer, in dem Natia und sie geschlafen haben.

Ihre Schwester liegt zusammengerollt auf ihrem Bett und schläft. Catalina atmet tief ein, dieser vertraute Geruch im Zimmer lässt sie sich sofort wohlfühlen, auch wenn eigentlich nichts mehr wie vorher ist. Catalina zieht sich die Sweatjacke weiter zu und setzt sich zu ihrer Schwester, sie küsst ihre Wange und streicht ihr über das Haar. Es fühlt sich strohig an, sie hat es sich durch das hellere Färben kaputt gemacht, es ist noch heller geworden, sie muss die Haare noch einmal nachgefärbt haben.

Catalina lehnt sich an die Wand und streicht weiter über die Haare ihrer jüngeren Schwester, und das erste Mal seit der Nachricht über den Tod ihres Vaters kommt sie ein wenig zur Ruhe. Sie ist jetzt hier, zuhause und bei ihrer Familie. Natürlich weiß sie, dass sie nicht viel tun kann, doch sie muss hier sein, das ist das Mindeste.

»Wie lange bist du schon da?« Catalina war so in ihre Gedanken vertieft, dass sie nicht gemerkt hat, dass Natia wach geworden ist. »Seit einigen Minuten, ist bei dir alles in Ordnung?« Was für eine blöde Frage. Natia streicht sich eine Träne weg, die sich sofort in ihren Augen bildet, sie hat die Augen ihres Vaters und Catalina kämpft gegen ihre erneut aufsteigenden Tränen an. »Sind die Männer schon zurück?« Catalina schüttelt den Kopf. »Nein, mir wurde gesagt, sie kommen erst abends. Weißt du, was genau passiert ist, wer das war?« Natia schüttelt den Kopf. »Nein, ich habe noch nicht einmal mit Milo gesprochen. Sie alle müssen unter Schock stehen, vor ihren Augen ist unser Vater erschossen worden. Ich weiß nur, dass Elian und zwei andere Männer das Auto noch verfolgt haben und dabei einen Unfall hatten, doch es geht ihnen den Umständen entsprechend gut. Mehr weiß ich nicht.«

Catalina streicht weiter über Natias Haare. »Was war das Letzte, was er zu dir gesagt hat?« Natia wendet sich komplett zu ihr um. »Ich habe ihn vor einigen Tagen gesehen, er ist auf die Baustelle gekommen und hat gesagt, dass alles gut aussieht. Er hat den Arm um mich gelegt und mich gefragt, ob ich genug Kinderzimmer eingeplant habe. Er würde gerne bald Opa werden.« Natia lächelt und trotzdem rollen weiter dicke Tränen über ihre

Wange. »Ich habe gesehen, dass er stolz auf mich ist, du weißt, wie selten man das mal gefühlt und gemerkt hat.«

Catalina lächelt ebenfalls. »Ich hatte kurz mit ihm telefoniert, aber gesehen und richtig mit ihm gesprochen hatte ich auf eurer Hochzeit. Wir haben uns über einiges unterhalten und zum Schluss hat er mich noch einmal zurückgerufen und gesagt, dass er uns beide liebt und wir auf uns aufpassen sollen.« Einen Moment sind beide still. »Merkwürdig, fast als hätte er geahnt, was passieren würde.«

Ihre Mutter kommt ins Zimmer. »Kommt etwas essen, ihr beiden.« Auch wenn sie eigentlich keinen Hunger hat, folgt Catalina ihrer Mutter und Natia in den Wohnbereich, es duftet nach dem Eintopf, den ihre Mutter immer macht, wenn etwas nicht stimmt. Wenn jemand krank ist oder jemand gestorben ist, wenn einen der Körper schmerzt und die Seele leidet, hat dieser Eintopf mit Kartoffeln und Fleisch immer geholfen.

Ihre Mutter bereitet immer eine riesige Portion davon zu. Armando kommt mit drei anderen Männern und sie nehmen einige Portionen zu den Männern mit nach draußen. Erst jetzt bemerkt Catalina, dass der Fernseher die ganze Zeit läuft und das normale Programm durch Nachrichten ersetzt wurde. Es wird die ganze Zeit über ihren Vater berichtet.

Es werden Zeugen befragt, man sieht ein Restaurant und wie etwas davor liegt, Catalina erkennt Milo und Malik am Boden hocken und starrt zum Fernseher, dort liegt ihr Vater tot am Boden. Man kann nichts Genaues erkennen und doch ist es genug, um Catalina das letzte Mal wirklich begreiflich zu machen, dass sie ihren Vater verloren haben.

Natia und sie sitzen mehrere Stunden einfach nur da und sehen den Berichten dabei zu, wie sie immer neue Theorien entwickeln, Zeugen befragen und doch nichts Neues dazu beitragen können. Doch eine Frage steht über allen: Was nun? Was passiert nach dem Tod ihres Vaters? Catalina hat noch nicht die Kraft, sich mit dem auseinanderzusetzen, doch sie weiß, dass sie das früher oder später tun muss. Sie alle werden das müssen.

Doch erst einmal liegen und sitzen sie auf der Couch und sehen zum Fernseher, ihre Mutter sitzt manchmal bei ihnen, werkelt in der Küche herum und nimmt Telefonate entgegen. Auch wenn Sarita da ist, ist ihre Mutter die offizielle Ehefrau ihres Vaters und muss sich nun um alles kümmern.

»Trauerst du gar nicht um ihn?« Catalina hat ihre Mutter die ganze Zeit beobachtet und als sie sich am späten Abend wieder zu ihnen setzt, kann sie nicht anders, auch Natia setzt sich wieder etwas auf und sieht zu ihrer Mutter. Sie ist ruhig und nachdenklich, doch man hat nicht das Gefühl, dass sie wirklich trauert. Catalina und Natia weinen immer wieder, ihnen fällt es schwer, die Nachrichten zu verfolgen und doch können sie sie nicht abstellen.

Ihre Mutter sieht Natia und ihr in die Augen. »Nicht so, nicht wie ihr. Wahrscheinlich liegt das daran, dass der Mann, den ich mal geliebt habe, schon vor einer ganzen Weile für mich gestorben ist.«

Weder Catalina noch Natia wissen für einen Moment, was sie dazu sagen sollen, ihre Mutter lächelt nur müde über ihre Reaktion. »Wisst ihr, er ist euer Vater. Ich sehe euren immer wiederkehrenden Kampf. Eure Erinnerungen an die alten Zeiten, an denen ihr festhaltet, er hat euch so viel angetan und doch verzeiht ihr ihm immer wieder, einfach weil er euer Vater ist, weil sich diese Tatsache nicht ändern lässt und er immer ein Teil von euch sein wird. Wäre das mein Vater, würde es mir vermutlich auch so gehen, doch das ist er nicht. Er ist der Mann, den ich mal geliebt habe, sehr geliebt habe, mit dem ich meine beiden wunderschönen Töchter bekommen habe, für die ich über alles dankbar bin. Doch der Mann ist für mich in dem Moment gestorben, als er die Familia uns vorgezogen und alles, was wir hatten, verraten und betrogen hat.

Ich habe lange, sehr lange um diesen Mann getrauert. Manchmal, wenn ich mit eurem Vater gesprochen habe, hatte ich das Gefühl, diesen Mann wiederzuerkennen, doch das war so schnell wieder weg, dass es nicht der Rede wert war. Doch da war immer noch diese trauernde Frau, die ihn sich zurückgewünscht hat, tief in sich. Die Zeit heilt wirklich viel und jetzt, als all das passiert ist mit Catalina und auch mit dir Natia, habe ich gemerkt, dass diese Frau, die noch immer Hoffnung in sich hatte, auch gestorben ist. Ich habe gespürt, dass euer Vater für mich keinerlei Bedeutung mehr hat, außer dass er eben euer Vater ist.

Ich bin traurig, dass er tot ist und besonders, dass euch das so zu schaffen macht, doch ich fühle mich nicht, als hätte ich meinen Ehemann verloren, das habe ich schon vor einer Weile hinter mir gelassen.«

Die Worte hören sich hart aber ehrlich an, aber auch wenn es sie traurig macht, kann Catalina nicht einmal sagen, dass sie es nicht verstehen kann. Natia setzt an, etwas zu sagen, doch die Tür geht auf und Milo, Malik und Elias treten ein. »Oh mein Gott.« Natia ist so schnell in Milos Armen und beginnt so laut zu schluchzen, dass Catalina selbst schlucken muss, um nicht auch wieder anzufangen zu weinen.

Sie spürt Milos Blick auf sich, als sie Malik und Elias begrüßt und besonders Elias lange umarmt. »Es tut mir leid, Prinzessin, dass ich dieses Mal nicht auf ihn aufpassen konnte.« Catalina sieht sich die vielen Schürfwunden an, die er im Gesicht trägt, sein Arm ist in einer Schlaufe und er hat dunkle Ränder um die Augen.

Auch Elias war nicht immer mit allem einverstanden, was ihr Vater getan hat, doch auch für ihn war er wie ein Vater und er hat ihn geliebt. »Er hat dich geliebt und du warst immer für ihn da. Du bist auch nur ein Mensch.«

Alle begrüßen auch ihre Mutter. Als Milo sich von Natia losmacht und Catalina begrüßen will, setzt sie sich lieber schnell wieder auf die Couch neben Elias, der bereits Platz genommen hat, er scheint ziemlich starke Schmerzen zu haben. »Ihr wisst bereits alles, oder? Wir waren auf dem Weg zu einem Geschäft und wollten noch etwas essen ... wir wurden nicht verfolgt, es gab keine Anzeichen und alles ging so schnell, dass wir nicht einmal eine Ahnung haben, wer das hätte sein können.«

Elias seufzt schwer auf und ihre Mutter bringt ihm und Malik Essen, Milo winkt ab, er bleibt stehen und sieht immer wieder auf Catalina, die seinem Blick wütend ausweicht. Hat er wirklich gerade keine anderen Probleme?

»Wie geht es den anderen Männern?« Ihre Mutter setzt sich zu ihnen und Elias leert den Eintopf schnell. »Sie alle stehen unter Schock. Alle. Das ganze Land trauert, wir sind kaum mit den Autos durchgekommen und für morgen werden sehr viele Menschen erwartet. Wir müssen uns morgen früh noch einmal besprechen, doch fürs Erste habe ich alle schlafen geschickt.«

Natia räuspert sich. »Wo ist ... er?« Milo streicht ihre Haare nach hinten und gibt ihr einen Kuss auf die Stirn. »Wir haben ihn bewacht am Flughafen zurückgelassen, sie haben dort die richtigen Einrichtungen dafür. Morgen wird er zur Beerdigung hergebracht. Wir haben schon alles planen lassen, ruht euch alle aus! Morgen wird einer der schwersten Tage, die diese Familia jemals erlebt hat!«

Catalina lehnt sich an Elias, der seine Augen kaum noch offen halten kann, als Milo die Worte an sie richtet und mit Natia nach draußen geht. Malik bleibt bei ihnen sitzen und Elias ist schnell eingeschlafen. Egal wie unausstehlich Catalina Milo momentan findet, sie weiß, dass er recht hat.

Morgen wird der schwerste Tag, den diese Familia jemals erlebt hat.

Kapitel 14

Es ist in Kolumbien normal, dass es regnet, auch mehrere Tage hintereinander. Überschwemmungen sind keine Seltenheit, doch als Catalina am nächsten Morgen die Augen öffnet und aus dem Fenster sieht, kommt es ihr so vor, als würde der Himmel genau wie sie alle trauern.

Elias und Malik haben beide auf ihrer Couch geschlafen, Natia und Milo sind nicht zurückgekommen und Catalina hat bei ihrer Mutter geschlafen. Sie findet Nachrichten von Santiago auf ihrem Handy, aber auch Nola hat ihr geschrieben. Sie antwortet zurück und versucht, nicht zu sehr zu zeigen, wie sehr ihr Magen rumort. Sie ruft Santiago an und spricht leise im Bad mit ihm.

Auch wenn sie wirklich noch sehr frisch verheiratet sind und im Grunde noch viel kürzer zusammen sind, merkt er sehr schnell, dass es Catalina noch schlechter geht als da, wo er sie am Flughafen verabschiedet hat. Er hatte es natürlich erwartet, doch er hört sich fast schon ein wenig verzweifelt an, als er versucht, ihr gut zuzureden und doch nicht viel tun kann, weil er einfach nicht da ist.

Catalina hat Santiago oft von Elias erzählt und wie sehr sie ihn liebt und sie versucht ihn damit zu beruhigen, dass er bei ihr ist. Santiago sagt ihr, dass er sich umgehört hat. Wenn solche Racheaktionen oder Mordaufträge begangen werden, bekennen sich die meisten Familias sehr schnell dazu, sie sind stolz darauf, oder aber andere Familias wissen, wer es war, besonders von den Rojos würde niemand den Mord an ihrem Vater leugnen, im Gegenteil, doch da ist nichts.

Sie hört sofort, dass Santiago das sehr merkwürdig findet und wird selbst stutzig. Keiner bekennt sich, keiner weiß etwas, Santiago und sein Vater sagen beide, dass sie das noch niemals erlebt haben, aber sie werden sich weiter umhören, vielleicht dauert es dieses Mal nur etwas länger, es ist ja schließlich nicht irgendjemand umgebracht worden, sondern der Anführer der Les Delgardos.

Sie weiß, dass Santiago das nicht böse meint, doch Catalina ist froh, dass ihre Mutter sie von draußen ruft und sie einen Grund hat aufzulegen, sie kann einfach noch nicht so nüchtern über all das sprechen.

Ihre Mutter wollte nur wissen, wo sie ist. Catalina geht duschen und hofft, sich so etwas sammeln zu können und es gelingt ihr auch ein wenig. Sie duscht, zieht sich ein schwarzes Kleid über und bindet ihre Haare zu einem strengen Dutt nach hinten. Da das Kleid bis zu den Knien geht, kann sie es tragen, es ist aber kurzärmelig und sie zieht noch eine schwarze Strickjacke über.

Im Spiegel sieht sie das erste Mal die tiefen Schatten und ihre geröteten Augen und doch hat sie nicht den Eindruck, dass ihr Spiegelbild wiedergeben würde, was sie innerlich fühlt. Sie geht in den Wohnbereich und frühstückt, zumindest zwingt sie sich, eine Scheibe Baguette mit Marmelade zu essen und einige Kekse. Währenddessen macht ihre Mutter sich fertig, sie kommt auch ganz in schwarz mit einer schwarzen Hose und einer schwarzen Bluse wieder heraus, fast zeitgleich als Natia ins Haus kommt und sich ebenfalls umziehen geht.

Natia sieht auch nicht so aus, als hätte sie viel geschlafen. Catalina geht in der Zeit schon mal vor das Haus. Elias und Malik sind nicht mehr da und sie möchte sehen, was vor sich geht. Im Hof sind viele Männer versammelt. Sie scheinen gerade etwas besprochen zu haben. Milo, Malik und Elias stehen vor ihnen und beenden gerade eine Ansage. Alle Männer hier tragen schwarz. Es ist ein beeindruckendes Bild, bei ihnen allen ist eine starke Trauer und auch Entschlossenheit in den Gesichtern zu erkennen.

Als sie sich umdrehen und zum Ausgang der Finca gehen, sehen sie alle Catalina in die Augen, nicken und gehen respektvoll weiter. Viele dieser Männer hätten sie normalerweise in die Arme genommen und durch die Luft gewirbelt, doch jetzt können sie kaum ihrem Blick standhalten, fast, als wäre ihr Schmerz so groß, dass sie ihren nicht auch noch ertragen könnten. Catalina versteht das. Sie hört ungewöhnlich viele Stimmen und Geräusche vor der Finca und geht die paar Schritte zu Elias, sobald Milo sich auch ein wenig entfernt hat. Elias lädt seine Waffen nach.

»Was ist da draußen los?« Elias lächelt leicht und legt den Arm um Catalina. »Ich konnte nicht richtig schlafen. Seit ich euren Vater dort habe liegen sehen, bin ich nicht zur Ruhe gekommen, doch als ich dann heute morgen das gesehen habe, hat es mir ein wenig meinen Frieden zurückgegeben.« Er führt Catalina zu den Türmen, die die Finca nach außen hin mit einer Mauer und einer großen Holztür vor allem schützen. Sie besteigen die Türme, stellen sich auf die Plattform und Catalina keucht überrascht auf.

Vor der Finca haben sich hunderte, wenn nicht tausende von Menschen versammelt, um ihrem Vater den letzten Respekt zu erweisen. Es sind auch Reporter darunter, doch überwiegend sind es normale Bauern, Geschäftsleute, sogar Kinder sind darunter und Catalina treten erneut Tränen in die Augen. »Sie alle haben deinen Vater immer respektiert und geliebt. Sicherlich nicht alle seine Entscheidungen, doch hier siehst du, dass ihr nicht alleine um ihn trauert.«

Elias hat noch immer den Arm um Catalina und wischt ihr eine Träne weg. »Wir haben deinen Vater geliebt!« Jemand muss sie entdeckt haben und plötzlich rufen ihnen immer mehr Menschen ihr Beileid zu. Catalina lächelt und winkt den Leuten zu, auch wenn sie nicht aufhören kann zu weinen. Sie ist froh, dass Elias bei ihr ist. Die Menge vor der Finca wird immer größer und ihre Männer haben ganz schön zu tun, das alles im Griff zu behalten.

Kurz darauf sehen sie schon, wie die ersten dunklen Luxusautos kommen und Anführer der anderen Familias eintreffen, um ihrem Vater den letzten Respekt zu zollen. Catalina sieht noch einmal in die Menschenmenge, bevor sie zusammen mit Elias in den Hof zurückkehrt, wo sich alle versammeln, um die anderen Anführer zu begrüßen.

Auch Sarita, Ana und Anabel stehen dabei und Catalina bekommt ein schlechtes Gewissen, sie hätte wenigstens kurz bei ihnen vorbeisehen können. Sie geht an ihnen vorbei und fragt Anabel, ob alles in Ordnung ist. Sie weint und in dem Augenblick, als Catalina begreift, dass hier ihre zwölfjährige Halbschwester steht und um ihren Vater trauert, vergisst Catalina alles um sich herum und nimmt Anabel in die Arme.

»Es wird alles gut. Papa sieht nun von oben auf uns herab und er wünscht sich sicher, dass seine Töchter stark für ihn sind. Schaffst du das?« Anabel nickt weinend und Catalina lächelt, bevor sie sich zwischen Natia und Anabel stellt und wartet, bis die ersten Anführer die Autos verlassen.

Natia stößt sie von der Seite an und sieht ihr fragend in die Augen, doch Catalina hat jetzt keine Lust und Geduld, ihr zu erklären, dass sie und Anabel sich angenähert haben.

Nach und nach kommen mehr Anführer anderer Familias. Einige hat Catalina noch nie gesehen, einige kennt sie von ihrem Vater und einige hat sie auch durch Santiago kennengelernt. Auch wenn neue Bündnisse zwischen den Delgardos und den Rojos entstanden sind, kein Rojo darf Kolumbien betreten, dass hat sich auch jetzt nicht geändert und deswegen ist niemand von ihnen hier und sie haben nur Catalina und Blumen geschickt.

Zwei Anführer richten Catalina auch Grüße an Santiago aus, doch sie hat weder die Kraft noch die Geduld, sich jetzt damit zu beschäftigen, wer wer ist, wer zu welcher Familia gehört und wie diese Familia zu ihnen oder Santiago steht.

Sie erkennt sehr schnell am Verhalten von Elias und Milo, wem sie trauen kann und wem weniger, und außer dass die Männer ihnen allen ihr Beileid aussprechen können, kommen sie auch nicht weiter an sie heran. Sie werden durch die Männer ihrer Familia strikt getrennt. Als Erstes gehen einige mit den anderen Familia-Oberhäuptern hinaus aus der Finca, einen Augenblick später setzen sie sich in Bewegung, bewacht von den wichtigsten Männern ihres Vaters.

Elias weicht nicht von Catalinas Seite und auf der anderen Seite neben ihrer Mutter und Natia steht Milo, vor ihnen läuft Malik. Sobald sie die Finca verlassen, gehen sie an den wartenden Menschen vorbei, Catalina rührt ihre Anteilnahme zu Tränen. Elias reicht ihr ein Taschentuch, als sie diese nicht mehr zurückhalten kann. Sie nickt den Menschen dankbar zu und hofft, dass ihr Vater sehen kann, wie viele gekommen sind.

Zu ihrer Verwunderung laufen sie nicht zum großen Friedhof, sondern zum Hügel, auf dem Catalina und Natia sehr viele Stunden zusammen verbracht haben. Auch Natia sieht sie verwundert an, als sie unter dem einzigen Baum dort eine offene Grabstelle entdecken. »Wieso hier? Haben wir nicht eine Familiengrabstätte auf dem Friedhof?« Elias nickt. »Euer Vater hat aber immer davon gesprochen, hier einmal seine letzte Ruhe zu finden, von hier oben hat er alles im Blick und eine schöne Aussicht.«

Catalina würde am liebsten hysterisch loslachen, die Aussicht wird ihn jetzt nicht mehr interessieren, doch sie sagt nichts. Es ist schöner hier und nicht so beängstigend wie auf dem Friedhof, um den sie schon immer einen großen Bogen gemacht hat. Erst kurz bevor sie dort ankommen, bemerkt Catalina den weißen Sarg neben dem Loch und bleibt stehen.

In ihrem Kopf beginnt sich alles zu drehen, es stürmen Erinnerungen auf sie ein, die sie schon lange verdrängt hatte: Einen heftigen Streit, den sie mit ihrem Vater hatte, als sie ungefähr dreizehn war und es ihr gereicht hat, ihre Mutter ständig leiden zu sehen, wie Natia und sie einmal einen anderen Weg aus der Stadt zurückgegangen sind und sich verlaufen haben und sie bis spät in der Nacht umhergeirrt sind, bis die Männer ihres Vaters sie gefunden haben.

Catalina hat am ganzen Körper gezittert, vor Kälte, aber auch aus Angst vor der Reaktion ihres Vaters. Als sie dann aber zu ihm gebracht wurden, hat er kein Wort gesagt, er hat Natia und sie in den Arm genommen und eine ganze Weile einfach nur gehalten. In diesen Minuten ist die Kälte aus Catalinas Körper entwichen und als er sie losgelassen hat, hat ihr Vater ihnen beiden einen Kuss auf die Stirn gegeben und sie zu ihrer Mutter geschickt.

Genau das empfindet sie für ihren Vater, einen absoluten Zwiespalt, Hass und Liebe und das so sehr, dass sie mehr als nur einmal daran fast zerbrochen wäre, doch als sie jetzt auf den geöffneten Sarg blickt, bewegt sie sich keinen Millimeter weiter.

»Was ist los?« Elias bleibt neben ihr stehen, auch ihre Mutter, Milo, Natia und Malik bleiben stehen und sehen zu ihr. »Ich kann das nicht. Ich kann ihn nicht sehen. Nicht so. Ich will das nicht, ich ...« Catalina spürt, wie ihr die Tränen die Wangen herunterlaufen und dass sie sich sicherlich nicht sehr erwachsen verhält, doch sie kann es einfach nicht.

Elias hält sie am Arm zurück. »Du musst ihn nicht ansehen, Catalina, aber du musst dich von ihm verabschieden. Du wirst es sonst dein Leben lang bereuen.« Ihre Mutter hakt sich bei Catalina ein und Milo sieht ihr einen Augenblick in die Augen. »Gehts?« Catalina atmet durch, sie kann nicht mehr zum Sarg gucken, doch sie bewegt sich wieder vorwärts.

Ihr Priester, der sie alle getauft sowie ihre Eltern verheiratet hat und sich immer um alles in der Familia kümmert, steht schon dort und man sieht auch ihm an, dass er tief getroffen ist. Ihr Vater war oft verletzt, Santiagos Schusswunde hat Catalina nicht sehr schockiert, zumindest nicht so, wie es eine andere Frau schockiert hätte, weil sie das einfach kennt. Es ist für sie normal, dass die Männer aus ihrer Familia verletzt von Geschäftsterminen wiederkommen. Sie war unzählige Male dabei, wenn jemand im Krankenhaus war, ihr Vater wurde viermal angeschossen, bevor er jetzt sein Leben verloren hat. Sie kennt all das, ist damit groß geworden und doch war sie naiv genug, niemals damit gerechnet zu haben, ihren Vater so zu verlieren.

Sie stehen ganz vorn, doch Catalina sieht nicht einmal zum Sarg, etwas seitlich stehen die anderen Familias und hinter ihnen ihre gesamte Familia und dahinter und auch ein wenig an den Seiten die Menschen aus der Umgebung, die sich entschlossen haben, herzukommen und ihrem Vater die letzte Ehre zu erweisen.

Sarita, Ana und Anabel stehen neben ihnen, als gehören sie zusammen, dabei waren sie die ganze Zeit über strikt getrennt. Einen Moment fragt sich Catalina, was mit der Frau ist, die von ihrem Vater die Babys erwartet. Sie müsste jetzt schon im siebten Monat sein, wenn nicht noch weiter. Was wird aus ihr? Sie weiß es nicht, sie weiß, dass sein Tod viel ändern wird und viele Fragen aufwirft, doch heute werden sie sich damit nicht beschäftigen.

Catalina kann sich an die vielen Streitereien ihrer Eltern in der ersten Zeit erinnern, als ihr Vater Sarita mitgebracht hat. Er wollte unbedingt, dass ihre Mutter all das einfach akzeptiert und bei ihm bleibt. Sie haben sehr oft und sehr laut gestritten. Natia ist dann immer zu ihr gekommen, sie haben sich die Ohren zugehalten und gewartet, bis es vorbei ist, am liebsten würde

Catalina das jetzt wieder tun. Sie sieht Natia an, dass es ihr auch so geht, sie beide sehen sich um, sehen alles an, nur nicht den Priester und den Sarg, als könnten sie damit das, was passiert ist, ungeschehen machen.

Catalina konzentriert sich erst wieder, als alle zusammen ein gemeinsames Gebet anstimmen. Es ist berührend, wie alle, all die Menschen hier, die so unterschiedlich sind, einfache Bauern, Kinder, Arbeiter, reiche Familiaanführer, gefährliche Männer, liebende und trauernde Frauen, sie alle zusammen die Worte murmeln, aufsehen, sich bekreuzigen und gemeinsam Amen sagen.

Sie kann nur hoffen, dass Gott ihm und seiner Seele gnädig ist.

Kurz danach treten alle zum Sarg und verabschieden sich ein letztes Mal. Als Catalina gefragt wird, ob sie möchte, schüttelt sie den Kopf. Sie kann ihn so nicht sehen, sie möchte ihn in Erinnerung behalten, wie er sie das letzte Mal angesehen und ihr gesagt hat, dass er sie liebt. Natia geht hin und bricht weinend am Sarg zusammen, Milo muss kommen und sie zurück zu ihnen bringen. Catalina nimmt sie in den Arm, während Sarita sich mit Ana verabschiedet. Anabel bleibt auch bei ihnen stehen.

Als Elias, Milo, Malik und Pepe zum Sarg treten, erscheint das erste Mal Luiz, ihr Onkel und der Bruder ihres Vaters. In letzter Zeit hatten die beiden viel Streit, weil Luiz eher sein Leben lebt und sich weniger um die Familia kümmert, er hatte als Jugendlicher einen Autounfall und hinkt seitdem, deswegen ist er niemals infrage gekommen, um die Familia zu führen.

Jetzt sieht man ihm an, dass er betrunken ist, er sieht fix und fertig aus und geht so nah an den Sarg, dass Pepe sich sicherheitshalber zu ihm stellt. Sie schließen den Sarg. Elias und Milo gehen an die vorbereitete Grabstelle und vorsichtig heben die anderen den Sarg hinein. Luiz sieht ihnen dabei zu. Als der Sarg dann in der Erde liegt und die Männer wieder zu ihnen zurück kommen, bricht auch er zusammen und beginnt zu weinen.

Nun kann Catalina sich auch nicht mehr zurückhalten, sie war dankbar, dass sie die letzten Minuten geschafft hat, sich zusammenzunehmen, doch als sie jetzt diesen starken und sonst immer so lustigen und gefassten Mann völlig am Ende dort am Boden sieht, beginnt auch sie laut zu schluchzen und selbst ihre Mutter verliert ihre ersten Tränen.

Eine ganze Weile sagt niemand ein Wort, jeder sieht zu dem ausgegrabenen Loch und dem weißen Holzkreuz, das noch ohne Gravur in die Erde gesetzt wurde. Es dauert eine Weile, bis nach und nach die Ersten vortreten, Erde auf den Sarg werfen, ein Gebet murmeln und den Berg wieder verlassen. Die Männer der anderen Familia, ihre Familia, die Menschen aus der Gegend bekreuzigen sich und verlassen auch den Berg, um der engsten Familie noch ihre Zeit alleine zu geben.

Nach einiger Zeit stehen nur noch die engsten Männer der Familia und sie alle dort. Wieder eine Pause, bevor auch die engsten Kreise ans Grab vortreten, Erde auf den Sarg geben und ein Gebet murmeln.

Sie bleiben am offenen Grab stehen, Luiz hockt noch immer dort und Pepe ist bei ihm. Sarita und ihre Töchter sind die nächsten, bevor ihre Mutter und Natia vortreten, und nun weiß auch Catalina, dass sie das machen muss. Sie stellt sich zu Elias und sieht auf das tiefe Loch und den weißen Sarg. Er kommt ihr so klein vor, ihr Vater war so mächtig und stark, der Sarg wirkt so hilflos und klein. Sie schafft es nicht wegzusehen, als alle Erde auf den Sarg werfen.

Konnte sie vorher nicht hinsehen, kann sie nun nicht wegsehen. Pepe spricht noch einmal ein Gebet, auch der Priester ist schon gegangen.

Dann nehmen Milo und Elias Schaufeln und beginnen, das Grab zuzuschütten. Catalina atmet heftiger, als sie den weißen Sarg nicht mehr sieht und blickt erst dann wieder auf, will sie anschreien, aufzuhören, doch Milo kommt ihr zuvor. Er hält in seiner Bewegung ein und sieht sie alle der Reihe nach an.

»Wir werden uns die nächsten sieben Tage Zeit nehmen, um um Alvaro zu trauern und an seine vielen Taten und Werke zu denken, danach werden wir als Familia zusammenhalten und dafür sorgen, dass die Delgardos noch erfolgreicher und mächtiger werden als jemals zuvor. Ich erwarte, dass wir alle zusammenhalten! Wir werden die Täter finden und zur Rechenschaft ziehen! Alle!«

Catalina sieht zu Milo und dann zu Elias und in seinem Blick erkennt sie genau das, was auch sie gerade denkt, dass das nichts Gutes zu bedeuten hat.

Kapitel 15

Catalina, ihre Mutter und Elias bleiben am längsten am Grab ihres Vaters. Sie ist froh, ihn nicht noch einmal gesehen zu haben, allein der Gedanke, ihn jetzt hier einfach so zurückzulassen, macht Catalina wahnsinnig. Doch irgendwann müssen sie gehen, der Regen wird immer stärker und die Erde über dem Sarg ihres Vaters wird stark durchnässt. Auch Elias fällt es schwer, er hatte einen großen schwarzen Regenschirm dabei, den er öffnet und über das Grab ausbreitet. Es ist nur eine kleine unwirksame Geste, doch Catalina versteht ihn.

Als sie zurück auf der Finca sind, sind bereits Bänke, Tische und Stühle verteilt. Überall sind Planen aufgespannt, doch kurze Zeit später hört der Platzregen schon wieder auf. Catalina kennt die Tradition in der Familia, doch sie mag sie nicht. Sie zieht sich auf das Baumhaus zurück und zu ihrer Verwunderung kommt nicht Natia mit ihr, sondern Anabel setzt sich neben sie.

Sie hat Getränke dabei, zusammen sehen sie zu, wie unten Essen verteilt wird. Es ist das Lieblingsessen des Verstorbenen, damit wollen sie seiner gedenken, dann werden Geschichten erzählt über seine größten Erfolge, damit wollen sie ihn ehren. Es wird viel Alkohol getrunken, damit wollen sie ihn und sein Leben feiern. Catalina kennt das, sie haben schon einige Männer der Familia zu Grabe getragen, doch sie hat nicht geahnt, dass sie heute hier sitzen und zusehen wird, wie all diese Männer ihren Vater ehren.

Santiago ruft an, Catalina stört es nicht, dass Anabel neben ihr sitzt, als sie das Gespräch annimmt.

»Hey.«

»Hey, du hörst dich gar nicht gut an.«

»Es geht, ich denke, ich habe das Schlimmste hinter mir. Es war so … als war ich zwar da, aber irgendwie auch wieder nicht.«

Santiago schweigt.

»Mir fällt es schwer zu akzeptieren, dass er wirklich … nicht mehr da ist. Es macht mich so traurig, dass wir alle hier sind und er liegt dort auf dem Berg und …«

Tränen steigen Catalina wieder in die Augen und auch Anabel wischt sich Tränen weg.

»Das was ihr begraben habt, ist nur seine Hülle, sein Geist ist sicherlich bei euch und so wie ich deinen Vater kenne, sieht er sich gerade genau an, was ihr alle da auf seiner Grabesfeier macht? Ihr seid doch gerade dabei, oder?«

Catalina muss lächeln, Santiago schafft es immer wieder, sie zum Lächeln zu bringen, Dass ihr Vater gerade hier durch die Reihen schwebt und genau beobachtet, wer was tut oder sagt, würde so gut zu ihm passen.

»Ja, also ich bin eher im Hintergrund und beobachte alles. Wo bist du?«

Sie hört, dass es lauter bei ihm ist. »Wir haben einen Termin und fahren dann alle in einen Club, Diego hat heute Geburtstag.« Stimmt, Catalina wird ihm gleich eine Nachricht schreiben. »Genau … stimmt.« Sie weiß, dass ihre Stimme sich sehr schwach anhört, sie hat auch nicht die Kraft, so zu tun, als ginge es ihr gut.

»Ich hätte nicht gedacht, dass es mir so schwerfallen würde, dich dort so alleine zu lassen. Als ich dich heute im Fernsehen gesehen habe, hat sich das falsch angefühlt. Ich weiß, dass ich jetzt bei dir sein sollte.« Er hat sie im Fernsehen gesehen? Stimmt, die Fernsehkameras, als sie mit Elias auf dem Dach war.

Zur Beerdigung selbst haben die Männer ihrer Familia die Kameras nicht gelassen.

»Es ist nicht schlimm, wir wissen beide, dass so etwas bei uns einfach nicht möglich sein wird. Hast du mittlerweile schon etwas ... herausfinden können? Wer dahinter steckt?« Sie sieht zu Anabel, die aber genau beobachtet, wie ihre Mutter sich zu den Männern setzt und ein Glas nach dem anderen trinkt. Catalinas Mutter ist nicht zu sehen, sie ist wahrscheinlich in den Anbau zurückgegangen.

Natia sitzt neben Milo und sieht ins Leere, während auch er ein Glas nach dem anderen leert.

»Nein, noch nicht. Es ist etwas ungewöhnlich, normalerweise hätte sich schon längst jemand damit gebrüstet, besonders vor uns, doch wer weiß, vielleicht stehen die, die dafür verantwortlich sind, doch näher an euch als ihr denkt und es dauert noch etwas, bis rauskommt, wer es war, doch keine Sorge, so etwas kommt immer raus.« Catalina nickt, sie spürt, dass sie Santiago vermisst, seine raue Stimme tut ihr gut, einen Augenblick denkt sie daran, es ihm einfach zu sagen, doch auch wenn sie sich die letzten Wochen nah gekommen und ein richtiges Paar geworden sind, weiß Catalina nicht, ob sie schon so weit sind.

Es erübrigt sich eh, da in dem Moment ihr Akku seinen Dienst versagt, sie hat natürlich nicht daran gedacht, ihn auszutauschen. Sie legt das Handy beiseite, genau in dem Augenblick, als Malik zu ihnen nach oben kommt und ihnen beiden Teller mit Braten und Kartoffeln bringt. Catalina bedankt sich, im ersten Moment legt sie den Teller weg, doch dann spürt sie ihren Hunger und isst ein klein wenig vom Lieblingsessen ihres Vaters, auch wenn es sich nicht richtig anfühlt.

Sie bleiben bis in den Abend dort sitzen und beobachten die Szenen von weiter weg, ohne viele Worte. Malik bleibt bei ihnen, irgendwann kommt auch Elias zu ihnen. Warum Malik bei ihnen und nicht bei seinem Bruder ist, der sich mehr und mehr in den Mittelpunkt auf dieser absurden Feier stellt, weiß Catalina nicht, es ist ihr auch egal. Malik war schon immer vernünftiger als sein Bruder.

Erst am frühen Morgen gehen auch die letzten und auch erst dann geht Catalina vom Baumhaus hinunter zu ihrer Mutter in den Anbau. Anabel ist schon früher schlafen gegangen, Malik hat seinen Bruder irgendwann ins Haus gebracht, weil er zu betrunken war. Natia ist die ganze Zeit an seiner Seite geblieben. Elias war lange bei ihr, doch jetzt verabschiedet er die Männer, als Catalina sich schlafen legt.

Sie liegt in dem Bett, in dem sie immer geschlafen hat, der Geruch, die Geräusche, alles ist vertraut, doch sie kann die Augen nicht schließen, sie spürt ganz genau, dass nichts mehr so ist wie vorher, es fühlt sich alles anders an, sie fühlt sich anders, sie kann nur hoffen, dass sie dieses Gefühl von zuhause nicht für immer verloren hat.

Am nächsten Tag beginnt der anstrengende Teil der Trauerzeit. Milo kommt zu ihnen und bittet ihre Mutter in das Haus ihres Vaters, um die Gäste zu empfangen, die noch einmal ihr Beileid aussprechen wollen. Catalina hat sich nur eine einfache schwarze Stoffhose und ein schwarzes langärmeliges Oberteil angezogen, ihre Mutter trägt ein schwarzes langärmeliges Kleid.

»Auf keinen Fall, ich werde mich nicht in das Haus begeben, in dem ich nicht gelebt habe und so tun, als ob ich es getan hätte. Wenn die Gäste kommen und ihr Beileid bekunden wollen, sollen sie auch die Wahrheit sehen. Alle wissen doch, dass in dem Haus nur seine Freundin gelebt hat.«

Milo wird sauer. »Es geht um das Ansehen der Familia. Könntest du mal für einige Stunden diese eingeschnappte Haltung ablegen und tun, was wir dir sagen?« Catalina sieht verwundert auf, Natia neben Milo sieht zu Boden, ihre Mutter stützt ihre

Hände in ihre Hüfte. »Ich habe dir die Windeln gewechselt, denkst du wirklich, dass du das Recht hast, so mit mir zu sprechen, vor allem, während du die Hand meiner Tochter hältst?«

Milo sieht ihr in die Augen und wieder spürt Catalina, dass sich hier einiges zusammenbraut. »Bitte, dann mach, was du für richtig hältst, sie werden dein Verhalten eh alle auf deine Trauer zurückführen.« Er geht aus dem Haus und Catalina sieht Natia in die Augen, die etwas unschlüssig hinter Milo hersieht, während Elias zu ihnen ins Haus kommt.

»Wie kannst du es zulassen, dass er so mit unserer Mutter spricht?« Natia sieht wieder zu ihnen. »Er steht unter großem Druck und will keinen Fehler machen, Catalina. Er will nur das Beste für die Familia und er muss auch noch herausfinden, wer das war, vielleicht weißt du ja mehr darüber?«

Hat sie sich da gerade verhört? »Was meinst du damit? Denkst du im Ernst, Santiago hat unseren Vater umbringen lassen oder was willst du uns damit sagen?« Sie lacht auf. »Na ja, das wäre ja wohl das Naheliegendste.« Catalina lacht bitter auf. »Wirklich, und was hätte mein Mann davon? Der Deal steht, er hat alles, was er braucht, dein Mann aber hatte jeden Grund, Papa ...«

Natia macht einen Satz auf sie zu, sie sind früher öfter aneinandergeraten, sie sind Schwestern und haben sich manchmal in den Haaren, doch noch niemals hat solch eine Distanz zwischen ihnen geherrscht. »Sag das nicht noch einmal, Catalina, ich warne dich!« Elias hat schnell reagiert und hält Natia zurück.

»Beruhigt euch alle wieder. Santiago war das sicher nicht. Wenn wir einen Verdacht dafür gehabt hätten, wären wir doch schon längst bei ihm. Die Rojos haben nur Zutritt zu bestimmten Bereichen Venezuelas und dort kann niemand von ihnen hin. Außerdem hätten sie niemals wissen können, wo wir waren.« Catalina bricht den Augenkontakt nicht ab, Natia hebt den Finger. »Du solltest nicht vergessen, wer deine Familia und wer deine Feinde sind.« Auch Catalina ist wütend. »So langsam weiß ich das tatsächlich nicht mehr!«

Natia schnauft auf und folgt Milo nach draußen, ohne sie noch einmal anzusehen.

»Die beiden werden immer unausstehlicher.« Mehr fällt Catalina dazu nicht ein und viel mehr kann sie auch nicht sagen, da sofort das ganze Theater anfängt. Sie bekommen Kuchen und Getränke auf den Tisch gestellt und dann geht es los. Nach und nach kommen Leute aus der Umgebung, Geschäftspartner, Frauen anderer Familias, sie alle drücken ihr Beileid aus und sprechen ihrer Mutter Mut zu.

Sie alle sprechen von ihrem Vater, erzählen Sachen, die sie noch nicht wussten. Sie zeigen ihnen Bilder oder versuchen sonst irgendwie, ihnen Trost zu spenden, doch das können sie nicht. Was sie jetzt bräuchten ist Ruhe, den ganzen Tag über ihren Vater zu sprechen und zu sehen, wie sehr er von allen gemocht wurde, hilft ihnen nicht wirklich weiter, zumal Catalina weiß, dass nicht jeder, der vor ihnen sitzt, ihren Vater gemocht hat, viele haben ihn einfach nur gefürchtet und das ist ein entscheidender Unterschied.

Mittags bringt ihnen Elias Essen und Natia setzt sich zu ihnen, allerdings mit einem gehörigen Abstand zu Catalina. Sie bleiben bis zum späten Abend auf der Couch und hören sich die Beileidsbekundungen an. Catalina hat furchtbare Kopfschmerzen als sie schlafen geht, und als sie am nächsten Morgen erfährt, dass auch den Vormittag über noch Leute kommen werden, setzen sie wieder ein. Ihre Mutter bleibt wie gestern emotionslos auf der Couch sitzen, schüttelt die Hände, nickt leicht und bedankt sich, sie hat ihr halbes Leben lang etwas vorspielen müssen.

Catalina schreibt Santiago ab und zu, was sie machen, doch wirklich etwas Neues gibt es nicht zu berichten. Es ist vereinbart, dass Catalina während der Trauerzeit bei ihrer Familie bleibt. Bei ihnen sind es sieben Tage nach dem Tod, danach soll das Leben weitergehen und die Seele des Toten ihre Ruhe finden. Heute ist schon der vierte Tag nach seinem Tod und Catalina kann es noch immer nicht begreifen.

Als am Mittag die letzten Leute die Finca verlassen, setzt langsam die Ruhe ein, die sie alle brauchen. Catalina holt sich ein Pferd und reitet aus. Sie sucht gar nicht erst nach Natia, um sie zu fragen, ob sie mitkommen möchte, sie ist sehr enttäuscht von ihrer Schwester. Die Hoffnung, dass sich all das nach einiger Zeit wieder legt, schwindet immer mehr. Sie weiß nicht, ob sie sie nehmen und wachrütteln oder einfach nur ignorieren soll.

Als Catalina aus dem Stall geht, kommen ihr zwei Männer ihrer Familia entgegen. »Milo hat angeordnet, dass alle in der Finca bleiben sollen.« Catalina lacht auf und setzt sich auf das Pferd. »Seit wann höre ich auf Milo? Er hat mir gar nichts zu sagen!«

Sie halten sie auch nicht auf und Catalina ist in wenigen Minuten im schnellen Galopp auf den Feldern unterwegs und schließt die Augen, als die warme Luft ihr um die Nase weht. Er wird das nie wieder spüren, ob ihr Vater sein Leben eigentlich geliebt hat? Na klar, er hatte Spaß und konnte machen, was er will, aber hat er sein Leben wirklich gemocht? Sie weiß es nicht, er war ihr Vater und sie kannte ihn gut, doch trotzdem kommt er ihr auch fremd vor. Die Jahre, die sie sich aus dem Weg gegangen sind, sollte man nicht unterschätzen.

Catalina reitet lange aus, nichts zieht sie zurück zur Finca, deswegen landet sie am Ende auf dem Berg, auf dem nun ihr Vater begraben liegt. Sie steigt vom Pferd und setzt sich so, dass sie mit einigem Abstand das Kreuz betrachten kann. Das Pferd neben ihr beginnt zu grasen und Catalina genießt die Stille. Sie beginnt in Gedanken mit ihrem Vater zu sprechen, sie fragt ihn die Fragen, die sie sich selbst stellt. War er wirklich glücklich?

Hat er einige Dinge in seinem Leben bereut, würde er etwas anders machen?

Natürlich bekommt sie auch hier keine Antworten, doch zumindest findet sie ein wenig Frieden. Sie bleibt lange dort sitzen. Es ist schon dunkel, als sie sich irgendwann aufmacht und zur Finca zurückreitet. Die Leute davor sind allmählich alle gegangen, doch es stehen brennende Kerzen und Blumen an der Wand. Ein kleines Meer voll, es ist ein schöner Anblick. »Milo ist wütend auf dich, er hat dich gesucht.« Einer der Wachmänner kommt zu ihr und legt seinen Arm um Catalina. Sie seufzt leise auf und lehnt sich an ihn. »Soll er von mir aus platzen.« Sie beide sehen auf die vielen Kerzen und Blumen. »Es wird niemals wieder das Gleiche sein!« Der Mann neben ihr nickt. »Das befürchte ich auch.«

Nach dem Stall geht Catalina in das Haus ihres Vaters, sie fühlt sich so leer und möchte … sie weiß gar nicht, was sie genau möchte, als sie die Treppen hoch in sein Büro geht. Sarita ist noch wach und sieht sich etwas im Fernsehen an, sie sieht sie, doch reagiert nicht weiter.

Catalina geht in sein Büro und schließt die Tür. Sein Geruch liegt noch immer in diesem Raum und Catalina schließt einen Augenblick die Augen. Sie war öfter hier, er hat hier die meiste Zeit verbracht, doch noch nie hat sie es sich so bewusst wie jetzt angesehen. Sie streicht über die Bilder von ihm als Kind, das Hochzeitsbild ihrer Eltern, ihn mit der Familia und mit einigen Präsidenten.

Sein Lächeln, auch wenn sie so wütend auf ihn war, fehlt er ihr jetzt schon. Sie setzt sich auf seinen Stuhl und öffnet die Schubladen. Sie findet Papiere, die ihr nichts sagen und Unterlagen, die sie nicht versteht. In einem Umschlag sind viele Ultraschallbilder, aufgenommen in den letzten Tagen und Wochen, das müssen die Zwillinge sein, doch wieso hat er so viele Aufnahmen davon gesammelt?

Catalina steckt den Umschlag zurück und will sich die andere Schublade ansehen, als sich die Tür öffnet, Milo eintritt und die Tür hinter sich wieder zuschlägt. »Hier bist du! Was fällt dir ein, meinen Befehlen nicht zu gehorchen?« Er ist blitzschnell bei ihr und wirklich wütend.

Catalina lehnt sich im Stuhl zurück, das letzte Mal hat Milo sie überrascht auf der Hochzeit. Jetzt kann er das nicht mehr und egal was war, sie hat keine Angst vor ihm. »Wieso sollte ich, Milo? Wer bist du, dass du mir etwas zu sagen hast? Habe ich irgendetwas verpasst?« Milo lacht bitter auf und lehnt sich vor ihr an den Schreibtisch, er ist ihr sehr nah und Catalina versucht einen Moment, diese Nähe wieder so angenehm wie früher zu empfinden, doch sie kann es nicht. Es ist, als wären diese Gefühle niemals vorhanden gewesen.

»Meine sture kleine Catalina. Du weißt genau, dass ich hier bald das Sagen habe, die Trauertage sind bald vorbei und dann wird sich alles hier ändern. Du weißt, dass ich deine Hochzeit nie wollte und ich die Entscheidungen deines Vaters nicht alle geteilt habe. Er hätte niemals auf die Rojos zugehen sollen und da ist noch einiges anderes, was wir klären müssen.«

Catalina steht auf und spürt, wie sich ihre Augen zu Schlitzen zusammenziehen. »Die Erde auf dem Grab meines Vaters ist noch nicht einmal getrocknet und du wagst es schon, so zu sprechen. Du kannst machen was du willst, Milo, du wirst mir niemals etwas sagen können, niemals! Und wage es dich nie wieder, deine Hand gegen mich zu erheben.«

Schneller als Catalina reagieren kann, hat er sie an den Hüften gepackt und so umgedreht, dass sie an den Tisch schlägt. Er schiebt sich grob zwischen ihre Beine und sie somit auf den Schreibtisch. »Glaube mir, meine Schöne, wir werden in Zukunft schon wieder einen Weg zueinander finden.« Seine Lippen treffen auf ihren Hals, seine Hand umfasst ihre Busen und sie keucht auf, was er falsch versteht, sie keucht vor Schmerzen auf, weil er sehr stark zudrückt, doch ihn spornt das nur an. »Genau so, Baby, ich ...«

Catalina schiebt Milo so grob von sich, dass sie selbst ein wenig über ihre Kraft erstaunt ist. »Was denkst du dir, Milo? Denkst du wirklich, dass ich deine ... Geliebte werde?« Er lacht leise auf, als Catalina sich vom Schreibtisch entfernt. »Du warst immer meine Nummer eins, Catalina, das wird sich niemals ändern und jetzt habe ich die Macht ...« Sie hebt die Hand. »Nein, hast du nicht. Ich will das nicht einmal hören.« Sie schüttelt sich und will das Büro verlassen, doch sie hört, wie sich Milo auf den Stuhl ihres Vaters fallen lässt.

Sie wendet sich noch einmal zu ihm um. Sie hätte niemals gedacht, dass es sie so verletzt, ihn dort sitzen zu sehen. »Schick Natia zu mir, wenn ich runtersehe und deine Haarfarbe ... funktioniert das auch erst einmal gut. Es sind nur noch ein paar Tage, Catalina, am ersten Tag nach der Trauerzeit gibt es eine große Besprechung. Ich möchte, dass du auch daran teilnimmst, weil es auch dich betreffen wird! Du wirst bald wieder zu mir gehören!«

Catalina sieht ihn enttäuscht an. »Du wirst ihn niemals ersetzen können.« Ein krankes Lachen setzt sich auf seine Lippen. »Das habe ich schon längst!«

So schnell wie sie kann, verlässt Catalina das Haus, sie rennt fast in Natia hinein, die jemanden zu suchen scheint. »Dein Mann ist in Papas Büro und spielt, er wäre er!« Sie sieht ihre Schwester nicht einmal mehr an, ihre Gedanken rasen, wenn die Trauerzeit vorbei ist, wird er Catalina nicht gehen lassen. Milo wird versuchen, sie hierzubehalten, wie ihr Vater ihre Mutter, und Santiago hat hier nicht die Macht, etwas zu tun, außer er würde einen riesigen Krieg beginnen.

Milo ist für die nächsten Stunden sicherlich beschäftigt, sie schleicht ins Haus der Männer und findet Elias auf der Couch schlafend. Sie beugt sich zu seinem Ohr. »Du musst mich hier rausbringen, heute Nacht noch!«

Catalina weiß, dass, egal was ist und egal was kommt, sie immer auf Elias zählen kann und zwei Stunden nachdem sie ihn geweckt hat, sitzen beide vor dem Flughafen im Auto und sehen auf die Anzeigetafel vor dem Gebäude, sie waren schon drinnen und haben ihr den nächsten Flug gebucht. Catalina hat dafür ihren gefälschten Pass benutzt, denn wie sie es vermutet hat, lag für sie ein Ausreiseverbot vor, was Milo schon nach ihrer Ankunft in Kraft gesetzt hat.

Elias fragt nicht einmal, woher sie den gefälschten Ausweis hat, sie beide wissen, dass Catalina hier weg muss, sonst wird sie Kolumbien nicht mehr verlassen können. »Ich hätte niemals gedacht, dass ich das mal sage, aber ich bin froh, dich in Sicherheit zu wissen die nächste Zeit und dass du nicht hier bist. Ich glaube, dass einiges auf uns zukommt.« Catalina wendet ihr Gesicht zu ihm um.

»Glaubst du es auch? Wie ich? Dass Milo das mit Papa ... zumindest, dass er etwas damit zu tun hat?« Elias schüttelt den Kopf. »Wir beide kennen Milo seit seiner Kindheit. Ja, er ist verletzt und verhält sich wie ein Arsch wegen dir, doch er hat deinen Vater auch geliebt. Ich will es nicht glauben, doch es gibt einige Sachen, die ich bemerkt habe.

Wir hatten uns spontan entschieden, ein anderes Restaurant aufzusuchen und kurz danach habe ich Milo telefonieren gesehen. Woher sollte der Schütze wissen, wo wir sind? Es war so spontan, es gibt einiges, was ich mich frage und ich verspreche dir, dem auf den Grund zu gehen, doch solange solltest du nicht hier sein. Ich will nicht wissen, wie er erst einmal ausrasten wird, wenn er die Führung übernimmt, schon jetzt dreht er völlig durch. Ich habe mit Franco gesprochen, er wird deine Mutter morgen mit nach Guatemala nehmen unter dem Vorwand, dass es seiner Schwester dort schlecht geht und sie deine Mutter sehen möchte, du weißt, dass die beiden seit Jahren gute Freunde sind.

Auch sie soll in Sicherheit sein, damit er kein Druckmittel hat. Milo ist wie ein Bruder für mich, doch Macht hat schon viele Menschen geändert, die letzten Wochen hat er sich immer mehr zum Schlechten verändert und ich habe das Gefühl, es wird noch schlimmer. Ich werde es genau im Auge behalten.«

Catalina nickt, sie hat sich gerade nur von ihrer Mutter verabschiedet, auch sie denkt, es ist besser, wenn Catalina erst einmal nicht hier ist. »Pass auf Natia auf!« Elias nickt und küsst Catalinas Stirn. »Es ist krank, dass du gerade bei den Rojos besser aufgehoben bist als hier. Ich werde alles herausbekommen, mach dir keine Sorgen.« Catalina sieht ihm in die Augen und lächelt. »Ich liebe dich.« Sie küsst seine Wange und er lächelt noch einmal. »Ich dich auch, pass auf dich auf, Prinzessin.«

Einige Stunden später verlässt Catalina erschöpft das Flughafengelände in Puerto Rico, es ging alles so schnell, dass sie es nicht geschafft hat, Santiago zu informieren, dass sie früher zurückkommen wird. Als sie jetzt mit einem Kaffee in der Hand in die aufgehende Sonne blickt, atmet sie tief aus. Wie verrückt ist es, dass sie hier, wo sie geglaubt hat, wie eine Gefangene gehalten zu werden, das erste Mal ein wirkliches Gefühl der Freiheit verspürt?

Sie setzt sich auf einen abgeflachten Stein und sieht der Sonne dabei zu, wie sie den Himmel rot färbt und die ersten Strahlen ihre Nase kitzeln, bevor sie ihr Handy anschaltet und nach langem Klingeln endlich diese raue verschlafene Stimme hört, die sie sofort lächeln lässt.

Kapitel 16

»Ich habe mich schon so sehr daran gewöhnt.«

Santiagos Lippen fahren Catalinas Nacken entlang, er streicht die Haare zur Seite und küsst ihre empfindliche Stelle unter dem Ohr. »Guten Morgen.« Sie dreht sich zu ihm um und er umfasst sie komplett mit seinen Armen.

Catalina legt ihren Kopf an seine Brust, als sie sieht, dass er sorgenvoll in ihre Augen blickt. Er sieht sicherlich, dass sie auch diese Nacht kaum geschlafen hat. Auch er ist immer wieder wach geworden und hat nachgesehen, ob alles in Ordnung ist, ob es ihr gut geht.

Sie ist seit drei Tagen zurück, eigentlich wäre sie erst morgen wiedergekommen, ab heute ist die Trauerzeit offiziell vorbei, doch es fühlt sich noch nicht so an. Sie weiß, dass sie versuchen muss, besser damit zurechtzukommen, doch es fällt ihr schwer. Sie muss ständig daran denken, was Elias gesagt hat, seine letzten Worte, als gäbe es ein Puzzleteil, was nicht passt, was sie finden muss.

Sie hat so viele Bücher gelesen und doch hatte Catalina nie wirklich eine Erwartung an eine Beziehung. In ihren Büchern machen die Männer Heldentaten, um den Frauen ihre Liebe zu gestehen, um ihre Gefühle auszudrücken, doch seit sie zurück ist, weiß sie, dass es nicht die großen Taten sind, die das wirklich zeigen.

Es sind die kleinen, Catalina hat Santiago angerufen und er war völlig verschlafen in einer halben Stunde bei ihr und hat sie vom Flughafen abgeholt. Dann hat er sich zwei Tage Zeit für sie genommen, sie haben viel miteinander gesprochen und um sie aufzuheitern, war er mit ihr im Stall bei den Pferden.

Er spürt, dass sie der Tod ihres Vaters tiefer trifft, als sie selbst es jemals vermutet hätte.

Catalina weiß, dass Nola, Zayn und einige andere kommen wollten, doch Santiago hat ihr ihre Ruhe gelassen und ist an ihrer Seite geblieben, er hat ihr Lieblingsessen besorgt und sich um sie gekümmert. Es gibt keinen Tag, an dem er keine wichtigen Termine hat, doch er hat alles für sie verschoben oder abgesagt und das alles, all diese Bemühungen, bedeuten Catalina besonders viel. Sie weiß, dass sie nicht selbstverständlich sind, aber sie sind es, die ihr Vertrauen in ihn immer mehr wachsen lassen.

Sie liebt es, an seiner Brust die Augen zu schließen und zu entspannen, aber trotz allem weiß sie, dass sie sich ihm noch nicht ganz öffnet, ihm noch nicht zu tiefe Einblicke in ihre Welt gewährt. Sie hat ihm nicht alles erzählt, weder vom Streit mit ihrer Schwester, noch von Elias' Vermutungen, noch von Milos Annäherungsversuchen und Drohungen. Alles was sie ihm gesagt hat war, dass sie früher abgereist ist, um nicht von den Erinnerungen erdrückt zu werden, sie hat ihm nichts von ihrer Angst und Milos Plan, sie nicht wieder gehen lassen, erzählt.

Santiago weiß, dass das Verhältnis zu Natia gerade nicht leicht ist, er ahnt nicht, dass es zur Zeit kein Verhältnis gibt. Catalina hat nicht mehr mit ihr gesprochen, Milo war sehr wütend, dass sie einfach gegangen ist, zum Glück hat es trotzdem geklappt, dass Franco ihre Mutter mit nach Guatemala nehmen konnte.

Milo hat sie zweimal angerufen und angeschrien, sie soll zurückkommen, doch Catalina hat einfach aufgelegt und Santiago angelächelt. Sie weiß nicht, wieso sie es ihm nicht einfach sagt, es besteht kein Grund dazu, es ist nicht so, als würde er enttäuscht von ihrer Familie sein, er erwartet eh nichts Gutes von ihnen, doch sie will nicht zeigen, wie kaputt wirklich alles ist.

Sie hat immer gedacht, ihr Vater zerstört alles mit seinem Hunger nach Macht und Ruhm und gerade denkt sie, dass er trotz allem der war, der alles zusammengehalten hat und jetzt nach seinem Tod droht es auseinanderzubrechen. Je mehr sie über all das nachdenkt, desto trauriger wird sie, deswegen hat sie sich fest vorgenommen, sich heute abzulenken.

»Guten Morgen und danke.« Santiagos Hand geht an ihren Hinterkopf. »Danke wofür?« Sie spürt seine weiche Haut an ihren Lippen. »Dass du die ganze Zeit da bist.« Er wendet sich noch mehr zu ihr um. »Dafür solltest du dich niemals bedanken.« Sein Handy klingelt.

»Wie sieht es aus? Ich habe einige Dinge zu erledigen, kann ich dich heute alleine lassen oder soll ich noch einen Tag …?« Catalina lächelt, auch wenn es ihr noch so schwerfällt. »Nein nein, es ist alles in Ordnung. Ich wollte heute zum Einkaufszentrum fahren. Die Kleider, die ich zum Ändern abgegeben hatte, müssen noch abgeholt werden und ich wollte schon die ganze Zeit das erste Mal alleine in Puerto Rico unterwegs sein.«

Santiago lacht leise. Er findet es niedlich, wie akribisch Catalina plant, sich alleine in Puerto Rico zu bewegen. Vor dem Tod ihres Vaters war sie einige Male mit Nola im nahegelegenen Einkaufszentrum und dann wollte sie alleine dorthin, dann kam diese schreckliche Neuigkeit dazwischen, doch heute wird sie es machen. Sie kann dankbar für die Freiheit hier sein und möchte sie auch nutzen.

»Okay, ich muss los.« Sein Handy klingelt erneut. Catalina bleibt liegen, als Santiago in die Dusche geht, er beeilt sich und erst als er im großen Kleiderschrank verschwindet, steht sie auf und geht duschen. Sie zieht das erste Mal wieder etwas anderes als schwarz an, es fällt ihr aber noch so schwer, dass sie einfach nur eine Jeansshorts und ein schwarzes Shirt anzieht. Durch den Zopf, den sie geflochten hatte, haben sich ihre Haare gelockt.

Sie schminkt sich nicht und geht nach unten zum Frühstück, wo sie fast in Zayn und Marco hineinläuft.

»Wie geht es dir?« Beide sehen sie unschlüssig an, sie gibt beiden einen Kuss auf die Wange und wird dann von Santiagos Bruder und einem seiner besten Freunde einen Moment umarmt.

Es ist dieser Widerspruch, den sie leben und mit dem sie auch immer leben werden. Catalina macht sich da nichts vor, sie weiß, dass der Tod ihres Vaters für die Rojos eher positiv als negativ ist, auch wenn keiner hier ihr das so offen zeigen würde, weil sie sie mögen, doch sie weiß, dass es so ist. Das liegt an der jahrelangen Feindschaft und nur weil sie diese nicht mehr gegenüber Catalina empfinden, bedeutet es nicht, dass sie weg wäre.

Catalina erwidert knapp, dass es geht, Marco erwähnt, dass er sie im Fernsehen gesehen hat und dann kommt auch schon Santiago und alle verabschieden sich. Catalina soll sich melden wenn etwas ist, doch sie geht erst einmal in die Küche, schmiert sich zwei ScheibenToast und setzt sich mit einem Kaffee und etwas Obst vor den Fernseher. Sie haben hier alle Programme, auch kolumbianische. Sie schaltet die Nachrichten ein und noch immer bestimmt der Tod ihres Vaters alles.

Es wird erwähnt, dass sein Nachfolger, Milo, gestern Abend schon die ersten Handlungen übernommen hat. Man sieht auf einem Bild Milo, Malik und Pepe in das Flugzeug ihres Vaters steigen. Sie kann das nicht fassen, auch wenn ihr Vater es so wollte, weiß sie, dass es nicht richtig ist, dass Milo nun offiziell die Familia führt, sie spürt, dass da noch einiges auf sie alle zukommen wird.

Sie muss sich ablenken, deswegen schaltet sie den Fernseher aus, trinkt und isst zu Ende und geht dann in die Garage, wo sie sich den kleinen Mini holt, der erst seit Kurzem in ihrer Garage steht und der so praktisch ist, dass auch Nola sich jetzt so einen gekauft hat. Catalina ist damit schon einige Male gefahren, auch schon zum Einkaufszentrum, doch noch nie alleine.

Sie ist aber so in Gedanken, dass sie gar nicht groß darüber nachdenkt, sie fährt zum Eingang des Gebietes, die Wachen grüßen sie und lassen sie durch und sie fährt auf die Straße. In wenigen Minuten ist sie am Einkaufszentrum angekommen und geht völlig abwesend die Kleider abholen. Erst als die Verkäuferin etwas zu ihr sagt, wird sie langsam wieder aufmerksamer und tadelt sich selbst, wieder zu sich zu kommen.

Ihre Mutter ruft sie an, während sie ein wenig in der Mall herumläuft. Sie hört sich ganz gut an, der Aufenthalt in Guatemala scheint ihr zu gefallen. Sie sagt, dass sie kaum mit Natia spricht, sie antwortet ihr selten. Catalina hat sie nicht einmal mehr zu erreichen versucht, sie will gerade nichts von ihrer jüngeren Schwester wissen.

Auch sie weiß, dass Milo nun offiziell die Geschäfte führt. Er hat als erstes Sarita aus dem Haupthaus geworfen, sie schläft erst einmal in ihrem Anbau, bis sie wieder zurückkommen. Milo möchte das Haupthaus für Natia und sich. Die Bauarbeiten am anderen Haus gehen trotzdem weiter, es soll für mehr Männer gebaut werden, Milo hat vor, die Delgardos zu vergrößern.

Am liebsten würde sie sich die Ohren zuhalten und all das gar nicht erfahren, doch sie weiß, dass sie sich dem stellen muss. Vor einem neu eröffneten Kosmetikgeschäft sprechen die Verkäuferinnen die Frauen an und bieten an, sie kostenlos mit den neuesten Produkten zu schminken. Catalina stimmt zu, alles was Ablenkung bedeutet, ist gut. Sie beendet das Gespräch mit ihrer Mutter, lehnt sich in einem angenehmen Sessel zurück und lässt sich schminken.

Auch wenn sie noch so ruhig wirkt, innerlich rasen ihre Gedanken. Wenn sie daran denkt, welche Macht Milo jetzt hat und wie sehr sein Ego darunter immer mehr wächst, ahnt sie Schlimmes.

Sie ist so in Gedanken versunken, dass sie kaum mitbekommt, was die Frau da alles bei ihr macht.

Nola ruft an und fragt, wo sie ist. Sie wollte mit ihr ausreiten. Catalina sagt ihr, dass sie in ungefähr einer Stunde zurück sein wird. Außerdem fragt Nola auch, ob sie weiß, was los ist. Alle Männer sind vor einer halben Stunde zurückgerufen worden. Es gibt eine wichtige Besprechung im neu eingerichteten Besprechungshaus ganz am Eingang des Gebietes.

Sie weiß es nicht, erklärt ihr aber, dass sie nach Santiagos Aussage viel zu tun haben. Als sie auflegen, ist die Frau fertig und Catalina staunt nicht schlecht. Sie hat sie sehr schön geschminkt, leicht und doch edel. Ihre Augen sind dunkel umrahmt und ihre Lippen glänzend. Catalina lässt sich die Schminke einpacken und bezahlt alles. Als sie dann auf den Parkplatz kommt, klingelt ihr Handy erneut.

Es ist eine unbekannte Nummer, doch Catalina nimmt an und wundert sich, dass Zayn am Apparat ist. Santiagos Bruder räuspert sich. »Catalina ... wir sind hier alle im Besprechungshaus. Könntest du auch kurz herkommen, es gibt ... Neuigkeiten, deine Familia betreffend.«

Ihr Herz schlägt sofort schneller, sie hört, dass etwas nicht stimmt, wieso ruft Santiago sie nicht an? »Ja, ich bin auf dem Rückweg und in zehn Minuten da.« Sie legt auf und setzt sich ins Auto, schließt die Augen und startet den Motor. Sie hat geahnt, dass einiges auf sie zukommt, sie hofft jetzt einfach nur, dass es nicht zu schlimm ist.

Wahrscheinlich ist Catalina schneller als zehn Minuten, sie beeilt sich, sie möchte wissen, worum es geht. Als sie vor dem Besprechungsraum hält, kommen gerade viele Männer heraus. Sie sehen sie kaum an, besprechen eine Reise und dass die Waffen bereit gemacht werden sollen. Sie betritt den Besprechungsraum und stockt.

An dem großen Tisch sitzen Santiagos Vater, Zayn, Marco, Diego, Thiago und drei weitere Mitglieder des engsten Kreises. Santiago läuft vor einer riesigen Terrassentür auf und ab und hört erst auf, als sie eintritt. Sie sieht ihm in die Augen und als er sofort den Blick abwendet, weiß sie, dass es schlimm sein muss. Santiagos Vater lächelt. »Catalina, da bist du ja. Setz dich.«

Sie könnte nicht sagen, dass sie jetzt gut miteinander auskommen, sie reden ein wenig miteinander, wenn sie sich sehen, nicht mehr und nicht weniger, deswegen setzt sie sich und sieht angespannt zwischen allen hin und her. Auf einem großen an die Wand projizierten Bild ist die Karte Kolumbiens eingezeichnet und einige Stellen rot markiert.

»Du weißt, dass die Treffen, die dein Vater und wir damals hatten, nicht leicht waren, doch am Ende waren alle zufrieden. Wir konnten Venezuela für unsere Handelswege benutzen und euer Vater hatte seine Ruhe und Frieden und durfte Venezuela und Kolumbien für sich behalten. Als Zeichen der Festigung dieser Waffenruhe wurde die Ehe zwischen Santiago und dir geschlossen. Beide Familias haben in den letzten Monaten von diesem Frieden und allem anderen profitiert.«

Catalina nickt nur leicht, wieso wiederholt er das alles? »Nun ist dein Vater ums Leben gekommen und sein Nachfolger hat nicht vor, diesen Deal weiter beizubehalten. Er hat uns wissen lassen, dass dieses Abkommen ein großer Fehler war, er hat ihn niemals akzeptiert und wird ihn nicht akzeptieren. Er ist nichtig. Das bedeutet, dass die Ehe von Santiago und dir nicht mehr existiert. Sie war nur auf diesen Deal aufgebaut und als deine Familia heute Morgen in Venezuela zehn unserer Männer umgebracht und alle anderen aus dem Land rausgeworfen hat, hat sich all das aufgelöst. Deine Familia besteht darauf, dass du sofort nach Hause zurückkehrst.«

Catalina atmet schwer aus, sie hat wirklich mit dem Schlimmsten und allem gerechnet, aber nicht damit. »Aber … Milo hat … ich meine …« Sie weiß nicht einmal, was sie dazu noch sagen kann, es wurden Männer der Rojos getötet und somit alles zunichte gemacht.

Zayn sieht ihr in die Augen, Catalina sieht Santiago an, sucht seinen Blick, doch er hat sich abgewendet und sieht aus dem Fenster, fast, als würde ihn all das nichts mehr angehen.

»Catalina, das war nicht unsere Entscheidung, doch wir müssen darauf reagieren und das werden wir. Eigentlich könnten wir uns am einfachsten rächen, indem wir dir etwas antun, deine Familia weiß aber, dass wir das nicht tun werden, da wir wissen, dass du damit nichts zu tun hast. Ich bin mir sicher, dass deine Familia das an unserer Stelle getan hätte, doch wir alle hier wissen, dass du am wenigsten für all das kannst, deswegen lassen wir dich gehen. Dieser Deal und diese Ehe sind beendet.«

Nun wendet sich Santiago doch um und sieht ihr in die Augen.

»Du bist frei, du hast am meisten unter diesem Deal gelitten, du wurdest nie gefragt. Es war nicht richtig von uns, von keinem von uns, dir das anzutun und nun bist du wieder frei. Du kannst leben, als wäre all das hier nie passiert. Marco wird dich in einer Stunde zum Flughafen fahren, wir können das auch nicht länger hinausschieben, da wir nun wieder an dem gleichen Punkt stehen wie damals, bevor der Deal geschlossen wurde.«

Catalina spürt, wie Tränen ihre Augen verlassen, sie nickt, unfähig, etwas zu alldem zu sagen. Ist das sein Ernst? Kann er das einfach so wieder … ausstellen? Er wollte dieser Ehe eine Chance geben, sie hatten keine Wahl, sie mussten heiraten und jetzt, wo sich die Situation gedreht hat … ist auch das wieder vorbei?

Catalina ist fast so durcheinander wie an dem Tag, als sie von dieser Hochzeit erfuhr, sie weiß nicht, ob sie schockierter sein soll darüber, was Milo gemacht hat oder wie Santiago darauf reagiert. Sie sieht Santiago weiter in die Augen, in der Hoffnung, er würde lachen und sagen, dass das alles nur ein Spaß war, doch er kann ihrem Blick nicht standhalten und wendet sich ab.

Sie spürt Hände an ihren Schultern. Marco. Sie steht auf und sieht zu Santiago, doch noch immer hat er ihr nur den Rücken zugewandt. Ohne dass sie in der Lage wäre, noch etwas zu sagen, verlässt sie den Raum, in dem nun absolute Stille herrscht. Marco setzt sie in ein Auto und bringt sie zu ihrem Haus, was ja nun nicht mehr ihr Haus ist.

»Ich habe noch nie gesehen, dass Santiago etwas so schwergefallen ist wie das, Catalina, vielleicht wirkt es nicht so, doch das ist es.« Marco sieht zu ihr, als sie vor dem Haus halten. Catalina sieht, wie Koffer von mehreren Haushälterinnen gepackt werden, es kann offenbar gar nicht schnell genug gehen.

»Kann ich kurz in den Stall?« Marco nickt und Catalina steigt aus. Sie bekommt kaum Luft, als sie mit schnellen Schritten in den Stall geht. Sie wollte nur für einen Moment heraus aus der Situation, um einen klaren Kopf zu bekommen, doch im Stall trifft sie Nola, die sie traurig ansieht.

»Ich habe es schon gehört.« Als sie bemerkt, wie fassungslos Catalina ist und dass sie gar nicht klar genug denken kann um zu reagieren, nimmt sie sie in den Arm.

»Es ist egal was passiert, du und ich wir werden uns nie wieder als Feinde gegenüberstehen, in Ordnung?« Catalina würde am liebsten laut loslachen. Ein ungeheurer Schmerz brennt in ihr auf. »Ich kann nichts dafür, was meine Familia macht oder entscheidet. Ich bin wie ihr … Spielzeug, ich …« Catalina streichelt die Pferde, gibt Nola einen Kuss und drückt ihre Hand.

»Ich ersticke, ich finde nicht einmal Worte dafür. Ich muss hier weg. Pass auf deinen Bruder auf, Nola, versprich mir das.« Sie nickt und man sieht das Mitleid in ihren Augen.

Catalina geht zum Auto zurück. Die Frauen haben schon vier Koffer vor das Haus geschoben. Catalinas erster Schock wandelt sich in Wut um.

»Ich brauche all das nicht!« Sie nimmt zwei Koffer ohne zu wissen, was sich darin befindet, legt sie in den Kofferraum, bevor Marco ihr helfen kann und geht noch einmal ins Haus. In dem Sideboard im Flur liegen einige ihrer Unterlagen, die sie an sich nimmt. Als sie dann auf das Hochzeitsbild sieht, was Santiago und sie zeigt, bildet sich ein solch großer Knoten in Catalinas Brust, dass sie nicht einmal mehr weinen kann.

Sie zieht das Bild von der Wand und wirft es auf den Boden. Die Haushälterinnen sehen sie schockiert an, doch es ist ihr egal. Sie geht zurück zum Auto. »Fahr bitte los.« Marco sieht sie schuldbewusst an. »Wir haben noch Zeit ...« Catalina schüttelt den Kopf. »Ich will hier weg.«

Sie wurde nicht gefragt, ob sie diese Hochzeit wollte, doch dann hat sie sich damit abgefunden und zugelassen, dass Santiago und sie beginnen, an diese Ehe zu glauben, nur damit man ihr jetzt all das wieder nimmt? Weil der Deal geplatzt ist?

Soll sie zurück nach Kolumbien und so tun, als wären die letzten Monate nicht gewesen? Was waren Santiagos Worte, dass er dieser Ehe eine Chance gibt, wert? Deal geplatzt - Ehe geplatzt? Sie weiß gar nicht, auf wen sie mehr wütend sein soll, auf Milo oder Santiago? Er hat sie nicht einmal richtig ansehen können, so wenig war ihm all das wert?

Vor ihnen fahren viele der Autos vom Gelände, Catalina ist froh, dass sie nicht weiß, was als nächstes passiert, sie will es auch gar nicht, offenbar haben die Männer dieser tollen Familias beschlossen, dass ihr Part nun vorbei ist.

Catalina hat kein Wort mehr gesagt, Marco lässt sie vor sich hin grübeln und hält vor dem Flughafen. Er will parken, doch Catalina hebt die Hand. »Ich bin frei, oder? Nicht mehr gebunden an etwas?« Marco nickt. »Ja schon, Catalina, aber das alles ist für Santiago ...« Sie unterbricht ihn. »Machs gut, Marco, pass gut auf dich auf.«

Ohne weiter auf ihn zu achten, nimmt sie die beiden Koffer und geht in das große Gebäude, sie sieht auf die Anzeigetafel und registriert, dass der Flug nach Kolumbien in einer Stunde geht. Sie schluckt schwer und dann kommt doch alles in ihr hoch. Die Buchstaben vor ihren Augen verschwimmen und der Knoten in ihrer Brust zieht sich fester zu.

Sie setzt sich in eine abgelegene Ecke auf den Boden und zieht die Beine an sich heran. Sie erinnert sich an die Angst, die sie hatte, als sie im Hochzeitskleid zum Altar schreiten musste, wie sie sich in ihr Schlafzimmer eingeschlossen hat, wie schwer es ihr gefallen ist, Santiago an sich heranzulassen. Wie weh es getan hat, zu bemerken, dass sich alles in Kolumbien anders angefühlt hat, verändert hat und durch den Tod ihres Vaters zerstört wurde, doch das Letzte, woran sie noch festgehalten hat war das, was sich zwischen Santiago und ihr aufgebaut hat, doch offenbar war das nicht so stark wie sie dachte.

Der Deal und die Ehe sind geplatzt.

Keiner dieser Männer hat verstanden, was sie mit all diesen Familia-Entscheidungen Catalina und so vielen anderen Frauen antun. In dem Moment, als alles aus ihr herauskommt, spürt sie, dass sie für all das keine Kraft mehr hat.

Kapitel 17

»Man muss immer daran denken, dass die Boten, die man gesendet hat, um anderen Schlechtes zu verkünden, auch wieder zu einem zurückkehren werden.«

Catalina sieht auf das wunderschöne Bild, das sich ihr bietet und das sie schon als kleines Kind so geliebt hat. »Ich weiß nicht, ob das stimmt. Manchmal denke ich, dass am Ende vom Tag immer die Gleichen leiden und andere leben, wie sie wollen.« Sie spürt eine vertraute Hand auf ihrer Schulter. »Du hast in den letzten Monaten viel durchgemacht, Catalina, aber so hoffnungslos habe ich dich bisher noch nie gesehen.«

Catalina wendet sich um und sieht Franco in die dunklen Augen.

Sie ist nicht zurück nach Kolumbien geflogen, sondern direkt nach Guatemala zu Franco und ihrer Mutter, wo sie nun seit vier Tagen lebt und sich sehr von allem zurückgezogen hat. Hier fällt einem das auch nicht schwer. Franco hat, ähnlich wie die Rojos, eine kleine Stadt, in der seine Familia lebt. Alles ist abgeschirmt. Sie leben mitten in den Bergen, umringt von Feldern. Von der Terrasse ihres Zimmers aus sieht Catalina auf eine Schlucht hinunter, wo man vor Bäumen nur grün sieht und man hört und sieht auch auf einen Wasserfall in all dem Naturwunder hier.

Es ist sehr ruhig, richtig friedlich.

Guatemala ist ein einflussreiches Land, Franco wird von allen respektiert und geschätzt. Auch ihr Vater hat ihn sehr gemocht, weswegen er ihr Patenonkel geworden ist. Mit Santiago hatte er etwas Ärger, aber auch er hat ihr versichert, dass sie mit seiner Familia sonst eigentlich keine Probleme haben und das merkt man hier auch.

Sie alle leben sehr ruhig und friedlich. Die Familia geht ihren Geschäften nach und verdient damit genug Geld, um gut leben zu können. Man sieht, dass er besser lebt als ihr Vater und sie es jemals getan haben. Die Menschen in Guatemala mögen Franco und alle anderen Familias respektieren ihn. Seine Männer sind nicht so angespannt wie ihre oder auch die der Rojos, weil hier keine Gefahr droht, sie haben keine Probleme und das merkt man ihnen auch an.

Catalina hat hier die nötige Ruhe bekommen, die sie dringend gebraucht hat. Franco und ihre Mutter haben sie vom Flughafen abgeholt, seitdem hat sie sich hier in ihr riesiges Gästezimmer zurückgezogen und versucht, ihre Gefühle zu ordnen und vor allem herauszufinden, was sie jetzt tun soll. Wie soll es für sie weitergehen? Und sie ist nicht die Einzige, die in dieser Situation ist, auch ihre Mutter weiß nicht mehr, was sie machen soll.

Milo ist ausgerastet, als er gehört hat, dass Catalina statt nach Kolumbien nach Guatemala geflogen ist. Auch hier hat Franco sich wieder eingemischt und gesagt, dass sie alle bis zum vierzigsten Geburtstag seiner Schwester, der groß gefeiert werden soll, hier bleiben. Francos Schwester und ihre Mutter standen sich schon immer sehr nah. Sie verbringen hier viel Zeit zusammen und genau wie auch schon in Puerto Rico sieht man, wie ihre Mutter mit jedem Tag mehr aufblüht.

Catalina mag es, sie so zu sehen. Sie vertraut Franco. Wenn man die beiden zusammen betrachtet, erkennt man sofort, wie gut sie sich verstehen und wie respektvoll Franco sie behandelt. Alle haben versucht, sie ein wenig aufzuheitern, doch Catalina ist bitter enttäuscht. Gestern hat sie lange mit ihrer Mutter gesprochen. Sie hat ihr gesagt, wie leid es ihr tut, dass sie nun in einer ähnlichen Situation ist wie sie.

Milo will sie um jeden Preis zurück in Kolumbien haben. Er wird nicht auf Catalina verzichten, das hat er vor ihrer Mutter und Franco sogar im Live-Videochat gesagt. Für Catalina würde das bedeuten, dass ihr ein ähnliches Leben blüht wie ihrer Mutter, sie wird niemals wieder etwas mit Milo anfangen, doch er will sie um sich haben und am Ende wird sie genau wie ihre Mutter eine Gefangene in ihrer eigenen Familie sein.

Er besteht auch darauf, dass ihre Mutter zurückkommt, um sie alle besser im Griff zu haben. Er spürt, dass ihm Natia als Druckmittel nichts mehr nützt. Er hat ihnen gleich, nachdem er erfahren hat, dass sie bei Franco untergekommen sind, mitgeteilt, dass Natia schwanger ist und dass sie kommen sollen, weil Natia sie jetzt braucht. Man hat vor allem ihrer Mutter angemerkt, dass sie sofort bereit war zu gehen, doch Franco hat sie gewarnt und ihr geraten, abzuwarten.

Das ist das Dilemma, in dem sie stecken. Sie lieben Kolumbien, es ist ihre Heimat, doch gerade fällt es ihnen nicht schwer, alldem den Rücken zuzukehren. Das Einzige, was sie immer wieder zurückblicken lässt, ist Natia, und das weiß Milo. Wenn sie sich entscheiden, bei Franco zu bleiben, kann er nichts tun. Er kann keinen Krieg mit Franco anfangen, nicht wenn er sich gerade mit den Rojos angelegt hat und so wahnsinnig er auch ist, das weiß er.

Vor allem hat er keine Macht über sie, er kann ihrer Mutter nichts sagen und auch Catalina nicht. Ihr Vater hatte da schon eine andere Position, doch nun sind sie freie Menschen. Der einzige Grund, den er gegen sie zu verwenden versucht und sie zurückzuholen, ist Natia.

Auch Catalina hatte sofort ein schlechtes Gewissen, sie haben zusammen auf der Terrasse gesessen mit Francos engsten Vertrauten und das Videogespräch beendet. »Wenn ihr jetzt geht, werden wir euch dort nicht so schnell wieder herausbekommen. Ich liebe Natia auch, doch ihr habt versucht, ihr zu helfen und sie vor alldem zu schützen, sie hat sich bewusst dagegen entschieden. Catalina konnte damals niemand helfen, für Natia hattet ihr einen Plan, doch sie wollte nicht.

Wenn du jetzt dorthin gehst, Valentina, wird er damit automatisch immer Catalina in der Hand haben. Er wird sie mit dir erpressen, wie es Alvaro schon getan hat. Ich weiß, dass sich keine Mutter für eins ihrer Kind entscheiden müssen sollte, doch du musst verhindern, dass Milo Macht über Catalina bekommt, er wird das grausam ausnutzen.

Und du, Catalina, kannst nicht für Natia dein eigenes Leben aufgeben. Du bist frei und ungebunden, du kannst gehen, wohin du möchtest und ganz neu anfangen. Deine Mutter und ich stehen hinter dir und unterstützen dich mit allem, was du möchtest und brauchst. Du kannst auch hier bleiben, für mich bist du wie eine Tochter, ich werde nicht zulassen, dass irgendein Mann dich noch einmal zu irgendetwas zwingt. Triff deine eigenen Entscheidungen, lass dich nicht einsperren und mit Drohungen zu etwas zwingen. Natia hat dieses Leben gewählt, leide jetzt nicht für ihre Entscheidungen.«

Wahrscheinlich haben nur diese Worte Catalina und ihre Mutter davon abgehalten, nicht wirklich sofort zurück nach Kolumbien zu fliegen. Sie haben den Abend abgewartet und Natia angerufen und zum Glück alleine erwischt. Sie hat bestätigt, dass sie ein Baby erwartet und so glücklich wie noch niemals zuvor ist. Als sie sie gehört haben, wussten sie, dass sie Natia nicht dazu bewegen können, Milo zu verlassen, doch sie haben es ihr trotzdem noch einmal angeboten. Sie haben ihr gesagt, dass sie sie da herausholen und ihr und dem Baby helfen, doch Natia hat nur bitter gelacht und gefragt, wieso ihr niemand ihr Glück gönnt.

Ihre Mutter hat sie gefragt, ob sie nicht weiß, dass ihr Mann Catalina unbedingt zurückholen will und was sie davon hält, doch Natia hat nur ganz entspannt gesagt, dass sie sich freuen würde, wenn Catalina zurückkommt und bei ihnen einzieht. In dem Moment hat Catalina begriffen, dass sie nicht nur ihren Vater, sondern auch Natia verloren haben, sie weiß nicht, ob sie es hätten verhindern können, oder wann genau es passiert ist, doch von ihrer süßen jüngeren Schwester ist kaum mehr etwas übrig.

All das trifft Catalina, sie war noch nie der Mensch, der sich zurückzieht und leidet, doch genau das hat sie die letzten Tage getan. Sie sieht, dass sich Franco und ihre Mutter Sorgen machen, doch sie kann auch nicht so tun, als würde es ihr gut gehen. Franco hat sie gerade aufgesucht, um ihr zu sagen, dass ihre Mutter und seine Schwester aus der Stadt zurück sind und ihr Lieblingsessen zubereiten, doch er scheint auch noch mehr auf dem Herzen zu haben.

»Ich weiß nicht, ob das der richtige Zeitpunkt ist, Catalina, aber ich wollte dir gerne etwas sagen: Ich finde, du hast das Recht, das zu erfahren.« Er deutet ihr, sich zu setzen und gemeinsam nehmen sie an dem großen Holztisch auf den beeindruckenden Holzstühlen Platz.

»Ich weiß, dass du gerade selbst die Hoffnung verloren hast und verletzt bist, deswegen möchte ich dir etwas sagen bevor du es so herausfindest und vielleicht erneut das Gefühl hast, jemand würde dich hintergehen oder dir etwas verheimlichen, was niemand vorhat.«

Catalina zieht ihre Sweatjacke weiter zu, es ist frisch hier draußen in den Bergen. Das was Franco ihr zu sagen hat, scheint ihm wirklich wichtig zu sein und sie kann nur hoffen, dass es nicht noch mehr schlechte Nachrichten sind.

»Wusstest du, dass ich damals, als dein Vater deine Mutter getroffen hat, dabei war? Deine Mutter ist genau wie heute die schönste Frau, die ich jemals gesehen habe und ich war … genauso fasziniert wie dein Vater. Aber du kennst ihn ja, er war schneller und lauter und ja, irgendwie habe ich ihm damals den Vortritt gelassen und es gibt nichts, was ich jemals in meinem Leben so sehr bereut habe wie das.«

Nun hat er Catalinas Aufmerksamkeit.

»Sie wollte am Anfang nichts von ihm, einmal hat sie mich gefragt, ob wir nicht zusammen ein Eis essen gehen wollen, doch … ich konnte das deinem Vater nicht antun und so nahm alles seinen Lauf. Ich habe mich zurückgezogen, aber immer, wirklich immer deine Mutter im Auge behalten.

Wir hatten auch immer Kontakt. Als das mit Sarita passiert ist habe ich ihr gesagt, dass ich sie raushole, doch sie wollte wegen euch beiden dieses Risiko nicht eingehen. Richtig viel Kontakt haben wir aber erst wieder, seit ich von deiner Hochzeit erfahren habe, seitdem haben wir täglich miteinander gesprochen und ich habe gemerkt, dass sie keine Gefühle mehr für deinen Vater hat, was ich schon lange geahnt habe. Bei Natias Hochzeit hat sie mir gesagt, dass sie raus aus Kolumbien möchte, aber das, ohne euch zu gefährden und im Stich zu lassen. Es war so oder so geplant, dass sie zum Geburtstag meiner Schwester herkommt, dein Vater hat zugestimmt.

Jetzt liegt alles anders und ich habe sie gefragt, ob sie hier bei mir bleiben möchte. Sie macht sich viele Sorgen um euch, aber eigentlich möchte sie hierbleiben. Versteh das nicht falsch, Catalina, ich liebe deine Mutter. Das habe ich schon immer getan und sie weiß das auch. Wir sind nicht zusammen, ich werde sie zu nichts drängen und ihr alle Zeit der Welt geben und selbst wenn sie das nicht möchte, soll sie hier bleiben. Hier geht es ihr gut und ich kümmere mich um sie. Ich möchte dich wirklich nicht verletzen, ich weiß, dass du deinen Vater …«

Catalina unterbricht ihn.

»Nein, das ist in Ordnung. Er hat sie nicht so behandelt wie er sollte und sich eine andere Frau genommen. Wenn sie einverstanden ist, habt ihr meinen Segen. Alles was ich möchte ist, dass sie glücklich ist und sie scheint hier glücklich zu sein, es wird Zeit, dass sie auch mal an sich denkt. Sie kann nicht immer nur auf unser Glück achten und ihres dabei vergessen.«

Er lächelt und drückt ihre Hand. »Du wirst auch bald wieder glücklich sein.« Catalina sieht auf die Tischplatte. »Du liebst ihn, oder?« Ein schmerzender Stich fährt durch ihren Magen. »Ich konnte es nicht verhindern und das bereue ich jetzt. Ich habe mich sehr wohl bei ihm gefühlt.« Franco sieht ihr in die Augen. »Wieso sprichst du dann nicht mit ihm? Ich sehe doch, wie oft er versucht, dich zu erreichen.«

Das stimmt, Santiago hat Catalina noch an dem Tag, als sie in Guatemala angekommen ist, anzurufen versucht und ihr geschrieben, dass er mit ihr reden möchte und sie sich melden soll. »Er hatte die Chance, all das aufzuhalten und etwas zu sagen, als wir da im Besprechungszimmer waren. Er wollte das … er wollte dieser Ehe eine Chance geben und dann beenden sie all das von einem auf den anderen Tag, als wäre es nichts. Er hat mich dazu gebracht, daran zu glauben und es mir dann wieder genommen.«

Franco lehnt sich zurück. »Also, ich möchte ihn nicht in Schutz nehmen, doch vielleicht wusste er in dem Moment einfach nicht, wie er anders handeln sollte. Weiß er überhaupt, wo du gerade bist? Ich meine, Milo hat seine Männer getötet und … Ich weiß es auch nicht, aber man kann so etwas nur klären, wenn ihr miteinander spricht. Glaube mir, ich weiß, wovon ich spreche, lass nicht zu, dass falscher Stolz euch im Weg steht.«

Catalina verschränkt die Arme vor der Brust. Sie will nicht einmal mehr davon sprechen, sie hat die Nase voll von diesen Männern, den Familias und allem, was dazugehört. Sie ist froh, wenn all das ein Ende hat. »Na gut, lass uns mal etwas essen gehen, danach bringe ich euch zu ein paar Orten, die ihr unbedingt von Guatemala gesehen haben müsst.« Catalina nickt, sie ist froh über jede Ablenkung, die sie bekommen kann.

Also tut sie auch etwas dafür, vergessen zu können, sie begleitet ihre Mutter, Franco und seine Schwester. Sie fahren an einige wunderschöne Orte. Sie sind erst am frühen Morgen zurückgekommen und sobald Catalina wach wurde, ist sie zu ihrer Mutter gegangen, um mit ihr zu besprechen, wie es weitergehen soll. Sie kann auch nicht ewig hierbleiben und den Kopf in den Sand stecken, das Wichtigste aber ist, dass ihre Mutter tut, was sie möchte, ohne Rücksicht auf Catalina und Natia zu nehmen und nach langem Hin und Her gibt ihre Mutter zu, dass sie am liebsten hier in Guatemala bleiben möchte. Sie weiß nicht, ob sie das für immer möchte, doch gerade fühlt es sich gut an.

Sie gehen durch, was Catalina machen könnte, sie überlegt, nach Amerika zu gehen. Franco hat gute Kontakte dorthin, sie sehen sich auch Videos und Bilder von London an, doch auch wenn es ein kompletter Neuanfang wäre und sicherlich sehr spannend, fühlt es sich nicht gut an. Nicht so, wie es sollte. Catalina hat sich immer Freiheit und ein normales Leben gewünscht, jetzt hat sie die Möglichkeit dazu und kann sich nicht einmal entscheiden, wohin sie gehen möchte. Sie weiß genau, hätte sie diese Möglichkeit vor ihrer Ehe gehabt, wäre sie wahrscheinlich schon unterwegs in ihr neues Leben, nun schnürt sich der Knoten in ihrer Brust nur fester zu. Doch es fühlt sich zumindest gut an, wieder nach vorne zu schauen und nicht nur zurück.

Am Mittag ruft Franco ihre Mutter an und sagt, dass Catalina in das Gästezimmer kommen soll, er wartet dort auf sie. Vielleicht möchte er ihr Gespräch von gestern weiterführen. Sie trägt ein weißes Shirt und noch immer eine schwarze Schlafhose, sie hat sich noch nicht einmal umgezogen, ihre Haare sind offen und sie ist komplett ungeschminkt, sie hat sich heute Morgen nur gewaschen und ein neues Shirt angezogen, doch so kann sie sich wenigstens gleich noch einmal hinlegen.

Als sie in ihr Zimmer kommt, steht Franco in der Terrassentür und wendet sich zu ihr um. Er räuspert sich. »Ich weiß, dass ich dir als Patenonkel nicht immer bei allem helfen konnte, doch ich hoffe, dieses Mal konnte ich es. Ich hasse es, dich so leiden zu sehen.«

Sie kommt nicht dazu zu fragen, was genau er meint, er tritt zur Seite und an ihr vorbei, wobei er sie auf die Stirn küsst. Erst als er wegtritt, bemerkt Catalina, dass Santiago auf ihrer Terrasse steht und ihr unsicher entgegensieht.

Er ist wirklich hier? Was will er noch hier? Wieso ist er hier? Catalina spürt selbst, dass sie sich anspannt und ihm sauer entgegensieht. Sie tritt zu ihm auf die Terrasse und spürt, wie sein Blick an ihr hoch und wieder herunter gleitet. Sie haben sich einige Tage nicht gesehen, doch durch diesen Bruch fühlt es sich ewig an und Catalina spürt, wie sehr er ihr fehlt.

»Wie geht es dir? Hättest du nicht wenigstens einmal zurückschreiben können?« Santiago kommt ein wenig auf sie zu, doch Catalina weicht zurück. Sie will ihn nicht noch einmal zu nah an sich heranlassen. Nicht, wenn es sich dann so schmerzhaft anfühlt, wenn er geht.

»Was tust du hier?«

Kapitel 18

»Was tust du hier? Darfst du überhaupt in Guatemala sein? Franco und die Rojos sind doch nicht die allerbesten Freunde. Was soll das?« Sie sieht ihm in die dunklen Augen mit den langen Wimpern, betrachtet seine kleine Narbe, die von seiner rechten Augenbraue nach oben geht, seine schönen Lippen. Er nimmt seine Hände aus seiner schwarzen Jeans, als er merkt, dass sie zurückweicht.

Wie sehr sie ihn vermisst. Sie hat die Gefühle unterschätzt, die sich in diesen Monaten zwischen ihnen aufgebaut haben.

»Franco hat mich angerufen, ich wusste nicht, dass du hier bist. Er hat gemerkt, dass ich versuche dich zu erreichen und mir geholfen, indem er mir verraten hat, wo du bist. Ich habe ihn gebeten, herkommen zu dürfen. Das hat nichts mit unseren Familias zu tun, ich bin als dein ...«

Das ist doch jetzt nicht sein Ernst. »Als mein WAS bist du hier?« Santiago seufzt auf und kommt wieder näher. »Catalina, ich ... liebe dich. Ich weiß, dass ich mal wieder falsch gehandelt habe. Ich habe einfach nicht damit gerechnet. Ich wusste es in diesem Moment nicht besser. Es kommt die Nachricht, dass meine Männer ermordet wurden und ich will dir gar nicht sagen, wie Milo sie hat hinrichten lassen. In dem Moment ist alles in mir ausgeschaltet worden und ich habe nur noch als Anführer gehandelt. Die Nachricht von diesem Malik kam fast im selben Augenblick, dass der Deal nicht mehr besteht, ab sofort wieder Krieg herrscht und dass du sofort zurück nach Kolumbien sollst.«

Catalina senkt den Blick, ihre Tränen laufen ihr die Wangen herunter, die drei Worte, dass er sie liebt, die bisher noch nie zwischen ihnen gefallen sind, haben den Knoten in ihrer Brust gelockert und sofort werden diese starken Gefühle freigesetzt. Sie hätte nicht damit gerechnet, dass es sie so sehr berührt, diese Worte aus seinem Mund zu hören. Er greift nach ihren Händen und als sie das nicht zulassen will, weil sie Angst hat, dieser Nähe wieder zu verfallen, nimmt er ihr Gesicht in seine großen Hände und streicht ihre Tränen weg.

»Lass mich dir das erklären, Schatz. Wenigstens das. Als ich dich verloren habe, ist etwas in mir freigeschaltet worden. Ich meine, mir war klar, dass da mehr ist, mehr als nur der Versuch, dieser Ehe eine Chance zu geben. In diesen paar Wochen bist du zu meinem Mittelpunkt geworden, ob wir das nun wollten oder nicht. Ich habe so etwas noch nie erlebt.

Ich wusste, dass das etwas Besonderes ist, doch erst diese Worte, dass du zurück zu deiner Familie sollst, haben mir gezeigt, dass ich dich liebe, wirklich von ganzem Herzen liebe und gleichzeitig sind mir die ersten Tage vor Augen gekommen. Wie viel Angst du in Puerto Rico hattest. Wie sehr du deine Familie vermisst hast und immer noch vermisst. Ich sehe doch, wie glücklich du bist, wenn du mit ihnen sprichst und es hat sich plötzlich falsch angefühlt, dich hier zu behalten. Mein Bruder und mein Vater haben mir gesagt, dass es nur fair ist, dich gehen zu lassen, dir das zurückzugeben, was du wegen uns und diesem Deal verloren hast, auch wenn ich es nicht wollte, weil ich dich schon so sehr liebe.

Ich war zum ersten Mal mit allem überfordert, dich gehen zu lassen, meine Männer, ich wusste nicht mehr, was richtig und falsch ist, doch schon als Marco zurück war und ich abends nach Hause kam und du nicht da warst, wusste ich, dass ich dich nicht hätte gehen lassen dürfen, ohne dir wenigstens zu sagen, dass ich dich liebe. Du musst das wissen. Ich sollte dich nicht bitten, dich gegen deine Familie zu stellen, ich weiß auch jetzt, dass das falsch ist, aber du sollst wissen, dass ich dich liebe, Catalina.«

Nun nimmt er ihre Hände in seine und sie lässt es zu.

»Ich hätte alles gedacht, Santiago, aber nicht, dass du unsere Ehe aufgibst. Was wäre, wenn ich jetzt zurück in Kolumbien wäre, dann hättest du mich vielleicht nie wieder gesprochen.« Seine Augen sehen sie ernst an. »Doch, hätte ich! Ich war schon dabei, Kontakt zu Elias aufzubauen. Ich wollte dir sagen, dass ich dich liebe und ich möchte, dass du zu mir zurückkommst. Wieso bist du eigentlich nicht bei deiner Familie?«

Catalina entzieht ihm ihre Hände wieder und geht die paar Schritte zum Ende der Terrasse, sie sieht auf dieses wahnsinnige Bild unter sich und dann wieder zu ihm. »Weil ich dort keine Familie mehr habe, nicht so, wie ich sie mal hatte. Es ... ist nichts mehr wie vorher. Meine Schwester und ich reden nicht mehr miteinander, sie ist anders geworden, tut nur noch, was Milo will und ignoriert jeden Versuch von uns, auf sie zuzugehen.

Ich hatte geplant, sie da rauszuholen, ich habe es dir nicht gesagt, doch als ich zur Hochzeit gefahren bin, wollten wir fliehen, es war alles vorbereitet, doch sie wollte nicht. Sie wollte Milo, während der nichts anderes zu tun hatte, als mich an seinem Hochzeitstag zu bedrängen und sogar zu schlagen. Für ihn bedeutet die Hochzeit mit Natia nur den Platz als Anführer, es hindert ihn nicht daran, mich weiter zu wollen.«

Catalina sieht, wie sich Santiagos Gesichtsausdruck ändert, sie hat ihm von alldem nichts gesagt. »Ich wollte dir das alles nicht sagen, ich wollte das immer trennen, dich und meine Familie, weil es einfach besser so ist. Jetzt bei der Beerdigung bin ich nicht früher gegangen, weil ich es nicht ausgehalten habe, sondern weil ich fliehen musste. Milo hatte da schon nicht mehr vor, mich gehen zu lassen. Wenn ich jetzt zurückkehre, werde ich Kolumbien nicht mehr verlassen können. Ich habe nicht vor, dorthin zurückzukehren, ich bin fertig mit allem, was mit Familias zu tun hat. Es hat alles zerstört.«

Santiago reibt sich über die Augen. »Wieso hast du mir das alles nicht gesagt, Catalina? Ich hätte doch sofort reagiert. Niemand darf meine Frau anfa ...« Catalina zuckt die Schultern. »Na ja, offenbar reicht es ja, wenn Milo sagt, der Deal existiert nicht und ich bin nicht mehr deine Frau.« Santiago schließt einen Augenblick die Augen. »Ich habe doch nur einen Augenblick gezögert, Catalina. Etwas in mir hat gesagt, dass es vielleicht das Richtige ist, weil du diese Ehe nie gewollt hast und ich ...«

Catalina sieht, wie Santiago nach Worten sucht. »Weißt du was, du hast recht. Es war falsch, es ist einiges falsch, was ich in Bezug auf dich getan habe und sicherlich auch noch tun werde. Das zwischen uns ist nicht normal, ist es nie gewesen, man wird das niemals mit einer normalen Beziehung oder Ehe vergleichen können und auch da hätte ich wahrscheinlich einiges vermasselt.

Ich habe falsch gehandelt, weil ich es in diesem Moment einfach nicht besser wusste und auch du hast falsch gehandelt, indem du mir nicht genug vertraut hast, um mir alles zu sagen, doch ich werfe dir das nicht vor, weil wir beide noch lernen müssen, mit alldem umzugehen. Aber egal was ist, ich bin jetzt hier, Catalina.

Ich sollte gar nicht hier in Guatemala sein, ich muss mich um das ganze Chaos kümmern, was dieser verdammte Milo angerichtet hat, doch mir ist bewusst geworden, wie sehr ich dich liebe, Catalina, und dass ich das nicht aufgeben möchte, was wir beide haben, ob du nun eine Delgardo, Rojo oder sonst jemand bist.

Du bist meine Frau und ich möchte, dass du bei mir bleibst und es ist mir egal, wer das wie findet. Du gehörst zu mir, auch wenn es noch immer sehr holprig auf unserem Weg ist und ich hoffe, dass du das auch so siehst und empfindest. Ja, ich habe gezögert, aber nicht wegen meiner Gefühle oder weil ich diese Ehe nicht will, sondern nur deswegen, weil ich dir nicht im Weg stehen wollte, wenn du das hinter dir lassen willst, was du nicht wolltest.«

Es ist ein unbeschreibliches Gefühl, all das von Santiago zu hören. Sie wollte ihn nicht mehr an sich heranlassen, doch sie ist so glücklich, dass sie sich getäuscht hat und er genauso wie sie an ihnen beiden festhält.

»Natürlich empfinde ich das Gleiche, Santiago, sonst wäre ich doch nicht so sauer und enttäuscht. Alles was bei meiner Familie und mit meiner Familie passiert ist, hat mich wirklich fertig gemacht, doch ich wusste, dass du da bist, ich zu dir zurückkomme und das hat mir immer wieder Kraft gegeben. Als ich dann da saß und gehört habe, dass all das nun vorbei ist, dachte ich … ich konnte das einfach nicht glauben. Mir war das mit dem Deal und all das, wie es dazu gekommen ist, schon völlig egal geworden. Ich habe mich in dich verliebt und das, was da zwischen uns entstanden ist, hat für mich so viel Bedeutung, dass es mich am allermeisten von allem verletzt hat, dass du das nicht so gesehen hast oder zumindest nicht danach gehandelt hast.

Wären sie zu mir gekommen und hätten gesagt, dass der Deal geplatzt ist, hätte ich nein gesagt, dass ich dich liebe und bleibe, unabhängig vom Deal. Ich wollte das nie aufgeben. Ich hatte daran nie gedacht.«

Santiago lächelt. »Ich doch auch nicht. Ich war in dem Moment einfach … es wird nie wieder vorkommen, Catalina, das verspreche ich dir. Mir fällt es vielleicht einfach nicht so leicht wie dir zu vergessen, dass dieser Deal die Grundlage war und ...« Er kommt näher und nimmt noch einmal ihr Gesicht in seine Hände. »Ich liebe dich, Catalina, und ich will nichts mehr, als dich wieder bei mir zu haben. Du fehlst mir wahnsinnig, jedes Mal wenn du weg bist, doch jetzt, wo ich dachte, ich habe es endgültig vermasselt, noch mehr.«

Catalina küsst ihn, sie hat ihn so sehr vermisst. Aus einem Kuss werden viele. Santiago liebkost mit seinen Lippen die ihren, ihre Wangen und bevor sie den Kuss noch mehr vertiefen, hält Catalina noch einmal vor seinen Lippen ein. »Ich liebe dich auch, Santiago, und alles, was ich momentan weiß ist, dass ich das zwischen uns beiden nicht aufgeben möchte und ich dafür sorge, dass irgendwelche Familia-Angelegenheiten nicht noch einmal in das, was zwischen uns ist, treten können. Wir müssen das ein für allemal trennen.«

Santiago sieht ihr in die Augen und nimmt doch wieder ihre Hände in seine. Er atmet tief ein. »Das ist wahrscheinlich das erste und letzte Mal, dass ich das tun werde.« Er geht vor ihr auf die Knie und sieht ihr dabei weiter in die Augen. Er hält ihre Hand in seinen Händen.

»Catalina, ich hätte an dem Tag, als dieser Deal geschlossen wurde, niemals gedacht, dass ich jetzt hier vor dir knie und dich bitte, noch einmal meine Frau zu werden. Wir sind noch verheiratet, ich habe es nicht einmal übers Herz gebracht, den Pfarrer zu bitten, irgendetwas annullieren zu lassen, doch ich möchte dich noch einmal bitten, meine Frau zu werden und dieses Mal aus den richtigen Gründen.

Aus Liebe.

Lass uns noch einmal heiraten und dieses Mal, weil wir beide es wollen und uns lieben. Nicht wegen irgendwelcher Geschäfte oder Familias. Ich möchte, dass wenn unsere Kinder uns fragen, warum wir geheiratet haben, wir ihnen sagen können, dass wir es aus Liebe getan haben. Catalina Rojo, würdest du mich noch einmal zu deinem Mann nehmen, dieses Mal aber aus den richtigen Gründen?«

Catalina lächelt und zieht ihn hoch. »Natürlich.« Sie küsst ihn auf seine weichen Lippen. »Natürlich möchte ich das.« Dieses Mal vertiefen sie ihren Kuss und Catalina schmiegt sich eng an ihn. Sie wird zu Santiago zurückkehren, das und nichts anderes ist es, was ihr Herz möchte. Der Knoten in ihrer Brust hat sich wieder gelöst. Sie weiß, dass noch nicht alles gut ist, doch sie hat die Wahrheit gesagt, allein das Wissen, dass Santiago bei ihr ist, mildert schon alles ab.

Als Santiago den Kuss löst, küsst er ihre Stirn. »Das bedeutet für dich aber auch, dass wenn du jetzt zu mir zurückkehrst, du dich automatisch gegen deine Familia stellst …« Catalina schüttelt den Kopf. »Nein, und bitte rede nicht mehr von meiner Familia. Davon ist gerade nicht viel übrig. Das was sich gegen euch und den Deal aufgelehnt hat, sind nicht die Delgardos. Es ist die falsche Entscheidung meines Vaters. Milo, er handelt gegen den Willen meines Vaters und auch wenn die Männer ihm folgen, hat das nichts mehr mit den Delgardos zu tun, mit denen ich groß geworden bin.

Der Einzige, gegen den ich mich stelle, ist Milo. Ich werde niemals seine Befehle entgegennehmen. Er ist nicht mein Anführer. Ich möchte mit alldem nichts mehr zu tun haben. Ich kehre als deine Frau zurück und als Tochter von Alvaro, der gestorben ist und einen Trümmerhaufen zurückgelassen hat. Ich bitte dich zu versuchen, einen Krieg zu vermeiden und deine Waffe nicht gegen Elias zu heben und auch gegen keinen der anderen Männer, die nichts für Milos Befehle können, doch ich weiß auch, dass du deine Männer schützen musst.

Aber für mich ist das mit den Familias gestorben, das wäre es auch, wenn ich nicht zu dir zurückgekommen wäre, ich will davon nichts mehr wissen, es hat zu lange mein Leben bestimmt und ich möchte das nicht mehr. Ich bin nur noch deine Ehefrau.

Ich denke, fürs Erste reicht das und ich sage damit auch nichts weiter aus, als dass ich dich liebe.«

Er lacht leise und küsst sie noch einmal. »Ich verspreche, dass ich versuchen werde, alle die Familia-Angelegenheiten von dir fernzuhalten. Jetzt nehme ich dich mit und wir ...« Jemand räuspert sich, Santiago behält Catalina im Arm, als ihre Mutter und Franco zu ihnen heraustreten, doch sie wird sofort wachsam, als sie das besorgte Gesicht ihrer Mutter bemerkt.

»Offenbar ist Santiago nicht der Einzige, der dich dringend sprechen muss!«

Kapitel 19

Catalina weiß nicht, was sie erwartet, doch ihr ist klar, dass es nichts Gutes ist, als Elias hinter ihrer Mutter und Franco auf die Terrasse tritt. Er trägt ein tief ins Gesicht gezogenes Cap und einen Hoodie, von dem er auch zusätzlich die Kapuze über den Kopf gezogen hat, sodass man ihn kaum erkennt, selbst Catalina muss zweimal hinsehen.

»Was tut er hier?« Elias zieht sich die Mütze herunter und legt das Cap ab, dann sieht er verwundert zu Catalina und Santiago, sein letzter Stand war, dass die Ehe aufgelöst und Catalina hier bei Franco ist. Das hat sich ja auch erst in den letzten Minuten geändert. Sie hat die letzten Tage nur sehr wenig mit Elias gesprochen, sie hat ihn kaum erreicht und wenn, dann hatte er immer etwas zu tun. Catalina hat ihm schnell angemerkt, dass etwas nicht stimmt, doch jetzt weiß sie es mit Sicherheit.

Sie spürt, wie sich Santiago sofort anspannt, als er Elias entdeckt. Catalina weiß, dass die beiden sich nur als Feinde gegenüberstanden, ihr Leben lang. In der Zeit des Deals waren sie zwar offiziell keine Feinde mehr, doch wer weiß, ob so etwas jemals aus einem herauszubekommen ist. Doch Catalina weiß, dass Elias Santiago zumindest so weit traut, dass er weiß, dass sie bei ihm sicher ist und Santiago weiß, dass sie Elias über alles liebt.

Deswegen verschränkt sie auch ihre Hände miteinander. »Santiago ist gekommen, um mit mir zu sprechen ...« Santiago tritt ein wenig vor, er ist es als Anführer nicht gewohnt, sich zurückzuhalten. »Ich bin hergekommen, um Catalina zu mir zurückzuholen. Ich liebe sie und sie bleibt meine Frau, es interessiert mich nicht, was Milo oder sonst jemand dazu sagt. Der Deal ist ohnehin geplatzt, wir werden nie wieder irgendeine Einigung mit euch in Betracht ziehen, die ersten Konsequenzen habt ihr schon gespürt und es werden weitere folgen.«

Elias sieht Santiago an und reibt sich die Augen. »Ich habe nicht die Zeit, um dieses Thema auszudiskutieren, ich kann daran gerade nichts ändern. Es ist nicht so, dass die Delgardos hinter dem stehen, was in den letzten zwei Wochen passiert ist, aber wir sind gebunden an das, was Milo macht, zumindest zur Zeit noch, deswegen bin ich hier. Ich muss mit Catalina sprechen, als ihr Bruder. Also entweder du bleibst dabei als ihr Mann und verwendest das, was du erfährst, nicht gegen die Familie deiner Frau oder du musst als Anführer der Rojos für eine Weile draußen warten.«

Catalinas Mutter und Franco setzen sich an den großen Tisch auf der Terrasse. »Lasst das sein, beide. Ihr seid als Catalinas Mann und ihr Bruder hier. Ich denke, ihr alle wollt nur das Beste für sie und deswegen solltet ihr euch an einen Tisch setzen.« Franco sieht zwischen den beiden hin und her und Catalina setzt sich auch, sie atmet erleichtert auf, als Santiago und Elias sich dann ebenfalls hinsetzen: Santiago neben sie, Elias ihr gegenüber.

Er hat abgenommen und sieht sehr geschafft aus. »Was ist los? Sollst du irgendeine Nachricht von Milo überbringen?« Elias legt müde das Cap beiseite und lehnt sich zurück. »Er weiß nicht, dass ich hier bin und das darf er auch nicht erfahren. Ich war mit zehn Männern in Venezuela und unser Flug zurück sollte erst jetzt langsam starten, wir sind früher los, damit ich herkommen und mit euch reden kann, ohne dass Milo davon erfährt.«

Catalinas Mutter sieht besorgt zu Elias. »Wieso hast du nicht einfach angerufen? Das ist doch ...« Er hebt die Hand. »Milo hört alle Telefone ab, er sagt, wir müssen uns erst sein Vertrauen verdienen.« Catalina lacht auf. »Ihr seid alle zusammen aufgewachsen.« Elias schüttelt den Kopf. »Nein, das ist nicht mehr dieser Milo und das ist es, warum ich hier bin, Catalina. Am Anfang dachte ich auch, dass es einfach die Macht ist, die Milo ein wenig zu Kopf gestiegen ist. Aber es ist viel mehr als das. Den alten Milo gibt es nicht mehr und es ist schlimmer, als ich es mir jemals hätte vorstellen können. Er hat in diesen zwei Wochen schon so viel Unheil angerichtet, dass ich nicht mal mehr weiß, wie ich den Dreck hinter ihm aufwischen könnte, um nicht zusehen zu müssen, wie die Familia komplett zerstört wird.

Hört mir zu, ich habe nicht viel Zeit, ich muss gleich wieder zurück zum Flieger, damit er nichts von diesem Zwischenstopp erfährt. Alle Männer im Flugzeug wissen von meinen Plänen und stehen hinter mir, sicherlich auch viele andere der Familia. Ich muss momentan aber aufpassen, wem ich vertraue. Das hier ist das Allerwichtigste: Egal was ist, ihr dürft nicht zurück nach Kolumbien. Hört ihr, beide! Egal, mit was er euch versucht zu locken, egal, was er euch wegen Natia erzählt, kommt nicht zurück. Ich behalte Natia im Auge, aber ihr scheint all das wirklich nichts auszumachen, sie wirkt zufrieden und wenn sich da etwas ändert, merke ich das. Ich weiß nicht, was er ihr erzählt, doch sie ist sehr geblendet. Bleibt hier!«

Natürlich weiß sie, dass Milo sich verändert hat, sie hat es selbst zu spüren bekommen, doch sie merkt auch, dass noch mehr dahintersteckt. »Ich werde zu Santiago zurückgehen. Mama sollte hier bei Franco bleiben. Hier geht es ihr viel besser, oder sie kommt mit mir.« Elias sieht zu Santiago und Franco.

»Milo wird ausrasten, wenn er erfährt, dass Catalina nicht zurückkommt. Er will sie zurück in der Finca, daraus macht er kein Geheimnis, vor niemandem. Auch wenn sie in Puerto Rico ist, müsst ihr auf sie aufpassen. Ich weiß, dass ihr mächtiger seid als die Delgardos, da mache ich mir nichts vor, doch Milo ist krank und ihr solltet einen kranken Mann niemals unterschätzen. Das Wichtigste ist, dass die beiden in Sicherheit sind.«

Santiago nickt. »Ihr wird bei uns nichts passieren. Ich wollte das vor Catalina nicht ansprechen, aber ihr wisst, dass es Gerüchte gibt, Milo hätte den Mord an ihrem Vater in Auftrag gegeben. Es ist nichts bewiesen, doch die Leute sprechen darüber.« Elias zündet sich eine Zigarette an. »Wir alle vermuten es auch, aber wo ich auch versuche etwas zu finden, er hat es gut verborgen. Trotzdem hat er schon jetzt nicht mehr jeden Mann hinter sich. Sie werden misstrauisch und mögen die Art nicht, wie er die Delgardos leitet.

Die Familia war nie für den Deal, vielleicht für die Waffenruhe, aber nicht für die Ehe zwischen dir und Catalina, wir alle lieben sie. Ich weiß nicht, was ich getan hätte, wäre ich jetzt der Anführer, aber sicherlich hätte ich nicht so drastisch gehandelt wie Milo, besonders nicht, da alle wissen, dass Catalina sich bei dir wohlfühlt und es ihr gut geht. Das mit euren Männern hat er im Alleingang gemacht, er will diesen Krieg unbedingt. Er handelt und präsentiert uns dann erst die Ergebnisse. Momentan gibt es keine inneren Kreise, mit denen er sich berät, er entscheidet alles alleine.

Er hat vor zwei Tagen Sarita und ihre Töchter vom Hof gejagt, sie hatten zwei Stunden Zeit zu packen, er hat ihnen 100 Dollar gegeben und gesagt, dass sie zwei Tage Zeit haben, Kolumbien zu verlassen, wenn sie danach noch dort gefunden werden, werden sie erschossen.«

Catalina kann nicht verbergen, wie sehr sie das schockiert. »Wir haben sie nie gemocht, doch Papa hat sie bei sich gehabt und wir alle haben es geduldet. Die beiden sind auch seine Töchter und ich weiß, dass er uns allen einiges vermachen wollte. Sie haben ein Recht auf mehr, ihnen steht Geld zu und eigentlich auch das Recht, im Haus zu bleiben.«

Elias schnalzt die Zunge. »Er wohnt jetzt da, er schläft mit Natia im Schlafzimmer eures Vaters, selbst sein Vater kommt nicht mehr zu ihm durch. Er hat das gesamte Vermögen eures Vaters behalten, ihr werdet keinen Cent davon sehen. Es geht alles an die Familia. Milo hört auf niemanden. Malik sagt nichts, doch ich sehe, dass er auch nicht einverstanden mit dem ist, was Milo macht, doch auch auf ihn würde er nicht hören.

Er hat Luiz nach Venezuela geschickt, um sich dort um die Lager zu kümmern, er wollte ihn loswerden, weil er ihm nicht traut, er weiß, wie sehr er um seinen Bruder trauert. Wir haben seitdem nichts mehr von ihm gehört, er ist an seinem Posten nie angekommen. Ich hoffe wirklich, dass er geflohen ist und irgendwo am Strand mit einer Frau im Arm liegt und nicht das eingetroffen ist, was ich befürchte.«

Einen Moment herrscht völlige Stille. Ihr Onkel? Catalina kann nur hoffen, dass Elias recht hat und Luiz gespürt hat, dass es keinen Sinn macht zu bleiben. Milo wird doch nicht … bei allem, was sie hört, bei allem, was sie selbst erlebt hat, kann sie trotzdem nicht glauben, dass Milo, mit dem sie aufgewachsen sind, für all das verantwortlich ist, dass er ihren Vater hat töten lassen und vielleicht auch Luiz. Catalina atmet tief ein und kämpft gegen ihre Tränen, es tut ihr gut, Santiago neben sich zu haben. Auch wenn sie gerade erst wieder zusammengefunden haben, weiß sie, dass er ein wichtiger Halt für sie ist.

»Die Leute werden unruhig, sie merken immer mehr, wer da jetzt an der Macht ist. Milo will wachsen, er möchte mächtiger werden als es dein Vater war und dafür braucht er Geld. Er hat eine Art Familiasteuer eingeführt, die jedes Geschäft einmal im Monat abzugeben hat. Es wird unmöglich sein, das im ganzen Land umzusetzen, doch er hat es in einigen Gegenden schon gemacht. Die Leute haben zu wenig, als dass sie davon noch etwas abgeben könnten. Dein Vater hätte das niemals getan oder zugelassen. Auch die Familia wird unruhiger. Die Männer sehen, wie gestört Milo ist. Er hat in diesen wenigen Tagen schon so viel Unheil angerichtet.

Es gab immer wieder Gerüchte, dass die Ärzte sich nicht sicher sind, ob bei den Zwillingen, die in einigen Wochen zur Welt gekommen wären, nicht doch ein Junge dabei ist und Milo wusste, dass das seinen Platz als Anführer hätte gefährden können. Die Frau wurde ermordet aufgefunden, auch die Babys in ihrem Bauch sind nicht mehr am Leben.«

Catalina treten Tränen in die Augen und ihre Mutter bekreuzigt sich. Keiner hat geahnt, zu was Milo alles fähig ist. »Weiß Natia das?« Elias lacht bitter auf. »Sie hört diese Sachen, doch sie will sie nicht glauben oder sie sagt, dass Milo einfach keine andere Wahl hat als so zu handeln.

Einige der alten inneren Kreise, die jetzt auch mit mir hier sind, suchen nach einer Lösung. Ich habe ihn zur Rede gestellt, doch er bestreitet auch hier, etwas damit zu tun zu haben. Er sagt, es war vermutlich jemand, der nicht möchte, dass ihm etwas schadet, doch ich weiß, dass er allein dahinter steckt. Doch allein auf Vermutungen kann ich nichts unternehmen, auch so wäre es schwer Milo zu stoppen, ich habe kein Recht dazu, nur aufgrund von Vermutungen zu handeln.

Was sollen wir tun? Wir sind dazu verpflichtet, dem Anführer der Delgardos den Rücken zu stärken und das ist er nun mal zur Zeit. Wir alle, die sich trauen, versuchen die Delgardos da so unbeschadet wie nur möglich wieder herauszubekommen, und es gibt nichts, was ich mehr bereue, als dass ich die Nachfolge deines Vaters abgelehnt habe, als er mich gefragt hat. Dann wäre all das nicht passiert.«

Catalina greift über den Tisch nach Elias' Hand. »Aber niemand von uns konnte doch ahnen, dass so etwas passiert. Ich hätte Milo nie zugetraut, dass er sich so verändert.« Elias nimmt Catalinas Hand in seine und sieht ihr in die Augen.

»Wir denken über alle möglichen Lösungen nach, Catalina, und vielleicht finden wir auch noch eine andere, doch die einfachste wäre es, du würdest die Führung übernehmen und auf deinem Anspruch bestehen.«

Catalina entzieht ihm die Hand. Hat sie sich gerade verhört? »Ich soll was?« Elias sieht sie entschuldigend an und Santiago neben ihr rückt noch etwas näher zu ihr.

»Du bist die erstgeborene Delgardo. Auch wenn du eine Frau bist, hast eigentlich du das Vorrecht auf die Führung der Delgardos. Bei uns werden es fast immer die Männer, aber niemand schreibt das vor. Wenn du den Anspruch erhebst, kann Milo nichts sagen, er würde das sicher nicht hinnehmen, aber du hast alle Männer hinter dir, das hattest du immer, und du hast die Menschen Kolumbiens hinter dir, sie alle lieben dich, Catalina. Es werden immer mehr Stimmen laut, dass du diese Führung an dich nehmen solltest.«

Das ist doch wohl ein Witz. »Ich habe gerade mit Santiago gesprochen und gesagt, dass ich von Familias nichts mehr wissen möchte, ich kann all das nicht mehr ertragen und jetzt soll ich die Anführerin werden? Ich könnte das niemals. Genauso wenig wie du das jemals wolltest. Ich habe in meinem Leben noch keine Waffe gehalten, ich bin für so etwas nicht … «

Elias nickt. »Ich weiß und es ist auch das Letzte, was ich für dich möchte, du sollst ein freies und glückliches Leben führen, aber wenn es so weitergeht, Catalina, kann es sein, dass es sein muss, bevor die Delgardos endgültig zerstört werden.«

Kapitel 20

»Du bist wunderschön!«

Catalina lächelt durch den Spiegel zu Nola und ihrer Mutter. Fiona kommt und übergibt ihr einen kleinen Brautstrauß. »Es ist perfekt.« Sie sieht noch einmal an sich herunter.

Heute geben sich Santiago und sie noch einmal das Jawort, dieses Mal aus ganzem Herzen und weil sie es so wollen und wegen nichts anderem. Eigentlich wollten Santiago und sie es ganz klein und alleine abhalten, sie hatten ja bereits eine Hochzeit, es geht hier mehr um die Symbolik als um alles andere. Doch als Nola und Santiagos Mutter davon erfahren haben, haben sie es sich nicht nehmen lassen, doch ein wenig mehr zu planen, auch wenn es immer noch sehr gemütlich und privat bleiben wird.

Sie ist nun eine Woche wieder in Puerto Rico. Wie Elias es prophezeit hat, ist Milo ausgerastet, als er davon erfahren hat. Weder Catalina noch ihre Mutter haben auf seine Anrufe reagiert, doch als Natia versucht hat, sie per Videonachricht zu erreichen, hat Catalina das Gespräch angenommen. Sie hat geahnt, dass Milo dahintersteckt, doch die Hoffnung, dass mit Natia wieder alles besser wird, ist einfach noch zu groß. Aber natürlich war es nicht Natia. Milo hat sie aus dem Büro ihres Vaters angerufen, Malik und Pepe neben ihm. Catalina kann sich noch an jedes Wort dieses Gespräches erinnern.

»Was fällt dir ein, dich gegen mich zu stellen und nicht nach Kolumbien zurückzukehren, Catalina?« Egal wie sehr Catalina versucht hat, sich selbst zu beruhigen, sie konnte es einfach nicht. In dem Moment, als Milo sie angerufen hat, waren Santiago und Thiago gerade dabei, das Haus zu verlassen, sie kamen zurück, standen aber so, dass Milo sie nicht sehen konnte und Catalina hat ihnen auch angedeutet, dass sie dort bleiben sollten.

Sie hat nicht vor, es so hinzustellen, dass sie nun auf der Seite der Rojos ist, das ist sie nicht, sie ist nur nicht auf Milos Seite und wird es auch nie sein.

»Milo, bitte erkläre mir noch einmal ganz genau, was du denkst wer du bist, dass du mir Befehle geben kannst?« Milo und Catalina kennen sich beide sehr gut und beide wissen, wie sie den anderen sehr schnell wütend machen können, allerdings war Milo auch so schon gereizt.

»Ich bin der Anführer der Delgardos.« Catalina muss lachen und lehnt sich zurück. »Milo, du bist der Junge, dem ich helfen musste, weil er solche Angst vor dem Hund von Luiz hatte, der Spinnen hasst und noch bis er zehn war, nicht alleine schlafen konnte. Ich bitte dich, willst du jetzt so tun, als hättest du mir etwas zu sagen? Es ist völlig egal, ob ich hier bin oder sonst wo, ich wäre so oder so nicht zurückgekommen. Ich will frei leben können und ich habe so ein merkwürdiges Gefühl, dass ich es bei euch nicht könnte.« Milo unterbricht sie schroff. »Deine Mutter und du, ihr gehört hierher.«

Malik und Pepe sagten kein Wort. »Halt meine Mutter da raus, Milo, das meine ich ernst. Sie hat das Recht auf ein neues Leben. Hör endlich auf, ihr mit Natia ein schlechtes Gewissen einzureden. Natia steht es frei, sich bei uns zu melden, doch nicht einmal das tut sie.« Catalina musste sich in diesem Moment wirklich auf die Lippen beißen, um Milo nicht alles an den Kopf zu werfen, was sie weiß, und das nur, um Elias zu schützen, denn sie dürfte davon nichts wissen.

Da ihre Telefone abgehört werden, schreiben Elias und Catalina nur hin und wieder belangloses Zeug. Sie konnte ihm noch nicht einmal von diesem Tag heute erzählen. Milo ist auch so schon sauer genug, sie muss das Ganze nicht noch schlimmer machen. Nicht, solange sie alle noch nicht genau wissen, wie es weitergeht.

»Deine Mutter und du haben eine Woche Zeit zurückzukommen, ansonsten wirst du sehen, wie ernst ich es meine.«

Mit diesen Worten hat Milo das Gespräch vor vier Tagen beendet. Catalina hat gesehen, wie schwer es Santiago gefallen ist, sich nicht einzumischen, doch es ist einfach besser, das Ganze erst einmal ruhig und bedacht anzugehen. Trotzdem hören die Männer auf die Warnungen und Elias' Worte. Franco weicht kaum von der Seite ihrer Mutter und Catalina kann sich momentan nur mit Schutz draußen aufhalten.

Doch all das versucht Catalina für heute wegzuschieben, so schwer es ihr auch fällt. Sie hat sich dazu entschlossen, nicht noch einmal das Hochzeitskleid anzuziehen. Stattdessen trägt sie ein sehr feines, enges weißes Brautkleid mit einem kleinen Schleier und feiner Spitze. Sie hat sich selbst zurechtgemacht und doch sieht sie sehr zufrieden in den Spiegel.

»Komm, dein Ehemann wartet schon.«

Ihre Mutter lächelt. Auch sie ist hier und da sonst niemand von ihrer Seite hier sein kann, bedeutet es ihr umso mehr. Sie sind in ihrem Schlafzimmer und gehen die Treppe hinunter. Der gesamte Garten ist schön geschmückt, Tische und ein Buffet sind aufgebaut, ein Schokoladenbrunnen, mehrere Torten sind auf einem Tisch aufgestellt und ein großes Buffet wird gerade aufgebaut. Es ist wirklich schön geworden, sogar schöner als die erste Hochzeit, wo sie alles einfach nur gehasst hat und furchtbare Angst hatte.

Franco wartet auf der Terrasse auf sie und als er ihr seinen Arm hinhält, um sie zum Altar zu führen, treten ihr automatisch Tränen in die Augen, weil sie daran denken muss, wie ihr Vater sie geführt hat. Sie hat sich schrecklich gefühlt damals, sie hätte wirklich gerne gewusst, was ihr Vater vom heutigen Tag halten würde.

Als sie an den Strandabschnitt kommen, bietet sich ihr ebenfalls ein wunderschönes Bild. Der Steg zu den Booten wurde auf das Doppelte verbreitert und ist vollgestellt mit weißen Stühlen. Ganz vorn am Meer ist ein weißer Bogen gespannt, an dem wunderschöne Rosen ranken. In der Mitte steht ein Priester und neben ihm Santiago, der sie glücklich anstrahlt. In dem Moment weiß Catalina, dass das hier richtig und wichtig ist. So sollte es sein, Catalina kann es nicht erwarten, zu Santiago zu kommen. Ihr Herz ist gefüllt mit Liebe, als sie ihn anblickt und keinerlei Zweifel hat, dass das hier das Richtige für sie ist.

Franco und sie schreiten langsam nach vorne. Ihre Mutter und alle anderen setzen sich auch auf die Stühle, es sind viele Mitglieder der Rojos anwesend, weil sie das mit ihrem Anführer teilen möchten. Die engeren Kreise sind komplett dabei und eben ihre Mutter, Franco und Santiagos Eltern.

Sie haben versucht, all das geheim zu halten, es geht niemanden etwas an, doch es hat sich schon zu einigen Familias herumgesprochen. Gestern sind erneut Geschenke angekommen, dabei haben sie noch nicht mal Verwendung für die meisten, die sie bei der ersten Hochzeit bekommen haben. Sie weiß, dass Milo das mit der erneuten Hochzeit herausbekommen wird, doch es ist ihr egal. Sie wird sich ihr Leben nicht mehr wegen der Familias kaputt machen lassen. Sie liebt Santiago, dass hat mit keiner Familia der Welt etwas zu tun.

Noch einmal blickt sie zu ihrer Mutter, die auch dieses Mal Tränen in den Augen hat, so wie bei ihrer letzten Hochzeit, doch dieses Mal ist es aus Freude. Ihre Mutter mag Santiago und sie weiß, dass er Catalina liebt und es ihr gut geht bei ihm. Neben ihr sitzt dieses Mal allerdings nicht Natia, sondern Anabel.

Catalina hat mit ihr geschrieben und erfahren, dass Sarita, Ana und sie nach New York gezogen sind. Wie Catalina es vermutet hatte, hat Sarita während der Beziehung zu ihrem Vater immer

Geld zur Seite gelegt und damit konnten sie eine Wohnung mieten und sich um alles andere kümmern.

Anabel ist recht glücklich dort, Ana und sie gehen zur Schule und Sarita hat eine Arbeit in einer Boutique gefunden, mit der sie über die Runden kommen. Als Catalina sie gefragt hat, ob sie kommen möchte, war sie begeistert und Santiago hat sie einfliegen lassen. Sie hat nie damit gerechnet, dass Anabel und sie sich mal näherkommen würden, doch auch nicht, dass Natia und sie sich mal so fremd werden würden.

Sobald ihre Gedanken wieder in diese Bahnen gleiten, sieht Catalina nach vorne und direkt in Santiagos schöne dunkle Augen, die sie voller Stolz ansehen.

Franco bleibt mit ihr vor ihm stehen und sieht Santiago in die Augen. »Ich denke, du weißt mittlerweile, wie kostbar deine Frau ist, behandle sie immer wie deinen allerwichtigsten Schatz und respektiere sie.« Santiago nickt und Franco legt Catalinas Hände in seine.

Dieses Mal verspürt sie keine Angst, sie sieht ihm in die Augen und weiß, dass das hier etwas Aufrichtiges und Gutes ist. Der Priester schlägt die Bibel auf und sie wenden sich ihm zu.

»Als ich dieses Mal den Anruf für diese Hochzeit bekommen habe, war es das erste Mal, dass ich gehört habe, dass jemand noch einmal Gottes Segen erbitten möchte, weil es das erste Mal aus den falschen Gründen war. Ich musste mir erst mehr anhören und dann wusste ich, dass das eine Hochzeit sein wird, die mehr Bedeutung haben wird als alles vorher.

Wenn zwei Menschen zusammenfinden, ist es meistens, weil sie sich lieben. Sie lieben sich und beschließen zusammenzubleiben. Manchmal gibt es auch andere Gründe, wie es hier der Fall war. Santiago und Catalina haben geheiratet und waren sich fremd. Doch sie haben sich kennen und auch lieben gelernt und nun beschlossen, diesen Eheschwur noch einmal zu bekräftigen.

Sie müssten das nicht tun, sie sind verheiratet, doch es ist ihnen wichtig, diesen Schritt zu gehen, um noch einmal deutlich zu zeigen, dass diese Ehe nun ein festes Fundament hat.

Es gibt viele Fundamente einer Ehe, doch das beständigste ist das der Liebe. Ich freue mich sehr, dass diese beiden Menschen sich dem anderen geöffnet haben und die Gefühle zugelassen haben. Auch wenn vieles dagegen gesprochen hat, haben sie den Menschen gesehen, der hinter dem Namen der Familia, hinter Feindschaften oder Problemen steht und waren selbst überrascht, was für Gefühle der andere bei ihnen auslöst.

Lasst uns alle gemeinsam diese Ehe noch einmal segnen, Gott wird euch beide mit besonders viel Güte beehren, weil ihr einen Weg gegangen seid, den nicht viele beschreiten würden. Was Gott zusammengeführt hat, darf der Mensch nicht trennen und deswegen frage ich dich, Santiago Rojo, möchtest du Catalina Rojo Delgardo auch weiterhin als deine Ehefrau an deiner Seite behalten, sie ehren und lieben, bis dass der Tod euch scheidet?«

Santiago sieht einen Augenblick zu Catalina und es liegt so viel Liebe in diesem einen Blick, dass Catalina eine Gänsehaut bekommt. »Ja, das will und werde ich.«

Der Priester sieht zu Catalina. »Und du, Catalina Rojo Delgardo, möchtest du Santiago Rojo als Ehemann weiter an deiner Seite wissen, ihn ehren und lieben, bis dass der Tod euch scheidet?« Catalina kann nicht anders, sie strahlt den Priester an, sodass auch er lächeln muss. »Ja, ich will.«

Der Priester sieht sie zufrieden an und bekreuzigt sich mit der Bibel in der Hand. »Dann sind Sie weiterhin Mann und Frau. Sie dürfen Ihre Frau jetzt küssen.« Das lässt sich Santiago nicht zweimal sagen und alle stehen auf und klatschen. Es knallt und über ihnen werden Konfetti, Rosenblätter und Reis geworfen, doch all das ignoriert Catalina, sie schlingt die Arme um Santiago, als er sie küsst und erwidert den Kuss. »Ich liebe dich.« Er sieht ihr zufrieden in die Augen. »Du hast gar keine Vorstellungen davon, wie sehr ich dich liebe.«

Nola kommt zu ihnen und macht Fotos. Nach und nach kommen alle, umarmen sie und freuen sich mit ihnen. Und nun, einige Monate nach ihrer Hochzeit, freuen sie sich auch. Für einen Moment denkt sie an ihre Hochzeit vor mehr als vier Monaten, daran, wie kein einziger der Leute, die dabei waren, da sein wollte. Was für eine Angst sie hatte und als sie jetzt ihre Mutter umarmt, kommen ihr die Tränen.

Es hat sich so viel getan in dieser eigentlich doch so kurzen Zeit. Sie hat ihren Vater verloren und irgendwie auch ihre Schwester, doch dafür sind nun neue Menschen in ihrem Leben. Menschen, mit denen sie niemals gerechnet hätte, doch die sie jetzt auch nicht mehr missen möchte.

Alles was Catalina jetzt möchte ist, dass Ruhe einkehrt, dass sie alle ihr Glück finden, dass ihre Mutter weiter so strahlt wie jetzt, dass sie auch weiter an Anabels Leben teilhaben kann und ja, vielleicht auch, dass Natia und sie sich wieder näherkommen. Sie möchte nicht, dass Natia ein Kind bekommt, das sie niemals sehen werden, doch für all das muss sich vor allem Milo beruhigen und vielleicht doch noch zu dem Anführer werden, den ihr Vater in ihm zu erkennen geglaubt hat.

Vor allem aber möchte sie ihre Zeit mit dem Mann genießen, der ihr Herz erobert hat und mit dem sie nun anfangen möchte, ohne Zweifel zu leben. Die Zeit, dass sie dieser Ehe eine Chance geben müssen und sich kennenlernen, ist vorbei. Sie haben sich mit dem Schritt heute so bewusst füreinander entschieden, wie man es nur kann.

Santiago hält ihre Hand, während sie einige Fotos machen, aber auch das ohne anstrengenden Fotografen, denn Nola macht einige Schnappschüsse. Sie laufen in ihren Garten zurück, essen und trinken und feiern zusammen das Leben und die Liebe, bis Santiago sich zu Catalinas Ohr beugt und seine Hand aufhält.

»Da wir beim ersten Mal keine Flitterwochen hatten, werde ich dich jetzt an den schönsten Ort der Welt entführen. Wie sieht es aus? Folgst du mir?«

Catalina wendet ihr Gesicht zu seinem und streicht mit ihrer Nase liebevoll über seine, bevor sie ihre Hand in seine legt. »Überallhin!«

Kapitel 21

Als sie in Paris waren, dachte Catalina wirklich, dass das die schönste Stadt der Welt wäre, doch dann hat Santiago sie nach Italien gebracht. Sie haben vier Tage in Italien verbracht, da momentan sehr viel los ist in der Familia, von dem Santiago Catalina aber nichts spüren lässt. Wie sie es sich gewünscht hat, hält er sie komplett aus diesem Thema heraus und es fühlt sich großartig an.

Sie sind nach Venedig geflogen und waren in Rom. Paris war schon wunderschön, doch Italien ist traumhaft. Catalina und Santiago haben die Zeit wie normale verliebte Touristen verbracht, niemand kannte sie, keiner wollte etwas von ihnen. Sie haben sich und ihre Liebe vollkommen genossen.

Gestern Nacht sind sie zurückgekommen und nachdem Santiago den ganzen Vormittag und Mittag unterwegs war, ist er gerade zurückgekommen und zündet mit Marco den Grill an. Es sind noch einige andere Männer aus den engsten Kreisen anwesend und Santiagos Mutter wollte ebenfalls noch vorbeikommen.

Catalina hat mit ihrer Mutter und Franco gesprochen, die gerade wegen einiger Geschäfte nach Chile gereist sind. Ihre Mutter begleitet Franco. Aus irgendeinem Grund schafft Catalina es nicht, über ihren Schatten zu springen und nachzufragen, ob die beiden jetzt endlich zusammengefunden haben, sie schätzt es, aber sie traut sich nicht nachzufragen.

Nola ist schon länger da. Auch wenn sie es nicht wollten, hat sich ihr zweites Eheversprechen herumgesprochen und es sind tatsächlich erneut einige Hochzeitsgeschenke eingetroffen, die sie den ganzen Vormittag über zusammen geöffnet haben.

Gerade ist Fiona gekommen, noch immer ist sie bei ihnen und Catalina hat Zayn bei ihrer Hochzeit gefragt, ob das etwas zu bedeuten hat, doch Santiagos Bruder musste lachend zugeben, dass er das selbst nicht weiß.

Catalina beobachtet zufrieden, wie Marco und Santiago das Feuer im Grill unter Kontrolle halten. Ihr Mann hat frische Kratzer im Gesicht, gestern hatte er einen Termin, der wohl nicht so einfach war, doch mehr hat er nicht abbekommen und Catalina fragt nicht mehr nach. Sie ist müde von all diesen Familiaangelegenheiten.

Als Santiago ihren Blick spürt, sieht er hoch und ihr in die Augen. Sie haben in Italien über Kinder gesprochen und beschlossen, es einfach auf sich zukommen zu lassen. Catalina hat aufgehört zu verhüten und wenn sie sich jetzt so umsieht und spürt, wie glücklich sie ist, würde sie gerne ein Baby bekommen, um dieses Glück noch zu festigen.

»Ich habe den besten Fisch bekommen, der heute reingekommen ist.« Zayn kommt in den Garten mit zwei großen Tüten und einer grünen Geschenkkiste unter dem Arm. Er stellt die Kiste bei Nola und Catalina am Tisch ab. »Hier, es scheint noch nicht vorbei zu sein mit der Geschenkewelle, das wurde gerade geliefert, ich habe es gleich mitgenommen.«

Dann bringt er den Fisch und das Fleisch zu Santiago und Marco an den Grill. Eigentlich wollten Nola und sie die Salate und Melonen zubereiten, doch Nola reicht ihr die Schere, die noch auf dem Tisch mit den vielen anderen geöffneten Paketen liegt. Sie bekommen entweder sehr kleine oder große Pakete, das hier ist eher mittelgroß, vielleicht ist eine Vase darin.

Catalina öffnet die Schleife und sieht erst dann, dass kein Absender darauf steht, was nicht sehr ungewöhnlich ist, einige Familias bringen die Geschenke sogar selbst vorbei oder lassen sie bringen. Sie entfernt das Papier um das Geschenk und spürt dabei, dass die grüne Box im Inneren kühl ist. Verwundert öffnet sie den Deckel und ein lauter Schrei durchbricht die friedliche Ruhe im Garten.

Es gibt Momente im Leben, da läuft alles wie in Zeitlupe an einem vorbei. Catalina hatte schon einige solcher Momente, doch noch nie so wie in diesem Augenblick. In ihren Ohren rauscht es, sie hört Nolas Schrei, spürt, wie alle angerannt kommen, doch sie kann nichts anderes tun, als in das Paket zu starren. Nein!

Sie hört das Fluchen von Zayn und spürt Santiagos Arme um sich, doch sie bewegt sich keinen Millimeter, erst als Marco das Paket nehmen und wegbringen will, kann sie wieder reagieren.

»Nein!« Sie hält es fest und alle halten ein. »Nein, nein, nein, nicht er ...« Catalina geht zu Boden, sie umfasst die Box und schluchzt laut auf. Nein, das darf nicht sein. Keiner sagt mehr einen Ton, als Catalina mit der Box zu Boden geht und auf den abgetrennten Kopf von Elias sieht, der in der Box liegt.

Nein, was haben sie getan? Catalina kann den Blick nicht von der Box nehmen, während ihr Körper komplett in sich zusammenbricht, sie kann die Tränen und das Klagen nicht unterdrücken.

»Elias, wir müssen ihm helfen, wir ...« Sie weiß, dass sie nichts mehr für ihn tun kann, doch sie kann es nicht begreifen. Als sie in die Kiste greifen will, um ihren besten Freund und Bruder da herauszuholen, spürt sie erneut Santiago, der sie an sich zieht. »Komm her, Engel, du kannst ihm jetzt nicht mehr helfen. Es tut mir so leid.«

Zayn nimmt die Kiste weg und Catalina lässt es zu, sie hat noch niemals so etwas gesehen und sie wird diesen Anblick auch nie vergessen.

Ungeheure Wut kommt in ihr hoch. Santiago hat sich zu ihr gekniet und sie an sich gezogen und mit geballten Fäusten lehnt sie sich an seine Schulter und lässt es zu, dass ihr Mann sie hält und versucht, ihr den schlimmsten Schmerz zu nehmen und für sie da zu sein.

»Bringt die Kiste weg und verdoppelt die Wachen am Tor, findet heraus, wer das abgegeben hat.«

Catalina würde ihn am liebsten anschreien, dass sie das nicht müssen, sie weiß, wer dahinter steckt, doch Zayn hält ein. »Hier liegt ein Zettel bei. 'Du hast dich gegen Kolumbien und die Delgardos entschieden und wer sich gegen uns stellt, wird das zu spüren bekommen.'

Catalina entweicht aus Santiagos Armen und sieht zu Zayn, der den Zettel in der Hand hält und die grüne Box mit Elias' Kopf.

Das ist der Moment, als Catalina begreift, dass sie das nicht tun kann, sie kann nicht einfach das Leben der Familias ignorieren, wie sie es gerne tun würde, nicht mehr, nicht nachdem, was sie Elias und all den anderen angetan haben seit dem Tod ihres Vaters.

Sie steht auf und sieht sich im Garten um, atmet tief ein und erinnert sich an die Worte des Mannes auf der Hochzeit. Er hat sie gefragt, ob ihr bewusst ist, dass sie im Moment die mächtigste Frau in Lateinamerika ist. Als Frau von Santiago Rojo und Tochter von Alvaro Delgardo hat sie die Macht, all das zu beenden und nur sie hat die Macht dazu.

»Ich muss Kolumbien befreien und das retten, was von den Delgardos noch übrig ist.« Noch immer sehen alle sie an. »Was meinst du genau?« Santiago ist auch wieder aufgestanden und steht nun neben ihr. »Ich will es nicht, Santiago, doch ich kann nicht anders. Ich bin in diese Rolle geboren und wenn ich jetzt nicht eingreife, wird es niemals jemand tun.

Ich muss meinen Platz als Anführerin einfordern und gegen Milo kämpfen. Er wird mir niemals freiwillig diesen Platz zugestehen, auch wenn ich das Recht darauf hätte. Wie Elias es gesagt hat, die Männer und die Leute in Kolumbien stehen hinter mir, also muss ich auch hinter ihnen stehen. Ich kann nicht zulassen, dass Milo alles zerstört, was mein Vater aufgebaut hat.«

Alles in Catalina zieht sich zusammen, ihr wurden immer wieder Steine in den Weg gelegt, über die sie gehen musste und sie hat es getan, sie hat versucht, mit allem zu leben, doch irgendwann sind bei jedem Menschen die Grenzen erreicht und man muss handeln. Sie möchte es nicht, doch sie hat keine andere Wahl.

Sie kann sich nicht von diesen Männern herumkommandieren und bestrafen lassen, sie muss ihnen die Macht nehmen, die sie über sie zu haben glauben, sonst wird sie niemals frei leben können. Egal wie frei sie hier auch ist, es wird ihr nichts nutzen, wenn sie nicht auch im Herzen und im Kopf frei ist und das kann sie nur sein, wenn sie handelt.

Sie muss die Macht, die sie nun besitzt, nutzen und Milo und allem, was er anrichtet, ein Ende setzen!

Lesen Sie weiter in …

Catalina

Das Bündnis

der Liebe

Leseprobe:

»Komm schon, lass uns fliegen!«

Catalina lacht und hält sich gut fest. Sie liebt dieses Gefühl, der heiße Wind Kolumbiens peitscht ihr ins Gesicht, ihre Haare hat sie zu einem festen Dutt nach oben gebunden, damit sie nicht total zerzaust werden. Sie sind so schnell, dass sie einen Moment ihre Augen schließt, doch dann öffnet sie sie wieder und lacht. Sie sieht auf die vertraute Landschaft, hier kennt sie jeden Baum, jedes Haus, fast alle Gesichter der Leute, die hier leben.

»Stop!« Sie halten und starke Arme halten Catalina an sich gedrückt. »Siehst du das, mein Engel? Das ist unser Zuhause, das ist alles, was wir lieben und wofür wir kämpfen. Wenn du dich wie heute fragst, wieso ich so lange weg war, dann komme hierher, unter diesen Baum auf den Hügel und sieh auf all das hinab. Ich muss dafür sorgen, dass all das weiter den Delgardos gehört, dass unsere Familie sich um Kolumbien kümmert und alle zufrieden leben können, damit wir weiter stolz auf unser Land sehen und niemals mehr jemand die Delgardos vergessen wird.«

Catalina wendet sich zu ihrem Vater um, der ihr in dem Moment einen Kuss auf die Nase gibt. »Aber das nächste Mal kannst du mich doch einfach mitnehmen, ich bin auch eine Delgardo, ich kann auch dafür kämpfen, dass Kolumbien so schön ist wie jetzt und keiner unseren Namen vergisst und dann kann ich auch besser schlafen, wenn ich bei dir bin.«

Ihr Vater lacht leise auf und sieht liebevoll auf sie hinab. »Und wer passt dann auf deine Mutter und deine kleine Schwester auf? Du bist erst fünf, Catalina, aber wenn du weiter so schnell wächst, wirst du bald dafür sorgen, dass all das niemals zerstört wird.«

Sie sehen gemeinsam auf die Stadt, in der sie leben, auf die Finca, das Land, das sie so lieben. »Irgendwann wird die Zeit kommen, da wirst du für die Delgardos kämpfen müssen und dann möchte ich, dass du daran zurückdenkst, aber solange bleibst du bei Natia und deiner Mutter, wenn ich das für uns erledige. Einverstanden, Engel?«

Catalina atmet tief ein, schließt die Augen und spürt den warmen Wind Puerto Ricos auf ihrer Haut, als sie diese Erinnerung wieder einholt. Nun liegt ihr Vater unter der Erde dieses Hügels und muss mit ansehen, wie nach und nach alles zerstört wird, was er aufgebaut hat. Ja, er hat Catalina, Natia und ihrer Mutter viel angetan, doch dass so auf allem herumgetrampelt wird, wofür er gestanden hat, kann Catalina nicht mehr mit ansehen. Dass mit den Menschen, die sie liebt, so umgegangen wird, kann sie nicht akzeptieren, dass Elias sterben musste, um ihr wehzutun, wird sie nicht hinnehmen.

Morgen wird sie zurückkehren nach Kolumbien, es wird der schwerste Schritt sein, den sie jemals gegangen ist und sie dachte wirklich, dass das die Hochzeit mit Santiago bereits war, doch nun muss sie in das Land, das sie so sehr liebt und gegen Menschen kämpfen, die einmal alles für sie waren und sie weiß nicht, was passieren wird. Sie weiß nur, dass egal was eintreffen wird, es wird immer ihr Herz brechen, es wird nicht zu vermeiden sein, dass sie etwas verliert, was sie liebt.

April 2019

Entdecken Sie die atemberaubende Welt von Jaliah J. ...

Jaliah J.

Eine
Kleinigkeit
wie
Liebe